전지적 독자 시점

싱숑 장편소설

# 전지적 독자 시점

## Omniscient Reader's Viewpoint

PART 4  04

비채

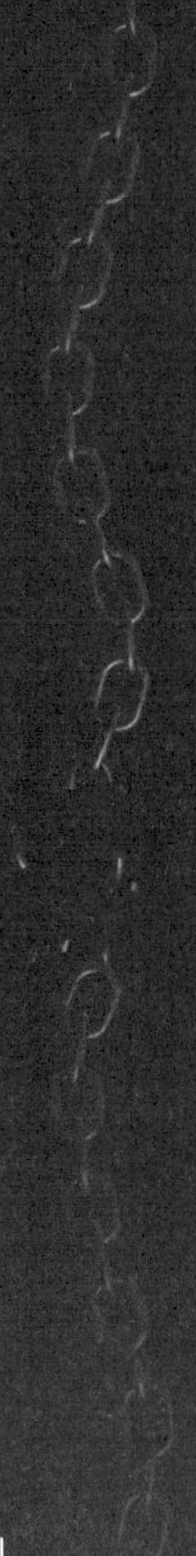

**일러두기**

- 이 책은 e-book《전지적 독자 시점》을 바탕으로 편집 및 제작되었습니다.
- 인명 등 고유명사는 국립국어원 외래어 표기법을 따르되, 입말로 굳은 단어 등은 예외로 하였습니다.

# 차 례

# 87
## Episode

# 강철의 심장

Omniscient Reader's Viewpoint

**1**

우리는 곧장 서울로 돌아왔다.

가장 먼저 점검한 것은 '공단'의 안전이었다.

"이후 별다른 이상 징후는 포착되지 않았습니다."

중앙 상황실을 맡고 있던 아일렌이 말했다.

상황실 패널에는 태평양 인근을 촬영한 영상들이 중계되고 있었다.

미대륙과 인접한 태평양에 떠오른 거대한 섬.

분명, 내가 알고 있는 '재앙' 중 하나였다.

멸살법 원작에서 저 섬의 주인은 강력한 외신이었다. 문제는 이번에도 같은 존재일 것이냐는 점인데.

"어머니는?"

"동해안에 계십니다."

"동해안?"

[잊힌 섬들의 융기가 시작됩니다!]

시스템 메시지와 함께 먼 태평양 건너편에서 밀려오는 파도가 보였다. 저만한 수준의 지각 변동이 초래되었으니, 엄청난 규모의 해일이 세계 각지로 밀려들었을 것이다.

가장 큰 피해를 본 것은 미국이었다.

ㅡ콰가가가각!

화신들의 처참한 비명과 함께, 뉴욕 시가지가 떠내려가고 있었다.

쓰나미가 전부가 아니었다. 쓰나미의 저변으로 이계의 신격의 하급 개체인 '이름 없는 것들'이 밀려들고 있었다. '이름 없는 것들'은 미국 본토를 모조리 갉아 먹으며 마구잡이로 범람하는 중이었다.

구호를 요청할 틈도 없었다.

재난 발발 삼십 분이 채 지나지 않아 본토의 절반이 사라졌고, 한 시간이 지났을 때 미국 전역은 새카만 연기로 뒤덮여 있었다. 서울에 나타난 '암흑성'이나 '범람의 재앙'과는 비교도 할 수 없는 수준의 재앙이었다.

"혹시 어머니가……."

아일렌이 고개를 끄덕이며 덧붙였다.

"다행……이라고 말씀드려야 할진 모르겠습니다만."

다음 순간 패널 화면이 전환되며, 한반도 동해안이 포착되었다.

예상대로 쓰나미는 여기까지 밀려왔다. 미국을 덮친 것에 비하면 파도 높이가 낮고 '이름 없는 것들'도 보이지 않지만, 쓰나미는 자체로 어마어마한 자연재해였다.

─천제의 풍신이여!

어머니의 외침과 함께, 손끝의 쥘부채에서 강렬한 바람이 폭발했다. '성마대전' 때는 꼬장꼬장하게 굴던 풍백이 이번에는 제대로 도움이 된 모양이었다.

어머니의 오른팔이라 할 수 있는 조영란 역시 맹활약 중이었다.

[거대 설화, '신단수'가 이야기를 시작합니다!]

〈홍익〉에서도 이번 사태를 주목하고 있었는지, 바다에 뿌리를 박은 신단수의 설화가 한반도의 개연성을 이용해 바닷물을 빨아들였다. 십 년 감수했다는 듯이 한수영이 중얼거렸다.

"그나저나 미국이면 그 여자가 있는 곳이잖아?"

한수영이 그 여자라고 말할 만한 인물은 한 명밖에 없었다.

"저건 [미래시]로 예견 못 한 건가?"

"안 그래도 그것과 관련해 드릴 말씀이……."

아일렌의 말이 끝나기도 전에, 상황실 한쪽 문이 열리며 누군가가 등장했다.

그 인물을 확인한 유중혁이 곧장 흑천마도로 손을 옮겼다.

"싸우러 온 게 아니니까 칼은 집어넣으시죠, 패왕."

환하게 요동치는 '대악마의 눈동자'.

예언자 안나 크로프트와 그녀가 이끄는 '차라투스트라'가 그곳에 있었다.

☒ ☒ ☒

"다섯 시간 전 경보령을 내렸어요. 대부분은 세계 각지로 탈출했지만, 못 나온 사람도 많습니다."

"왜 우리한테 도움을 청하지 않았죠?"

"그만한 여력조차 없었어요. 애초에 [미래시] 정보를 확신할 수도 없었고요. 이렇게 갑자기 대규모의 미래 정보가 격변한 건 처음 있는 일이라……."

안나 크로프트는 혼란스러운 표정이었다.

대규모의 미래 정보 격변.

아마 '마지막 시나리오'에 한해서는 안나 크로프트의 [미래시]도 큰 메리트를 가지지 못한다는 증거일 것이다.

한수영이 따지듯 물었다.

"〈아스가르드〉는? '성마대전'을 성공적으로 끝냈으니, 당신에게 지원을 재개했을 텐데."

입술을 꾹 깨문 안나 크로프트가 고개 숙인 채 중얼거렸다.

"미국을 버리라고 하더군요."

곧 마지막 시나리오가 시작된다. 〈아스가르드〉도 고작 일개 행성의 대륙 하나에 연연할 만큼의 여유는 없는 것이리라. 실제로 멸망이 발생하는 행성은 지구만이 아닐 테니까.

쿠구구구, 하는 소리와 함께 화면 속에서 폭음이 들려왔다.

【가가가가가가각】

【우리는우리는우리는우리는】

미대륙 해안 지대를 점령한 이계의 신격들이 울부짖고 있었다.

나는 1,863회차에서 겪은 95번 시나리오를 떠올렸다.

그쪽 세계선에서는 우리보다 빠르게 이계의 신격의 침습이 시작되었다.

우리도 이제 비슷한 꼴이 되겠지. 그것이 저 빌어먹을 관리국이 원하는 이야기니까.

"한국은 뭔가 대책이 있나요?"

"생각 중입니다."

"이계의 신격의 왕과 접선했다는 이야기가 있던데요."

아마 '은밀한 모략가'를 이야기하는 듯했다.

"정확히는 포획한 상태입니다."

안나 크로프트의 눈동자가 흔들렸다. 거기까지는 모르고 있던 모양이었다.

"그럼 혹시 왕을 이용해서 이번 재앙을 막아낼 수는……."

"이미 개연성을 많이 소진한 상태라 무립니다. 게다가 그는 이번 재앙과 관련이 없습니다."

"당신…… 이번 재앙에 대해 뭔가 아는군요?"

나는 곧바로 대답하지 않고 안나 크로프트를 마주 보았다.

알고 싶은 것이 있다면 자기가 아는 것을 토해내는 것이 먼저다. 그것이 정보 교환의 기본이니까.

내 의중을 눈치챘는지, 안나 크로프트가 가벼운 한숨을 내쉬고는 이야기를 시작했다.

"내가 줄 수 있는 정보는 그다지 많지 않아요."

"그거라도 말해보시죠."

"하나, 현재 '대멸망 시나리오'가 발동한 지역은 태평양 일부와 미대륙까지예요."

이미 아는 정보였다.


[현재 해당 지역은 대멸망이 진행 중입니다.]


나는 투명한 돔이 미대륙과 태평양 전체에 걸쳐 형성되어 있음을 확인했다. '이름 없는 것들'은 아직 돔 바깥으로는 나가지 못하는 듯했다. 아마 저기까지가 현재 '이름 없는 것들'에게 허용된 개연성이리라.

"둘, '이름 없는 것들'은 평범한 병기로는 사냥할 수 없어요. 기존의 병기 체계가 듣지 않는 것은 물론이고, 하위 시나리오의 성유물도 좀처럼 먹히질 않아요."

실제로 화면에서는 '이름 없는 것들'과 악전고투를 벌이는 몇몇 화신의 모습이 포착되었다. 개중에는 꽤 이름 있는 성유물의 소유자도 있었는데, 그의 도끼는 '이름 없는 것들'의 살갗조차 제대로 베어내지 못했다.

―어째서……!

날카로운 이빨에 찢긴 화신체의 살점이 화면을 덮자, 이지혜가 찡그리며 고개를 돌렸다. 나는 피하지 않고 그 장면을 유심히 들여다보았다.

[전용 스킬, '독해력'이 발동합니다!]

'이름 없는 것들'의 동체를 둘러싼 감각. 그 표면에 희미한 활자들이 떠다니는 것이 보였다. 유중혁이 말했다.
"성흔이군."
"단순한 성흔이 아니야. 저렇게 상시 활성화가 가능한 수준이라면 이미 형상설화形像說話 단계라고."
형상설화. 슬슬 그 정도 개연성이 허락될 단계도 됐다.
유중혁도 동의하는 듯 고개를 끄덕였다.
"아마 저 '이름 없는 것들'의 왕은 아주 강력한 방어 능력을 지닌 존재일 것이다."
왕의 권속은 자연히 왕의 설화를 따른다. '은밀한 모략가'의 권속인 꼬마 유중혁들이 그랬던 것처럼.

태평양에 섬을 융기시킨 이계의 신격. 아마 공포의 기록자들이 남긴 책에 적혀 있던 다섯 왕 중 하나일 것이다.

「서쪽 세계의 재앙, '가라앉은 섬의 주인'.」

나는 일행들을 안심시키듯 말했다.

"너무 걱정하진 마십시오. 상위 격 성좌라면 저들을 죽일 수 있는 병기를 가지고 있을 테니까요."

"하지만 성좌는 아무도 참전하지 않았어요."

확실히 화면 어디에도 성좌의 모습은 보이지 않았다.

그 흔한 위인급 성좌조차.

"지금부터 모아봐야죠."

나는 진언을 발동하기 위해 비유를 흘끗 보았다. 채널이 이상할 정도로 고요했다. 분명 모두 저 광경을 보았을 것이다.

그런데 메시지가 없다?

어쩌면 저 심해 깊숙한 곳에서 아직 나오지 않고 있는 '왕'을 두려워하는 것일 수도 있다.

"장하영."

나와 눈이 마주친 장하영이 고개를 끄덕였다.

채널을 통해 성좌들과 의사 교환이 어려운 상태라면, 장하영의 힘을 빌리는 게 최선이었다. 그리고 잠시 후.

"아무도 답장이 없는데."

"아무도?"

그럴 리가 없었다. 〈스타 스트림〉에 성좌가 얼마나 많은데.

"흑염룡이 유일하게 답장을 주긴 했는데 지금 조금 바빠서 대답하기 어렵다고……."

"〈올림포스〉에도 연락해봤어? 〈명계〉는?"

"맨 처음에. 근데 답장이 없어."

뭔가 이상했다.

〈올림포스〉는 그렇다 쳐도, 〈명계〉라면 당연히 반응할 법도 한데.

하물며 우리엘이나 제천대성은…….

곁에서 혀를 차던 한수영이 말했다.

"당연한 거야. 이게 성좌란 족속들의 본질인 거지."

지금껏 우리를 응원해준 성좌들의 수식언이 하나하나 머릿속을 스쳤다. 그렇게 많은 성좌가 있는데, 아무도 도와주지 않는다고?

한수영이 계속해서 말했다.

"많은 성좌가 우리 설화를 봤지. 누군가는 응원하고, 누군가는 시기하고. 다양한 반응이 있었고, 많은 코인을 벌었어. 하지만 거기까지야."

"……."

"세상이 우리 이야기에 동하기라도 한 줄 알았냐? 네가 정말 〈스타 스트림〉을 바꿨다고 생각했어?"

"그렇게까지 순진한 생각을 한 건 아니지만……."

"어차피 성좌들은 입맛에 맞는 채널만 구독하는 법이야. 이제 흥미가 떨어졌으니, 다른 채널로 옮겨간 것뿐이라고."

한수영의 말이 사실일지 어떨지는 모른다.

[다음 대멸망 시나리오 지역은 '동북아시아'입니다.]
[대멸망 시나리오 시작까지 14일 12시간 7분 남았습니다.]

다만 확실한 것은, 그들의 외면으로 자칫하면 지구가 통째로 날아가게 생겼다는 사실.

정희원이 물었다.

"이제 어쩌죠?"

"뭐, 아주 상정하지 못한 상황도 아닙니다."

내 말에 한수영이 눈을 가늘게 떴다.

"뭐 방법이라도 있어?"

"저쪽에서 만나러 오지 않겠다면, 우리 쪽에서 먼저 만나러 가야지."

"어디부터 갈 건데? 역시 만만한 〈명계〉인가?"

"〈명계〉를 만만하다고 말하는 건 아마 너뿐일 거다."

이죽거리는 한수영을 뒤로하고, 정희원을 바라보았다.

〈명계〉에 도움을 요청하는 것도 급하지만, 지금은 그보다 더 급한 일이 있다.

남은 시간은 십사 일. 최소한의 동선으로 최대 효율을 내야 한다.

"잃어버린 동료부터 되찾아야지."

내가 바라본 것은 정희원의 허리춤에 매달린 강철검이었다.


[등장인물 '이현성'의 영혼이 잠들어 있습니다.]


아무래도 강철화 5단계의 후유증이 내 생각보다 심각한 모양이었다.

"'강철의 주인'을 만나러 간다."

"'강철의 주인'? 그런 녀석이 도움이 되겠어?"

나는 고개를 끄덕였다.

"'강철의 주인'은 강력한 성좌야. 신화급은 아니지만 지금의 우리에겐 신화급 성좌보다 더 필요한 성좌라고."

"왜?"

"자세히 설명할 시간 없어. 일단 움직이자."

긴급 연락책과 최소한의 방어 병력이 필요하기 때문에 장하영과 공필두, 그리고 이설화는 공단에 남았다. 또 남기고 가려니 미안한 마음이 들었지만, 그들의 표정을 보니 오히려 그런 마음을 갖는 것이 더 큰 실례라는 생각이 들었다. 생각해보면 이설화도 비슷한 말을 했다.

"얼른 다녀와, 여긴 맡겨두고."

서울에 남는다고 해서 이들의 임무가 더 쉬운 것은 아니다.

이야기되지 않는 것들이 있기에, 비로소 이야기가 존재하는 것처럼.

　우리는 곧장 'X급 페라르기니'를 타고 차원로로 진입했다. 찬연한 〈스타 스트림〉의 별들이 스쳐 가자, 일행들의 표정도 긴장으로 물들었다.

　"다들 긴장하실 필요 없어요. 그냥 놀러 간다고…… 그 노동자 혁명인가 뭔가의 연장선이라고 생각하세요."

　"지금은 근무 시간이잖아요."

　"그렇게 무서운 곳은 아니니까 하는 말입니다."

　"어디로 가는 건데요?"

　"음, 말씀드렸다시피 '강철의 주인'의 본거지로……."

　"그놈 정체가 뭔데?"

　답답했는지 결국 한수영이 물었다.

　"다른 성좌들은 수식언으로 대충 유추가 가능하잖아. '긴고아의 죄수'는 손오공이고, '술과 황홀경의 신'은 디오니소스고. 그런데 그 녀석은 전혀 예측이 안 돼. 내가 읽은 부분까지도 정보가 안 나왔고."

　"궁금하면 [예상표절]로 맞혀보든가."

　"그런 하찮은 일에 내 능력을 쓰라고?"

　나는 어깨를 으쓱했다.

　보아하니 한수영뿐만 아니라 일행들 모두 '강철의 주인'이 누구인지 궁금한 얼굴이었다.

　정희원이 물었다.

"우리가 아는 신화 속 인물이에요?"

"신화 속 인물은 아니지만, 엄청 유명한 성좌긴 하죠. 실제로 이 성좌의 설화를 토대로 만들어진 이야기도 있어요. 그런데…… 애들은 잘 모를 것 같기도 하고."

내 말에 신유승과 이길영이 시무룩한 얼굴을 했다.

뒤쪽에서 굉음이 들려온 것은 내가 말을 이으려던 순간이었다.

"저 자식들이?"

운전대를 잡고 있던 한수영이 경악하며 외쳤다.

백미러에 비치는 전함의 그림자. 한두 척이 아니었다. 족히 수십 척은 되는 우주 전함이 에테르 입자를 흩뿌리며 우리를 쫓아오고 있었다.

신유승이 물었다.

"저거 성운 아니에요? 왜 우릴 공격해요?"

확실하진 않지만 〈베다〉나 〈파피루스〉 같은 거대 성운의 설화 병기로 보였다.

이지혜가 인상을 찌푸리며 말했다.

"거북선 소환할까?"

"아냐. 싸울 시간 없어. 밟아 한수영!"

어차피 목적지까지 남은 거리는 얼마 되지 않는다.

눈 깜짝할 사이에 가속한 'X급 페라르기니'가 전율적인 속도로 차원로를 주파했다. 그리고 얼마 지나지 않아 메시지가 떠올랐다.

[좌표 'OZ-1900'에 도착했습니다!]

끼이이익, 하는 소리와 함께 허공에서 차가 멈춰 섰다.

우리가 도착한 곳은 정거장이었다. 정거장에는 작은 나무집이 있었다.

나는 외쳤다.

"빨리 내리세요! 저 집으로 들어가요!"

모든 일행이 집 안으로 들어오는 것과 거의 동시에 'X급 페라르기니' 차체가 폭발했다.

젠장, 아직 몇 번 타보지도 못했는데.

나는 일행을 모두 확인한 뒤 현관문을 닫았다. 곧 집 주변에 가공할 태풍이 일더니, 떠오른 집이 빠른 속도로 움직이기 시작했다. 나는 소리쳤다.

"창문 전부 잠가주세요!"

"저게 창문 잠근다고 막아지냐?"

한수영은 태클을 걸면서도 열심히 창문을 걸어 잠갔다.

멀리서 우리를 쫓던 성운들이 탄환을 장전하는 것이 보였다. 전함 수십 척이 한꺼번에 광자포를 충전하는 광경은 그 자체로 장관이었다. 저 정도 공격이라면, 한반도 전체를 날려버릴 수도 있을 것이다.

이지혜가 다급하게 외쳤다.

"아저씨! 지금이라도―"

"걱정 마, 여긴 안전해."

집 전체가 기하학적 변형을 일으켰다. 집 내부가 급격하게 팽창하더니, 금속음과 함께 집 전체로 배관들이 자라나기 시작했다.

"뭐야? 나무집 아니었어?"

[선체 도킹을 시작합니다!]

허공에 붕 떠올라 있던 집이 장착음과 함께 어딘가에 고정되었다. 그와 동시에 격발된 포화가 우리를 향해 쏟아졌다. 족히 대륙 하나를 없애버릴 수 있는 화력이었다.

그 순간, 시끄러운 배기음과 함께 행성 일대에 아득한 크기의 강철막이 자라나기 시작했다. 날아든 포화는 그 막에 가로막혀 그대로 소멸했다.

어마어마한 스케일의 방호벽에, 일행들은 기가 질린 듯한 얼굴로 나를 바라보았다.

창밖으로 우리가 착륙한 행성의 외연이 비쳤다.

은빛의 도시. 수축기의 심장을 연상시키는 거대한 행성.

[강철의 심장, 〈오즈〉에 오신 것을 환영합니다.]

강철의 심장 〈오즈〉.

이곳은 〈스타 스트림〉에서 가장 단단한 금속이 자라나는 행성이다.

✳

**2**

[선체 안정화 작업을 진행 중입니다. 잠시 기다려주십시오.]

일행들이 멍한 눈으로 창밖을 내다보았다.

토네이도에 휩쓸린 집, 새로운 세계…… 슬슬 다들 이곳이 어디인지 눈치챘을 것이다.

"아저씨, 이거 그거지?《오즈의 마법사》."

먼저 그 말을 한 건 뜻밖에도 이지혜였다.

"알아?"

"응, 옛날에 친구가 이거랑 관련된 뮤지컬을 좋아했거든."

으스대던 이지혜의 표정이 순식간에 침울해졌다. 그걸 눈치 챈 정희원이 재빨리 말을 받았다.

"근데《오즈의 마법사》라면 비교적 최근 작품 아닌가요?"

"제 기억이 맞는다면 1900년에 만들어진 작품이에요."

"역시 상아 언니, 모르는 게 없다니까."

이지혜가 엄지를 들었다. 정희원이 다시 말했다.

"근데 그럼 뭔가 말이 안 되잖아요. 고작해야 백 년밖에 안 된 세계인데…… 현성 씨한텐 '강철의 주인'이 그보다 더 오래된 성좌라고 들었거든요."

"희원 씨 말씀이 맞습니다."

타당한 의문이었다. 모든 설화는 곧 존재를 구성한다. 그런데 존재를 구성하는 설화의 연식이 짧으니 의문이 들 수밖에.

"혹시 《서유기》는 어떠셨습니까?"

"네?"

"《서유기》가 먼저 존재했을까요, 아니면 제천대성이 먼저 존재했을까요?"

그 말에 일행들이 뭔가 깨달았다는 표정을 지었다.

"그럼 '강철의 주인'도 이야기되기 전부터 존재했을 거란 뜻이야?"

"그럴 수도 있고, 아닐 수도 있고."

"뭐야 그게."

말 그대로다. 일단 설화가 되어버린 존재들은, 시간이 지날수록 그 연식이 조금씩 불투명해진다. 성좌의 탄생이 근원 설화에서 비롯한다 해도, 그 근원 설화조차 시간 경과와 함께 조금씩 변화하기 때문이다.

[선체 안정화 작업이 완료됐습니다.]

[입구를 개방합니다.]


"뭐, 자세한 건 나가보면 알겠지."

그 말을 한 한수영이 제일 먼저 폴짝 뛰어내렸다. 신이 난
이지혜와 아이들도 녀석을 뒤따라갔다.

"우리도 가죠."

내 말에 고개를 끄덕거린 나머지 일행들이 선체에서 하차
했다.

기억대로라면, 이곳 〈오즈〉에서 얻을 시나리오는 원작의 모
험을 그대로 답습한다. 토네이도와 함께 날아간 집이 〈오즈〉
라는 이계에 도착하고, 하필 그 집이 깔아뭉갠 대상이 못된 마
녀고…….

"뭐야 이거!"

그리고 이지혜의 목소리가 들려왔다. 집에 깔린 마녀를 발
견했겠지.

그런데.

"가짜잖아?"

누가 깔려 있기는 했다. 하지만 마녀가 아니라, 마녀의 모양
을 한 인형이었다. 마녀라고 우기기도 어려운, 지저분한 상태
의 모형.

한수영이 부러진 마네킹 다리를 들며 물었다.

"이거 뭔데?"

나는 그 다리를 가만히 응시했다.

「전개가 원작과 달라졌다.」

멸살법에 등장한 행성 〈오즈〉는 일종의 테마파크였다. 방문객들은 《오즈의 마법사》 원작과 같은 루트를 따라 난쟁이 '먼치킨'들을 만나고, 각자 하나씩 배역을 부여받아 에메랄드 성으로 이동하게 된다.

그런데 뭔가 이상했다.

「난쟁이 '먼치킨'이 보이지 않는다.」

유중혁이 중얼거렸다.

"스승님께 듣던 것과는 좀 다르군."

동감이었다. 이 광경은 뭘까.

살풍경한 바람이 부는 은빛 도시에는 생명체의 기척이 거의 느껴지지 않았다.

"뭔가 삭막한데요. 동화 속 세계인데……."

멸살법을 전부 읽은 나도 〈오즈〉에 관해 많은 정보를 알고 있지는 않았다.

작중에서 〈오즈〉가 정확히 소개되는 것은 단 한 번, 유중혁의 999회차에서였다(후반부로 갈수록 스킵 장면이 늘어나서, 나중에는 "〈오즈〉에 가서 병장기를 강화할 설화 금속을 얻었다" 정도로

서술되고 만다).

「"슬픈 곳이군요. 좀 더 즐거운 전승이 깃들어도 좋을 텐데."」

999회차의 이현성이 한 그 말이, 지금도 기억에 명료하게
남아 있었다. 이곳에서 이현성은 자신의 힘을 각성하고, '강철
의 주인'의 힘과 의지를 계승하게 된다.

그런데 아무리 봐도 지금 광경은 원작과는 완전히 달랐다.

왜일까. 우리가 원작을 많이 바꿨기 때문인가?

하지만 이곳은 〈오즈〉다. 〈김독자 컴퍼니〉가 바꾼 영향력이
강하게 미치는 행성은 아니었다.

"요정 같은 애들이 몰려와서 노래도 하고 춤도 추면서 우리
데려가야 하는 거 아니냐? 요정은커녕 파리 한 마리 없네."

부서진 테마파크의 알림판이 바닥에 나뒹굴고 있었다. 폐업
한 놀이공원 같은 분위기였다.

아이들은 그마저도 신이 나는지 곁에 찰싹 달라붙어 중얼
거렸다.

"뭔가 흉가 체험 같아요."

우리는 일단 노면에 표시된 노란 표식을 따라가보기로 했
다. 원작에 따르면 이 길 끝에는 에메랄드 성이 있다. 실제로
얼마간 걸음을 옮기자, 높다랗게 솟아오른 녹색 탑이 보였다.
그리고 탑 주변으로 자그마한 도시가 형성되어 있었다.

「모든 여정이 저문 곳에 낡은 성을 하나 지었으니」

「그대들은 기꺼이 방문하여 우리 이야기를 기억해주기 바란다」


도시 입구에 어쩐지 감상적인 느낌의 문구가 적혀 있었다.

유중혁이 입을 연 것은 그때였다.

"나는 여기서부터 따로 행동한다."

"뭐? 왜?"

"이곳 난쟁이 중에 뛰어난 대장장이가 있다."

그 말에 떠오르는 문장이 있었다.


「오즈의 금속에는 가장 오래된 마법이 깃들었으니」


〈오즈〉는 〈스타 스트림〉에서 가장 오래된 설화가 깃든 금속

의 원산지였다. 본래 원작 유중혁의 무기는 이곳의 강철로 강

화된다. 〈오즈〉의 금속과 유중혁의 설화를 뒤섞어 성유물로

거듭난 최강의 패도. 그것이 바로 후반부의 유중혁이 사용하

는 성유물 '진천패도'였다.

물론 원작 이야기이고, 이번에 강화할 건 흑천마도가 되겠

지만.

"〈오즈〉의 강철은 〈스타 스트림〉에서 제일 단단하다. 지금

은 병기 확보가 급선무다."

그렇게 선언한 유중혁은 허락조차 구하지 않고 떠났다. 그

냥 둬도 괜찮냐는 듯 일행들이 나를 바라보았지만, 나는 그냥

어깨를 으쓱하고 말았다.

어차피 〈오즈〉에 온 목적이 한 가지가 아니니 인원을 나눌 필요는 있었다. 이현성을 구하는 데 모든 일행이 필요한 것도 아니고.

나는 곁에서 초롱초롱 눈을 빛내는 이지혜를 향해 말했다.

"너도 따라가. 전함 업그레이드해야 되잖아."

"아싸!"

신이 난 이지혜가 총총걸음으로 달려갔다.

나는 유상아를 보며 말했다.

"유상아 씨도 몰래 따라가주시겠어요? 저 둘만 보내긴 불안해서. 그리고 애들도…… 아마 꽤 구경할 만한 것들이 있을 거예요."

"얼른 가요! 얼른!"

유상아의 손을 한쪽씩 붙잡은 아이들이 번화가 쪽으로 사라졌다.

시끌벅적하던 일행들이 흩어지자, 약간 허전한 기분이 됐다.

이제 남은 일행은 나, 정희원, 한수영뿐.

한수영이 중얼거렸다.

"도로시와 똑똑한 허수아비, 겁쟁이 사자가 남았네."

《오즈의 마법사》에서 주요 구성원은 총 넷이다. 주인공인 도로시, 양철 나무꾼, 똑똑한 허수아비, 그리고 겁쟁이 사자.

내가 물었다.

"굳이 '똑똑한 허수아비'라고 한 걸 보면 그게 너겠지."

"정답이야."

"나머지는 굳이 묻지 않으마."

"넌 겁쟁이 사자야."

"고맙다."

우리는 시시덕거리며 도심으로 진입했다.

만약 이곳이 여전히 테마파크였다면, 정말 그런 일행 구성이 되어도 재미있었을 것이다.

우리를 보며 고개를 절레절레 흔든 정희원이 성큼성큼 앞서 나갔다.

몇몇 원숭이 무리가 도시 곳곳에 숨어 우리를 흘끗거리고 있었다.

환영하는 분위기 같지는 않았다. 환영도 마중도 없는 세계. 동화라기보다는 호러 소설이 어울리는 분위기였다.

얼마 지나지 않아 에메랄드 탑에 도착했다.

한수영이 말했다.

"꼭 마탑처럼 생겼네."

"실제로 마법사가 사는 탑이니까."

지금도 살고 있을지는 모르겠지만.

우리는 탑 입구로 가서 문을 두드렸다. 그러자 딱딱한 남자 목소리가 들려왔다.

─용건을 말하라.

"'강철의 주인'을 뵈러 왔습니다."

대답은 돌아오지 않았다.

여전히 굳게 닫힌 문.

아무래도 잘못 말한 모양이었다. 나는 멸살법을 떠올렸다. 999회차에서는 뭐라고 말했더라?

내가 생각하는 사이, 정희원이 검을 뽑아 들었다.

"현성 씨 영혼 돌려줘. 탑 쪼개버리기 전에."

전신에서 일어나는 대천사의 격. 강렬한 [지옥염화]의 불길이 그녀의 강철검 위에서 활활 타오르는 순간, 머뭇거리며 문이 열렸다.

[에메랄드 성이 당신들을 환영합니다.]

이래도 되는 건가 싶었지만, 어차피 시간도 없으니 잘됐다는 생각이 들었다.

기회를 잡은 한수영이 감탄했다는 듯 중얼거렸다.

"역시 도로시."

"닥쳐. 나 여기 장난치러 온 거 아냐."

한수영이 슬그머니 내 쪽으로 붙더니 '한낮의 밀회'로 속삭였다.

―겁나 무섭네. 저게 사랑의 힘인가?

허공에 강철검을 휘휘 그으며 전진하는 정희원. 본래도 타고난 패기로 똘똘 뭉친 사람이지만, 이렇게 보니 기세가 정말 대단했다.

―그런가 보다.

탑 내부는 심심했다. 딱히 눈에 띄는 장식물도 없고, 말 그대로 필요한 것만 배치되어 있는 정경이었다. 마치 이현성의 군용 배낭을 보는 것 같았다.

그렇게 오 분쯤 더 걷자, 알현실로 보이는 방이 등장했다. 우리는 바로 열고 들어갔다. 은은한 조명이 켜지며, 알현실 중앙에 커다란 은빛 마스크가 떠올랐다. 우리 쪽을 응시하는 텅 빈 두 눈이 그곳에 있었다.

[〈김독자 컴퍼니〉인가.]

알현실 전체에 울려 퍼지는 강철의 진언.

나는 바로 알 수 있었다. 저자가 바로 이현성의 배후성인 설화급 성좌 '강철의 주인'이다. 아마도 상징체겠지.

"그렇습니다. 처음 뵙겠습니다."

[그쪽이 '구원의 마왕'이로군.]

내가 고개를 끄덕였다. 귀찮다는 듯한 시선으로 나를 바라본 은빛 마스크가 말했다.

[방문한 목적이 뭐지?]

바로 본론으로 들어가는 건가. 잘됐다는 생각이 들었다.

"이현성의 영혼을 돌려주십시오. 소유권이 당신에게 있다는 걸 알고 있습니다."

[그건 불가능하다.]

"왜죠?"

[그의 영혼은 이 행성의 유지를 위해 필요하다.]

예상 밖의 말이었다. 돌아보니 정희원이 나를 향해 눈을 부라리고 있었다. 나는 재빨리 덧붙였다.

"배후성 계약이 원래 그딴 식이란 건 알고 있습니다만, 현성 씨는 우리 동료입니다. 당신도 우리 이야기를 좋아하는 줄 알았는데요."

[……]

"그리고 〈오즈〉는 이미 충분히 많은 거대 설화를 가지고 있지 않습니까? 현성 씨의 영혼을 동력으로 사용할 이유가 없을 텐데요?"

《오즈의 마법사》는 지구에까지 알려질 정도로 유명한 설화다. 요즘에는 다소 시들해졌다지만, 한때는 전 지구적으로 선풍적인 인기를 끈 이야기. 지구에서도 그 정도인데, 〈스타 스트림〉에선 오죽할까. 결코 동력이 부족할 이유는 없다는 뜻이었다.

그럼에도 '강철의 주인'은 완고했다.

[돌아가라. 영혼은 돌려줄 수 없다.]

3

"정 동력이 필요하다면 저희 쪽 설화와 교환하시죠. 동력으로 쓸 만한 설화를 공급해드리겠습니다."

[돌아가라고 했다.]

역시 뭔가 이상했다. 단순히 이현성을 동력으로 사용하려는 거라면, 내 제안에 응하지 않을 이유가 없었다.

"미안하지만 영혼은 반드시 받아가야 하겠습니다. 곧 마지막 시나리오가 시작됩니다. 당신의 안위만 챙길 때가 아니란 말입니다."

[설화, '구원의 마왕'이 이야기를 시작합니다!]

내가 격을 개방하자 '강철의 주인'은 당황한 듯했다.

[감히 이곳 〈오즈〉에서 나와 대적하겠다는 것인가?]

츠츠츠츳, 하는 소리와 함께 알현실의 허공에 스파크가 튀었다.

'강철의 주인'은 설화급 성좌다. 그리고 원작에 따르면 이곳 〈오즈〉에 한해서 그의 격은,

[호의를 베풀어, 그대들을 들여주었거늘⋯⋯!]

가히 신화급 성좌에 맞먹는다.

쿠드드드드.

수축과 이완을 반복하는 심장처럼 행성이 거칠게 몸부림쳤다.

한수영이 창백한 얼굴로 나를 바라보았다.

─김독자, 돌았어? 여기서 싸우면 어쩌자는⋯⋯.

나는 설화들을 개방했다.

[거대 설화, '마계의 봄'이 이야기를 시작합니다!]

[거대 설화, '신화를 삼킨 성화'가 이야기를 시작합니다!]

주력 거대 설화들이 이야기를 시작하자, 알현실이 당장이라도 무너질 것처럼 흔들렸다. 나는 거친 울림을 딛고 앞으로 나아갔다. '강철의 주인'이 외쳤다.

[물러서라! 물러서지 않으면⋯⋯!]

역시나.

나를 제압할 수 있는 시간이 충분히 있었는데도, '강철의 주

인'은 경고만 반복할 뿐 딱히 아무런 제재도 취하지 않았다.

마치 겁쟁이 사자 같은 모습이었다.

나는 그대로 마스크를 관통해 앞으로 나아갔다. 그리고 알현실 뒤쪽 벽면에 도달했다. '강철의 주인'이 뭐라고 외치는 소리가 들려왔다. 무시하고 벽면을 주먹으로 가격했다.

다음 순간 허공에 홀로그램처럼 떠 있던 은빛 마스크가 사라졌다.

"이봐, 원숭이."

뻥 뚫린 벽의 구멍 너머로, 겁에 질린 채 덜덜 떨고 있는 원숭이 한 마리가 보였다.

"진짜 '강철의 주인'은 어디 있지?"


✵ ✵ ✵


잠시 후, 우리는 원숭이에게서 정보를 얻어냈다.

한수영이 말했다.

"그러니까 '강철의 주인'은 여기 없다는 거네."

[이, 이런 짓을 하면 '강철의 주인'께서 네놈들을 용서…….]

"진언 스위치 꺼. 진언 같지도 않으니까."

"……하실 것 같습니다."

시무룩해진 원숭이가 말했다.

아마 이 원숭이는 '강철의 주인'의 심복일 것이다. 영문은 모르겠지만, 이곳에서 성좌 행세를 하며 지내고 있었다.

"그럼 지금까지의 간접 메시지도 다 네놈이 보낸 거냐?"

"그, 그렇습니다. 그래도 '강철의 주인'님의 의사를 적극 반영했습니다."

"의사를 반영해?"

내 물음에 원숭이의 시선이 알현실 가장자리를 향했다. 그곳에는 거대한 강철검이 십자가처럼 꽂힌 제단이 있었다.

나는 검의 외관을 유심히 보았다.

"본래는 저 제단을 통해 주인님 의사를 들을 수 있었습니다. 그런데 최근에 갑자기 소식이 끊어지면서……."

나는 제단의 강철검을 향해 손을 가져다댔다. 찌릿, 하고 올라오는 느낌이 있었다. 일전에도 겪은 적 있는 감각이었다.

아주 희미하지만, 이것은 분명 다른 세계선과 맞닿아 있는 감각이다.

그렇다면 '강철의 주인'은 다른 세계선의 존재란 뜻이다.

하지만 그럴 리가 없었다. 내가 알기로 '강철의 주인'은 《오즈의 마법사》에 등장하는 '양철 나무꾼'인데…… 혹시 누가 '강철의 주인'의 성좌명을 약탈한 건가?

내가 생각에 잠긴 사이, 한수영이 물었다.

"너희 행성이 이 모양이 된 것도 그거랑 상관있는 거냐?"

"그렇기도 하고, 관리 소홀 문제도 있습니다. 모든 설화는 언젠가 쇠락하기 마련이니까요. 〈오즈〉에 마법이 사라진 지는 이미 오랜 세월이 지났습니다. 이곳의 설화가 얼마나 오래되었는지 알고는 계신 겁니까?"

"몰라."

"〈오즈〉에는 이제 관광객이 오지 않습니다. 월평균 관광객 두 자릿수를 찍은 게 벌써 삼 년 전 일이란 말입니다."

원숭이의 눈빛이 아련하게 물들어 있었다. 마치 한때의 영광을 되새기는 듯이.

"한때 〈오즈〉는 〈스타 스트림〉 제일의 테마파크 중 하나로……."

정희원이 인상을 찌푸렸다.

"그런 얘기 듣고 싶은 게 아냐. 그래서 현성 씨 영혼은 돌려줄 거야 말 거야?"

"그건 좀……."

"왜!"

"그나마 관광객 두 자릿수가 유지되는 게 바로 '이현성' 덕분이기 때문입니다."

"대체 뭔 소리야?"

한참을 망설이던 원숭이가 말했다.

"최근 들어 오래된 거대 설화들의 영향력이 약해지고 있다는 걸 아십니까?"

"거대 설화들의 영향력이 약해져……?"

"〈오즈〉뿐만이 아닙니다. 기존에 거대 설화를 구성하던 설화들이 〈오즈〉와 비슷한 쇠락의 길을 걷고 있습니다."

"왜지?"

"최근에 떠오른 어떤 설화가 다른 설화의 지분을 잡아먹기 시작했으니까요."

고개를 든 원숭이가, 원망 가득한 시선으로 나를 보았다.

"당신들의 설화 말입니다."

⌘ ⌘ ⌘

결론부터 말하자면, 에메랄드 성에서 수확이 전혀 없지는 않았다. 원숭이는 이렇게 말했다.

—이현성을 데리고 가셔도 좋습니다. 그 대신 〈오즈〉의 홍보를 도와주십시오.

어떻게 도와주면 되느냐고 묻자 원숭이가 말했다.

—그건 이현성이 있는 곳에 가보시면 압니다.

그게 바로 지금 우리가 이곳에 있는 이유였다.

우리는 폐허가 된 테마파크의 입구를 올려다보았다. 더 이상 돌아가지 않는 관람차와 낡아빠진 회전목마. 완전히 망해버린 테마파크의 전형이었다.

《오즈에는 마법사가 없다》

본래 이게 테마파크의 이름이었나 보다. 제법 멋들어진 이름이었다.

문제는 그 밑에 붙은 부제였다.

《하지만 이현성은 있다》

—이현성 '기억 체험관' 전격 오픈!
—체험관 어딘가에 숨어 있는 이현성의 영혼을 찾아내시는 분께 소정의 상품을 드립니다.

이건 대체 뭐지?
매표소로 향하자 가격표가 우리를 기다리고 있었다.

* 입장권 4,000코인
* 자유이용권(50% 할인) 3,000코인

이건 그냥 자유이용권을 사라는 뜻이다.
매표소 직원이 물었다.
—몇 명 입장하십니까?
"셋이요."
—화신은 한 사람당 3,000코인. 성좌는 6만 코인입니다.

내가 방금 잘못 들었나? 처음 당해보는 무자비한 횡포에 넋이 나간 사이, 정희원이 내게 손을 내밀었다.

"이건 회삿돈으로 비용 처리 되죠? 임무잖아요."

"물론입니다."

"화신 한 장 주세요."

가볍게 회사 카드를 긁어버린 정희원이 '기억 체험관'으로 입장했다. 내가 멍하니 있는 사이, 한수영도 앞으로 나섰다.

"여기 화신 한 장—"

"잠깐만."

"뭐야, 왜?"

"할인 요금제가 있어."

나는 가격표 옆에 작게 붙은 문구를 가리켰다.

* 성좌 X 화신 커플 할인권 출시!
* 자신의 화신과 함께 방문한 배후성을 위한 커플 할인권입니다!
  화신과 함께 아름다운 추억을 쌓으며 달콤하고 아늑한 시간을
  보내세요!

문구를 모두 읽은 한수영이 나를 보았다. 나는 고개를 끄덕였다. 한수영이 물었다.

"돌았나?"

"아무리 코인이 많아도 여기 쓸 코인은 없어."

이글거리는 눈으로 나를 노려보던 한수영은 속으로 뭔가 계산하는 듯 손가락을 꼽더니, 가격표와 나를 한 번씩 번갈아 보았다. 그러고는 한숨을 내쉬며 물었다.

"뭐 줄 건데?"

.

.

.

"두 사람 지금 뭐 하는 짓이죠?"

한수영과 나를 발견한 정희원이 말했다. 그럴 법도 한 게, 지금 우리는 똑같은 모양의 늑대 귀 머리띠를 하고 있었다.

[해당 아이템은 '기억 체험관'에 머무르는 동안 벗을 수 없습니다.]
[다른 성좌들에게 당신과 화신의 돈독한 관계를 과시하세요!]

한수영이 뻔뻔한 목소리로 대답했다.

"데이트 알바 중이야."

"일단 현성 씨부터 찾죠."

원숭이 말이 맞는다면, '기억 체험관' 어딘가에 이현성의 영혼이 방목되어 있을 것이다.

대체 왜 이런 곳을 돌아다니는지 모르겠지만…….

아직 시간도 있겠다, 우리는 차분한 마음으로 돌아다녔다. '기억 체험관'이 대체 뭔가 싶었는데 곧 알 수 있었다.

[이현성, 5.4kg의 초대형 우량아로 태어나다!]
[5세 이현성, 왕따당하던 친구를 구하다!]

이곳은 이현성의 삶을 체험하는 곳이었다.

['자유이용권' 소지자만 입장할 수 있습니다.]
[입장 시 빙의 체험이 시작됩니다. 입장하시겠습니까?]

"여기 들어가면 우량아의 기분을 알 수 있는 건가? 누가 이
딴 걸 돈 주고 체험해?"
테마파크는 놀이공원과 비슷한 모양새였다.
각 체험관에 들어가 이현성 또는 이현성 주변 인물에 이입
하여 삶을 체험할 수 있었다. 정희원이 말했다.
"우리가 유명해지기는 한 모양이네요. 이런 게 다 만들어
지고."
"저거 궁금한데?"
우리는 어느새 홀린 듯 이현성의 삶을 들여다보고 있었다.
진짜로 성좌가 된 기분이었다. ……생각해보니 나는 정말 성
좌다.

[17세 이현성, 콩닥두근 첫사랑에 실패하다!]

정희원은 오랫동안 그 관을 물끄러미 바라보고 있었다. 내가 물었다.

"들어가보시려고요?"

"아뇨."

우리는 계속해서 이현성을 찾아다녔다.

이현성의 영혼은 특유의 설화 반응이 있다. 분명 근처에서 반응이 느껴지는데…….

[이현성, 멸악의 심판자와 조우하다!]

계속 돌아다니다 보니, 체험관 중에는 〈김독자 컴퍼니〉와 관련된 것도 있었다.

[순정강철 이현성! 멸악의 심판자를…….]

정희원의 발걸음이 조금씩 빨라졌다. 우리는 열심히 정희원의 뒤를 쫓아갔다. 하지만 이현성의 기척은 느껴지지 않았다. 체험관 한 열을 다 확인한 뒤 돌아서는데, 누군가가 그곳에 있었다. 이현성은 아니었다.

"어? 아저씨?"

여우 귀 머리띠를 쓴 이지혜였다.

"네가 왜 여기 있어?"

내 질문에, 이지혜가 간단히 설명을 시작했다.

유중혁과 유상아, 아이들을 데리고 대장간에 갔는데 설화 금속이 다 떨어져 없었다는 이야기.

허탈한 마음을 안고 돌아다니다가 우연히 이곳을 찾았다는 이야기.

아이들이 보채서 어쩔 수 없이 '가족 할인'을 받아 입장했다는 이야기까지…… 가족 할인?

"네놈은 여기서 뭘 하고 있는 거지?"

돌아보니, 역시나 여우 귀 머리띠를 쓴 유중혁이 있었다. 유중혁은 나와 한수영을 번갈아 보더니 물었다.

"이현성의 영혼은 되찾았나?"

"지금 찾으러 온 거야. 너야말로 설화 금속 안 찾고 여기서 뭐 하는 거냐?"

"대장간은 휴업 중이었다. 설화 금속이 다 떨어졌다더군."

왜 그런 일이 벌어졌는지 알 것도 같았다. 어쩌면 그 또한 〈오즈〉의 거대 설화가 약해진 것과 관계되어 있을 것이다.

멀리서 이쪽을 향해 손을 흔드는 유상아의 모습. 잠자리 날개를 연상시키는 머리띠를 쓴 신유승과 이길영도 보였다.

"언니, 다음에는 저기 들어가봐요! 저기!"

"어머, 저긴 18세 이용가야."

졸지에 일행이 다 모인 셈이 됐다.

차라리 잘됐다 싶었다. 어차피 이렇게 된 거, 다 같이 이현성을 찾는 편이 수고를 덜 수 있을 것이다.

정희원의 목소리가 들려온 것은 그때였다.

"다들 이쪽으로 와봐요!"

우리는 곧바로 그쪽을 향해 다가갔다.

그곳에, 다른 체험관보다 주의 사항이 유독 많은 체험관이 있었다.

* 이 체험관은 만 18세 이상만 이용 가능합니다.
* 가혹행위로 인해 빙의 체험자의 심적인 고통이 뒤따를 수 있습니다.
* 지구 출신 남성체 화신은 이용에 주의를 요합니다.

나는 기억 체험관의 이름을 올려다보며 말했다.

"찾은 것 같군요."

틀림없다. 이현성 특유의 둔하고 느릿한 설화가, 이 체험관에서 분명하게 느껴졌다.

이 안에 이현성이 있다.

나는 고개를 들어 체험관의 이름을 확인했다.


[실수로 탄피를 잃어버렸습니다]

※

**4**

"현성이는 잘할 거야."

"야, 지금이라도 안 늦었어. 페트병 다리에 묶고 3층에서 뛰어내려."

"남들 다 가는 건데 뭐. 사람 돼서 와라."

입대를 앞둔 누구나가 듣는, 그의 인생처럼 흔한 말이었다.

남들이 하는 대로 늘 따라가기 바쁘던 삶.

그는 누구나와 마찬가지로 〈이등병의 편지〉를 불렀고, 훈련소까지 배웅해줄 베프나 여자친구도 없이 홀로 입대했다.

"53번 훈련병."

"53번 훈련병 이현성!"

입대 초기만 해도 이현성의 군 생활은 나쁘지 않았다. 태생적으로 큰 키와 잘 다져진 근육 덕분에 대대장 훈련병으로 추

천도 받았다. 대대장 선서를 계속 틀리지만 않았더라면, 그는 표창을 받고 훈련소를 수료할 수도 있었을 것이다.

"53번 훈련병은 조교 말이 장난 같습니까?"

어릴 적부터 자신이 둔하다는 사실은 알고 있었다.

무얼 해도 남들보다 배움이 늦었고, 상황 파악도 빠르지 않았다.

그럼에도 이럭저럭 잘 살아올 수 있었던 것은 태평하면서도 우직한 모습을 좋아해준 사람들이 있었기 때문이다.

그런데 군대에는 그런 사람들이 없었다.

"하필 저 새끼랑 전우조야."

"덩치만 존나 커서는……."

모욕 속에서 이현성은 훈련병 생활을 견뎌냈다.

그렇게 훈련소를 수료했을 때, 그는 오 분 안에 샤워를 끝내거나 일 분 안에 침구류를 정리할 수 있는 종류의 인간이 되어 있었다.

얼마 지나지 않아 자대 배치를 받는 순간이 찾아왔다.

입대 이후 줄곧 이현성이 기다리던 시간이었다.


─입대하시는 분들께 꿀팁 드림. 자대 배치받으면 이렇게 하시면 됩니다.(Hot!) [812]


행군 때 쓸 깔창부터, 자대 배치 후 선임들에게 사랑받는 방법까지. 입대 전날 인터넷에서 숙독한 군대 꿀팁은 그의 희망이었다.

동기 훈련병이 하나둘 자대를 향해 떠났다.

마지막 남은 그를 데리러 온 사람은 '정 중사'라는 인물이었다. 작업모를 깊이 눌러써서 얼굴이 제대로 보이지 않았다.

"넌 나랑 같이 간다."

털털거리는 군용 트럭에 실려 어딘가로 향하는 동안, 이현성은 자신의 인생에 관해 다시 한번 생각했다. 앞으로 그가 보내야 할 이 년 남짓한 시간과, 찾아올 시련을 생각했다.

부대는 작은 산 중턱에 있었다.

드디어 본격적인 군 생활이 시작되는 것이다.

간부 안내를 받아 간단한 신병 등록 절차를 마치고 생활관으로 향했다.

그리고 생활관 문이 활짝 열리는 순간.

─무조건 이렇게 하셔야 됩니다.

이현성은 인터넷에서 읽은 꿀팁을 실천했다.

"신병 받아라─!"

.

.

.

보통의 군대였다면 이현성의 군 생활은 거기서 끝이었을 것이다.

어디까지나, 보통의 군대였다면.

이현성이 더플백을 허공에 던진 순간, 슬로우 모션처럼 주변 모든 것이 느려졌다. 허공에서 천천히 풀려나는 더플백. 꼬질꼬질한 보급 속옷과 휴지, 훈련소에서 쓰던 비누 따위가 연발탄처럼 아주 천천히 산개하고 있었다. 거기다 자대 생활에 대한 기대로 부푼 이현성의 의기양양한 얼굴까지…….

마치 비극을 앞둔 영화의 한 장면 같은 신scene 속에서, 누군가가 물었다.

―이제 어떡하죠?

그러자 누군가가 대답했다.

―어쩔 수 없죠. 이게 현성 씨예요. 아무튼 우리도 현실을 받아들입시다. 지난번에는 가혹행위 버전으로 실패했으니까, 이번 분기는 약속한 대로 선진병영 컨셉을…….

―시끄럽고 빨리 시작해라, 김독자.

―그럼 다시 시작합니다!

그리고 다시 장면이 움직였다.

·

·

·

철퍼덕!

대포처럼 쏘아진 그의 더플백이 생활관 바닥에 포탄처럼 터졌다.

찬물이라도 끼얹은 것처럼 가라앉은 분위기. 뒤늦게 그를 향해 꽂히는 선임들의 시선.

이현성의 등줄기에 서서히 식은땀이 맺혔다. 설마…… 뭔가 잘못된 건가?

그리고 다음 순간.

그를 데려온 정 중사가 빙긋 웃으며 손뼉을 쳤다.

"웃음 체조 시작! 하하하하하! 와아, 재밌다! 이렇게 신선한 데뷔는 처음이다!"

그러자 생활관 안 선임들이 기다렸다는 듯 기립박수를 쳤다.

"신병님! 정말 대단하십니다!"

"대단하군."

드문드문 쏟아지는 박수 속에서, 이현성은 어리둥절하면서도 다시 의기양양해졌다. 해냈다. 꿀팁이 옳았다.

정 중사가 유중혁을 보며 말했다.

"중혁이 네가 맞선임이니까 잘 좀 챙겨줘."

"알겠습니다."

시끌벅적한 분위기 속에, 이현성은 자신을 대신해서 떨어진 물건을 정리하는 한 선임을 발견했다.

칼같이 각 잡힌 군복. 형형하게 빛나는 눈빛, 조각 같은 외모.

가슴팍에는 일병의 약장과 '유중혁'이라는 이름이 붙어 있었다.

이 사람이 내 맞선임이구나.

그 순간, 맞선임의 무시무시한 눈빛이 그를 향했다.

"이, 이병 이현성!"

"네 자리는 이쪽이다."

어느새 정리가 끝난 그의 짐들이 관물대에 놓여 있었다.

선임들이 그럴 줄 알았다며 감탄했다.

"신병 너 잘 보고 배워라. 중혁이가 우리 부대 에이스거든."

선임들 분위기만 봐도, 그의 맞선임이 어떤 존재인지는 잘 알 수 있었다. 각 잡힌 베레모와 침구류. 닿는 곳마다 빛이 나는 것 같다. 이 사람처럼 군 생활을 할 수만 있다면…….

"뭐야, 신병 들어왔어?"

입구 쪽에서 쾌활한 목소리가 들려온 것은 그때였다. 근무를 마치고 돌아오는 길인지 땀에 젖은 얼굴. 얼핏 스쳐 간 병장 약장을 확인한 이현성이 황급히 경례를 올렸다.

"충성!"

"아, 너무 긴장하지 마. 됐어."

이현성의 얼굴을 살피던 병장은 빙긋 웃더니 유중혁 일병 쪽을 돌아보았다.

"우리 중혁이 군 생활 개풀렸네? 벌써 맞후임 들어오고."

이죽거리는 표정의 사내는 군인이라기에는 지나치게 희멀건 얼굴이었다.

왜일까. 그를 보는 순간, 이현성은 가슴 깊은 곳이 욱신거리는 느낌을 받았다.

사내의 얼굴을 확인한 병사들이 소리쳤다.

"김독자 병장님! 근무 다녀오셨습니까!"

"오냐. 근데 중혁이는 왜 인사가 없냐."

"……다녀…… 오셨습……."

부들부들 떠는 유중혁 일병의 얼굴이 하얗게 물들어 있었다. 무서워서 그렇다기보단 분노로 일그러진 느낌이었다.

그런 유중혁 일병을 보며 어깨를 으쓱한 김독자 병장이 말했다.

"우리 분대에 온 걸 환영한다. 이현성."

"이병 이현성!"

그것이 이현성과 분대장 김독자의 첫 만남이었다.

어디까지나, 이현성의 기억 속에서는 그랬다는 뜻이다.

¤ ¤ ¤

자대 배치 후 어느덧 이 주일의 시간이 흘렀다.

그동안 이현성은 이 부대에 관해 여러 가지를 알게 되었다.

가령 그가 소속된 분대의 실권을 가진 김독자 병장.

"알겠지? 유중혁 그 자식이 부조리 저지르면 나한테 바로 말해."

"이, 이병 이현성! 그런 일 없습니다!"

"아니, 그런 일 있을 거야. 너 이미 많이 당했잖아."

"잘 못 들었습니다?"

그리고 그의 바로 옆에서 항상 솔선수범하며, 시도 때도 없이 김독자 병장을 노려보는 유중혁 일병.

"군화는 이렇게 닦아라."

"이, 이병 이현성! 열심히 하겠습니다!"

"열심히 하는 건 의미가 없다. 잘하는 게 중요하지."

가끔 건강검진을 나온다는 간호장교 유 중위.

"음, 다리에 멍이 들었네요. 의병제대 시켜버릴까?"

"이, 이병 이현성! 끄떡없습니다!"

"그럼 꿰매줄까요? 나 실 잘 다루는데."

무심한 듯 꼼꼼한, 그러면서도 가끔 슬픈 눈으로 그를 바라보는 정 중사.

"할 만해?"

"이, 이병 이현성! 최선을 다하겠습니다!"

"안 그래도 돼. 늘 최선을 다하니까."

모두, 어딘가 이상한 데가 있는 사람들이었다.

"우리 부대는 선진병영 문화를 이룩하기 위해!"

하지만 그중에서도 가장 이상한 사람이 있다면.

"모든 병사는 개인 정비 시간에 반드시 웹소설을 읽어야 한다. 웹소설 읽기야말로 개인 정비의 알파이자 오메가이다."

바로 중대장 한 대위였다.

"이상! 곧 개인 정비 시간이다! 모두 웹소설을 읽어라."

"충! 성!"

그렇게 이현성의 꿈같은 군 생활이 시작되었다.

하지만 이현성은 모르고 있었다.


[현재 <김독자 컴퍼니>가 기억 체험관 '실수로 탄피를 잃어버렸습

니다'에 도전 중입니다.]

[해당 체험관의 난이도는 극상極上입니다.]

[현재까지 클리어 시도 횟수는 3회입니다.]


사실 그의 군 생활은, 이번이 처음이 아니라는 것을.


¤ ¤ ¤


설명하지 않아도 알겠지만, 이 시나리오에 참가한 이는 총 다섯 명.

나, 유중혁, 유상아, 정희원, 그리고 한수영이었다.

참고로 우리가 받은 히든 시나리오는 다음과 같았다.


> **〈히든 시나리오 - 탄피를 잃어버렸습니다〉**
>
> **분류:** 히든
> **난이도:** ???
> **클리어 조건:** 화신 '이현성'이 자신의 기억에 갇혔습니다. 그의 트라우마를 해결하고 기억 속에서 그를 구출하시오.
> **제한 시간:** ???
> **보상:** 이현성 복귀, 〈오즈〉의 인지도 강화로 인한 주요 보상품 수령 가능

## 실패 시: 〈오즈〉 멸망 가속화

　황당한 시나리오였다. 제한 시간이 물음표로 표시된 것도 난감한데, 클리어 조건과 실패 대가는 더욱 당혹스러웠다.

　정희원 중사님께서…… 아니, 정희원이 물었다.

　"김독자 병장."

　"예."

　"다른 건 그렇다고 쳐요. 근데 대체 왜 우리가 실패하면 〈오즈〉가 멸망한다는 거예요?"

　"가설은 둘입니다. 하나는 〈오즈〉의 인지도가 그만큼 떨어졌다는 거고…… 둘은, 어떤 물리적인 위기를 뜻하는 거겠죠."

　쿠웅, 하는 소리와 함께 천공 저편에서 미세한 진동 같은 것이 울려 퍼졌다.

　나는 이곳까지 우리를 쫓아오던 성운들을 떠올렸다. 어쩌면 녀석들이 본격적으로 침공을 시작했을 수도 있다. 만약 그렇다면 우리에게 남은 시간은 그리 많지 않을 것이다.

　진동음을 들었는지, 안색이 하얗게 질린 이현성이 멀리서 뛰어오고 있었다.

　"김 병장님!"

　"어, 현성아."

　"북한 습격인 것 같습니다!"

"괜찮아. 가서 쉬어."

"충성!"

뭘 해야 할지 모르겠다는 듯 헤매던 이현성은, 이내 부대 구석으로 가서 아직 외우지 못한 국군 도수 체조를 연습하기 시작했다.

그런 이현성을 보던 정희원이 중얼거렸다.

"현성 씨 진짜 돌아올 수 있을까요?"

"저도 잘 모르겠습니다. 노력해봐야죠."

이미 3회차 시도였다.

1회차 때는 군대에 대해 잘 모르는 일행이 많았기에 실패했고(일행 중 군필자는 나뿐이었다), 2회차 때는 유중혁의 가혹행위로 인해 실패했다.

곁에서 인상을 쓰고 있던 유중혁이 말했다.

"답답하군. 이현성은 굴려야 빨리 깨어난다. 카이제닉스 때의 경험을 잊었나?"

"2회차 때 해봤잖아."

"다시 하면 더 잘할 수 있다."

"아니라는 거 잘 알 텐데."

"……."

"누군가를 구한다는 게 그렇게 쉽게 될 리 없다는 거, 너도 알잖아."

3회차…… 어쩌면 1,864번이나 되는 생을 거듭한 유중혁이다. 그러니 사실은 내가 말하지 않아도 잘 알고 있을 것이다.

"이현성! 체조 순서가 틀렸다!"

어쩌면 잘 모를 수도 있고.

질겁하는 이현성을 향해 성큼성큼 다가가는 유중혁.

나는 나란히 국군 도수 체조를 하는 두 사람을 보며 정희원에게 말했다.

"여기 너무 오래 있으면 안 되겠습니다. 유중혁도 상태가 이상해요."

"이상하다뇨?"

"군대도 안 가본 놈이 군대에 너무 잘 적응합니다."

나는 광기에 가까운 절도로 도수 체조를 하는 유중혁을 보았다.

144회차의 유중혁은 이현성에게 '군대 설화'를 잘못 수혈받아 돌아버린 적이 있었다. 이대로 시간이 지나, 또 「미친 군인 유중혁」 따위 설화가 만들어진다면…… 정희원이 말했다.

"적응 잘하면 좋은 거잖아요."

"적응은 잘하는데, 선임인 저한테는 함부로 대하니까 문제죠. 요즘 군대 참 좋아졌습니다. 저 때만 해도……."

"독자 씨는 그냥 중혁 씨가 군대 안 간 게 억울한 거죠? 중혁 씨는 면제니까."

나는 침착하게 대꾸했다.

"아무튼 그걸 제외하면 상황은 그리 나쁘지 않습니다. 우리가 여기에 있는 것만으로도 행성 〈오즈〉의 인지도가 오르고 있으니까요."

[현재 다수의 성좌가 해당 시나리오에 주목하고 있습니다!]

〈김독자 컴퍼니〉가 또 기괴한 설화를 만들고 있다는 소문이 퍼졌는지, 비유의 채널에 입장객이 늘었다. 모르긴 몰라도, 지금 행성 바깥에서 우리를 노리는 성운들도 이 장면을 보고 있을 것이다. 어차피 노려질 수밖에 없는 상황이라면, 차라리 이 상황 자체를 이용하는 편이 나았다.

[해당 채널에 다수의 성좌가 입장했습니다!]
[행성 <오즈>의 명성이 널리 퍼지고 있습니다!]
[화신 '이현성'과 관계된 새로운 설화가 발아하고 있습니다!]

이상한 점은, 새로 입장한 성좌들은 내가 알던 성좌가 아니라는 것이었다.
우리엘, 제천대성, 심연의 흑염룡, 고려제일검…… 반가운 이름들은 썰물이 빠져나간 것처럼 사라졌다. 불길한 예감이 들었다.
그들에게 혹시 무슨 일이 생긴 것일까.

[일부 성좌가 화신 '이현성'의 복귀를 기대합니다!]

빨리 이 시나리오를 해결해야 뭐든 알아볼 수 있을 텐데.

"꼭 해결할 필요가 있을까요."

"예?"

정희원은 대구하지 않고 이현성 쪽을 바라보았다. 유중혁의 지도를 받는 이현성이 땀을 뻘뻘 흘리며 체조를 계속하고 있었다. 순서대로 잘 해냈는지, 고개를 끄덕이는 유중혁의 모습이 보였다. 기뻐하는 이현성의 얼굴.

[등장인물 '이현성'이 행복해합니다!]

"늘 매뉴얼이니 어쩌니 해서, 난 현성 씨가 천생 군인인 줄로만 알았어요."

나 역시 동감이었기에 고개를 끄덕였다.

멸살법에서도 이현성의 전사前事는 그렇게까지 상세하게 다루어지지 않는다.

매뉴얼에 죽고 매뉴얼에 사는 사내 이현성. 그런 이현성이 사실은 누구보다도 매뉴얼과 거리가 먼 사람이었다는 것.

이곳은 이현성의 매뉴얼이 탄생한 세계였다.

[등장인물 '이현성'이 이곳을 좋아합니다.]

힘없이 웃은 정희원이 서글픈 목소리를 냈다.

"저 사람 데려가려는 거, 어쩌면 우리 욕심인지도 몰라요."

어쩌면 이현성은 〈오즈〉에 있는 게 더 행복할 수도 있다. 지

옥 같은 시나리오를 헤매는 것보다, 그의 기억 속에서 편안한
시간을 보내는 편이 더 나을 수도 있다.

쿠구구구…….

다시 한번 굉음이 들려온 것은 그때였다.

정희원과 눈을 마주치는 순간, 채널 메시지가 연이어 떠올
랐다.


[성좌, '악마 같은 불의 심판자'가 채널에 입장합니다!]

[성좌, '심연의 흑염룡'이 채널에 입장합니다!]

[성좌, '고려제일검'이 채널에 입장합니다!]


사라졌던 성좌들이 한꺼번에 채널로 되돌아오고 있었다.

무슨 일이 있었던 거냐고 물으려는 순간.


[성좌, '악마 같은 불의 심판자'가 당신에게 위험 신호를……!]


ㅊㅊㅊㅊㅊㅊ.


[채널 내 모든 간접 메시지 사용이 통제됩니다.]


간접 메시지가 끊어졌다.

고개를 들어보니 비유가 깜짝 놀란 얼굴을 하고 있었다. 당
연하게도 비유가 한 짓은 아니다. ……그렇다면?

하늘에서 다시 한번 굉음이 울려 퍼졌다. 아득히 먼 곳에서 거대한 북이 찢어지는 듯한 소리와 함께, 창공에 금이 가고 있었다.

"독자 씨."

무언가가 잘못돼가고 있었다.

# 88

**Episode**

## 신화급 성좌

Omniscient Reader's Viewpoint

※

**1**


우리엘은 기분이 별로 좋지 않았다.

―우리 비유 어디 있니.

성류 방송을 통해 〈김독자 컴퍼니〉의 지나간 설화들이 흘러나오고 있었다. 하지만 방송 내용은 하나도 눈에 들어오지 않았다.

그럴 수밖에 없었다.

자기 앞가림도 못 하는 판국에 어떻게 성류 방송에 집중할 수 있겠는가.

특히 999회차 세계선에서 온 자기 자신을 만나고, 그 기억 일부를 엿본 후부터는 머릿속이 엉망진창이 되었다. 지금도 눈을 감으면 999회차의 기억이 어렴풋이 떠올랐다.

「[나는 너의 유일한 동료다, 유중혁. 반드시 시나리오를 끝내고 네
원수를 갚겠다.]」

다른 세계선에도 그녀가 존재한다는 건 이미 알고 있었다.
하지만 알고만 있는 것과 직접 보는 것은 달랐다.
999회차의 세계선.
그곳의 자신에게는 대체 무슨 일이 있었던 것일까.
[아, 짜증 나네. 내가 궁금한 건 다른 세계선 얘기가 아니라
고. 지금 우리 애들 설화 따라가기도 벅찬데.]
우리엘이 머리를 감싼 채 투덜거렸다.
안 그래도 최근 〈스타 스트림〉의 분위기가 심상치 않았다.
마지막 시나리오가 다가올수록 성좌들 사이에도 묘한 긴장감
이 돌았다.
심지어 관리국이 이 세계선을 포기했다는 낭설까지 돌 정
도였다.

[관리국에서 성좌 '악마 같은 불의 심판자'님을 소환합니다!]
[소환에 응하시겠습니까?]

돌연 들려온 메시지에 우리엘이 번쩍 고개를 쳐들었다.
왜 하필 이런 타이밍에?

잠시 고민하던 우리엘은 일단 확인 버튼을 눌렀다. 그러자 눈부신 빛과 함께 몸이 어딘가로 이동했다.


[전송이 완료됐습니다.]


　전송된 곳은 낯선 공터였다.
　공터에는 그녀 외에도 몇몇 성좌가 도착해 있었다.
　[뭐야, 가브리엘. 너도 왔어?]
　[관리국은 이런 거 거절하면 스팸 메시지로 계속 귀찮게 구니까.]
　주변을 보니 벌써 수십 명에 달하는 성좌가 모여 있었다. 우리엘처럼 무슨 일인지 궁금해하는 이들이 대다수였다. 아무리 관리국이 깡패라고는 해도 아무 이유도 없이 호출할 리 없다.
　익숙한 얼굴도 있었다. 작은 키에 한쪽 팔에만 칭칭 감은 붕대…….
　[오구오구, 우리 염룡이 아니야!]
　단박에 달려간 우리엘이 '심연의 흑염룡' 머리에 헤드록을 걸었다.


　[큭! 적의 기습인가!]
　[나야 나. 대천사 누님.]
　[이거 놔!]
　우리엘 품에서 버둥거리는 '심연의 흑염룡'이 기함을 했다.

그 꼴을 보던 가브리엘이 중얼거렸다.

[우리엘, 그 녀석은 '절대악'이야.]

[알 게 뭐야. 〈에덴〉도 망해버렸는데. 이젠 다들 친하게 지내야지.]

지난 '성마대전'을 마지막으로 성운 〈에덴〉은 거의 멸절당했다. 강대한 대천사들의 군대는 대부분 절멸했고, 현재 활동 가능한 대천사는 우리엘과 가브리엘뿐이었다.

우리엘은 쓸쓸한 감상을 접어두고 다시 주변을 살폈다.

[저거 고려제일검이잖아?]

'대머리 의병장'과 '조선제일술사' '황산벌의 마지막 영웅'을 비롯한 한반도의 성좌들. 그리고 〈올림포스〉를 비롯한 다른 성운의 성좌들과 수르야도 보였다.

우리엘의 눈동자가 더욱 분주하게 움직였다.

안면 있는 성좌의 얼굴이 늘어날 때마다 좋지 않은 예감이 들었다.

이곳에 모인 성좌에게는 한 가지 공통점이 있었다.

간신히 우리엘에게서 벗어난 흑염룡이 중얼거렸다.

[모두 김독자의 채널에 있던 녀석들이군.]

그 말이 맞았다. 이곳에 모인 이들은 모두—

파츠츳.

그때, 우리엘의 기감에 위협적인 격의 움직임이 포착됐다.

누군가가 이 공터 일대를 포위하고 있었다. 하나하나가 설화급 성좌에 육박할 만큼 강대한 격을 지닌 자들.

눈치 빠른 우리엘은 금방 그들의 정체를 간파했다.

[〈파피루스〉에 〈베다〉, 그리고 〈황제〉라. 무슨 생각들이시지? 사이 안 좋은 당신들이 뭉치다니.]

우리엘은 약간 긴장하면서 중얼거렸다. 아무리 그녀라 해도, 이렇게 많은 설화급 성좌와 대적하기는 무리였다. 게다가—

[엉덩이 무거운 늙은이까지…… '마지막 시나리오'의 존재께서 웬일로?]

틀림없었다. 아까부터 팔뚝에 오소소 돋은 소름이 주변 어딘가에 있을 초강자의 존재감을 증명하고 있었다. 아무리 〈스타 스트림〉이 넓다고 해도 이만한 수준의 격을 지닌 존재는 손에 꼽았다.

곁을 보니 '심연의 흑염룡' 또한 표정이 눈에 띄게 굳어 있었다.

틀림없었다. 이 존재는,

[모두 모였나?]

완전한 신화급 성좌.

<u>ㅊㅊㅊㅊㅊㅊㅊㅊ촛!</u>

진언이 들려온 순간, 주변 공기가 완전히 바뀌었다. 허공을 떠돌던 산소가 모조리 발화하는 느낌이었다. 주변의 성좌들이 비틀거렸고, 화염 저항력이 강한 우리엘조차 순간 얼굴을 찌푸릴 정도였다.

'신화급 성좌'가 대체 왜 이곳에?

명왕이나 메타트론, 제천대성과 같은 극히 드문 경우를 제외하면, 대부분의 '신화급 성좌'는 하위 시나리오에 간섭하지 않는다. 그들은 이미 자신의 '결'을 완성하고 '단 하나의 설화' 후보에 이름을 올렸기 때문이다.

마지막 시나리오에 도착해 자신의 설화를 보장받은 자들.

[원숭이 놈과 명왕이 오지 않았군. 하지만 더 늦출 수는 없으니 이야기를 시작하겠다.]

[잠깐만!]

[성좌, '정오의 태양'이 '악마 같은 불의 심판자'를 응시합니다.]

시선을 마주하는 순간, 우리엘은 그 진언의 주인이 누구인지 깨달았다.

〈스타 스트림〉에는 무수히 많은 '태양'이 존재한다. 하지만 그중 이 우주의 중심을 차지한 태양은 극히 드물다.

특히나 시간의 중심인 '정오'를 차지하는 존재라면—

[태양신 라. 당신이 우릴 부른 건가?]

라. 그는 바로 거대 성운 〈파피루스〉의 최고 성좌였다.

[그렇다.]

[이상하네. 우릴 부른 건 '관리국'인 줄 알았는데?]

라는 대답하지 않았다.

주변에서 느껴지는 은근한 기척 중에는 대도깨비의 것도 있었다.

우리엘은 침착하게 대응하기로 했다. 만약 저쪽이 정말로 개연성 손실을 감수하고 관리국과 붙어먹었다면 상황이 정말 좋지 않았다.

[그래, 관리국과의 유착관계를 드러낼 만큼 중요한 일이 뭔지 들어나 보실까?]

[내가 너희를 부른 것은 '마지막 시나리오' 때문이다. 곧 '단 하나의 설화'가 가려진다. 이 세계선을 대표할 단 하나의 이야기가 정해진다는 뜻이지.]

단 하나의 설화.

이곳에 있는 성좌 중 그걸 모르는 이는 없다.

왜냐하면 이들이 지켜보고 있는 〈김독자 컴퍼니〉 또한, '단 하나의 설화'를 만들어가는 성운이니까.

[그래서? 그게 우리랑 무슨 상관인데?]

[너희는 대부분 '마지막 시나리오'의 자격을 얻지 못했지. 하지만 나와 함께라면 다르다. 내가 너희를 '마지막 시나리오'에 함께 데려가주겠다. 너희에게도 '단 하나의 설화'에 수식언을 올릴 기회를 주겠다는 뜻이다.]

그 제안에 몇몇 성좌의 눈동자가 흔들렸다. 주로 소속이 없는 위인급 성좌들이었다.

가만히 라를 바라보던 우리엘이 피식 웃었다.

[뭐야, 난 또 뭐라고. 일없으니 됐어. 얘기 끝났으면 이만 간다.]

그러나 돌아선 우리엘은 발을 내딛지 못했다. 무언가, 아주 강력한 격이 그녀의 발목을 붙잡았다.

[무슨 짓이지?]

[내 이야기는 끝나지 않았다.]

[들어보지 않아도 알 것 같은데.]

우리엘의 진언에 뾰족한 날이 서 있었다.

하필 다른 채널도 아니고, 채널 BY-9158의 성좌만 불렀다.

그리고 그들을 부른 이는 다른 곳도 아닌 〈파피루스〉의 최고 성좌.

[지금 우리한테 〈김독자 컴퍼니〉를 치자고 제안하려는 거잖아.]

순간 아주 짧은 침묵이 흘렀다.

라가 물었다.

[왜 그렇게 생각했지?]

[그들은 '마지막 시나리오'의 자격을 갖췄으니까. 그런 그들을 해치우면, 자연히 '단 하나의 설화'의 유력 후보 하나가 줄어들 테니까.]

성좌들 사이에 파란이 일기 시작했다. 주변을 둘러싼 성좌들의 격이 동요하는 것이 느껴졌다.

우리엘이 코웃음을 쳤다.

[성좌란 족속들은 정말 마지막까지 변하지 않는구나. 그리고 라, 당신은 이미 마지막 시나리오에 도달한 주제에 하위 시나리오에 끼어드는 건 작작해. 제우스나 당신이나……]

[……]

[혹시 당신의 아이들이 걱정되는 거야? 당신의 설화를 이어

받은 아이들이, 고작 신생 성운 하나 당해내지 못해서 '단 하나의 설화' 후보에 들어가지 못한 게 화가 나는 거—]

엄청난 폭발과 함께, 우리엘의 신형이 땅속 깊은 곳으로 처박혔다.

욕설을 내뱉는 우리엘을 향해 라의 진언이 들려왔다.

[그래, 네 말이 맞다. 이것은 자식을 잘못 키운 부모의 분노다. 종막을 포기한 한심한 패배자들과 십 년도 채 되지 않은 애송이 성운 때문에 자식들이 미래를 망치는 것을 볼 수 없는 부모의 정당한 분노지.]

그럴 줄 알았다는 듯 우리엘이 마주 외쳐댔다.

[이제야 본색을 드러내시네. 미안하지만, 여기 네 자식들 편들어줄 성좌는 아무도 없어. 우리가 누구 채널을 보는 구독좌들인지 잘 모르는 모양이네.]

흑염룡과 가브리엘이 손을 뻗어 우리엘을 구덩이에서 꺼내주었다. 그 뒤편에서 고려제일검과 대머리 의병장을 비롯한 한반도의 성좌들이 고개를 끄덕이고 있었다.

그런 성좌들의 눈동자를 마주하며 우리엘은 알 수 없는 뿌듯함을 느꼈다.

지금 이곳에는 누군가의 설화를 같은 마음으로 응원하는 별들이 모였다.

첫 번째 시나리오 '가치 증명'부터 시작해 세계선의 운명을 결정할 '마지막 시나리오'에 이르기까지.

모두가 우리엘 자신과 같은 마음인지까지는 알 수 없었다.

하지만 분명 누군가는, 자신의 설화보다도 〈김독자 컴퍼니〉의 설화를 더 사랑할 것이다. 그녀가 그렇듯이.

[그래서 너희가 패배자인 것이다.]

[뭐?]

[관음에 정신이 팔려서 너희 또한 시나리오의 일부라는 사실을 잊은 것이냐?]

다음 순간, 허공에 강렬한 개연성의 폭풍과 함께 누군가가 나타났다.

츠츠츠츠츳!

강철의 외관을 가진 인형. 상처투성이의 설화급 성좌가 단단한 빛의 고리에 갇혀 있었다.

[이 녀석은 너희처럼 멍청한 설화를 응원했다.]

우리엘은 멍하니 그 성좌를 바라보았다.

한 번도 직접 만난 적이 없던 성좌. 그럼에도 그를 보는 순간, 우리엘은 그가 누구인지 알 것 같았다. 심지어 우리엘은 그와 몇 번인가 간접 메시지를 교환한 적도 있었다.

[성좌, '강철의 주인'이 고통에 몸을 움츠립니다.]

강철의 주인.

그는 화신 '이현성'의 배후성이었다.

라의 웃음소리가 들려왔다.

[〈오즈〉에 가만히 있었다면 안전했을 것을. 이 녀석은 멍청

한 설화를 돕겠다고 다른 세계선의 존재와 접촉했지.]

[지금 무슨 짓을―]

[너희에게 선택지는 없다. 우리를 도와 〈김독자 컴퍼니〉의 설화를 끝장내든가, 아니면…….]

그 말과 함께, 강철의 주인의 전신을 죄던 빛의 고리가 좁아지기 시작했다. 강철의 주인이 고통으로 몸부림치며 우리엘을 보았다.

[성좌, '강철의 주인'이 자신을 죽이는 것은 아무 의미가 없다고 말합니다.]

[성좌, '강철의 주인'이 자신의 설화와 수식언은 이미 다른 존재에게 계승했다고 외칩니다!]

점점 더 고리가 좁아지고 있었다. 우리엘이 움직였다.

그리고.

[성좌, '강철의 주인'이 이야기를 포기하지 말아달라고 말합니다.]

꽈드드득!

맥없이 쪼그라든 '강철의 주인'의 몸에서 설화들이 터져나왔다.

설화급 성좌의 허무한 죽음.

채널의 모두가 얼어붙은 것처럼 그 광경을 응시했다.

별의 죽음 앞에서 라가 말했다.

[아니면, 이처럼 죽든가.]

우리엘이 자신의 격을 개방했다.

✳

## 2

깨진 유리처럼 하늘 곳곳에 검은 선이 그어져 있었다.

이현성은 여기저기 균열이 번진 하늘을 올려다보며 물었다.

"김독자 병장님, 정말 괜찮은 겁니까?"

그 말에, 나도 하늘을 올려다보았다.

세계가 무너지고 있었다. 그 이유는 명백했다. 누군가가 바깥에서 〈오즈〉를 공격하고 있었다. 그것도 아주 강력한 존재들이.

뒤를 돌아보자 일행들이 나를 보고 있었다.

유중혁, 한수영, 유상아, 정희원⋯⋯.

말하지 않아도 우리의 선택은 이미 정해져 있었다.

"괜찮아. 내가 괜히 병장인 줄 아냐? 넌 아무 걱정하지 마."

☒ ☒ ☒

하늘이 부서지고 있다. 어떻게 이런 것을 괜찮다고 말할 수 있는가.

이현성은 잘 이해가 가지 않았다. 군대는 원래 이런 곳인가?

**「김독자는 그저 가만히 미소했다.」**

정연한 문장처럼 떠오르는 미소.

김독자 병장은 이렇게 말할 뿐이었다.

“아마 중대장님도 괜찮다고 하실걸.”

실제로 얼마 뒤, 중대장은 연병장에 병사들을 모아놓고 중대 발표를 했다. 작은 체구에도 카리스마가 넘치는 그녀는, 특유의 표정으로 병사들을 둘러보더니 입을 열었다.

“중대장은 너희에게 몹시 실망했다.”

뜻밖의 서두에 병사들이 긴장했다.

“너희는 개인 정비 시간에 웹소설을 읽지 않았다.”

이현성은 속으로 찔끔했다.

사실이었다. 어제만 해도, 개인 정비 시간에 웹소설을 읽는 대신 유중혁과 국군 도수 체조를 연습했으니까.

“그래서 중대장은 이만 이 부대를 떠나려고 한다.”

뜻밖의 탈영 선언에 이현성은 망연해졌다.

떠난다고? 곳곳에서 수군거리는 소리가 들렸다.

"그리고 이현성."

정신을 차리자, 중대장이 그의 어깨에 손을 짚고 있었다.

"이병 이현성!"

중대장을 이렇게 가까이서 보기는 처음이었다.

반듯한 군복에 중대장의 관등성명이 드러나 있었다.

대위 한수영. 그것이 그녀의 계급과 이름이었다.

「"언제까지 얼빠져 있을 거야? 빨리 안 움직여? 김독자 뒈지는 거
보고 싶냐?"」

왜일까. 찌릿한 느낌과 함께 이상한 기억이 스쳐 지나갔다.

뭐지? 방금 그건…….

"또 또 얼빠져 있네."

"이, 이병 이현성!"

중대장은 알 수 없는 눈빛으로 이현성을 바라보더니, 뺨을
탁탁 두들기며 말했다.

"책 열심히 읽어. 넌 바보라서 책 많이 봐야 돼. 그래야 오래
살아."

알 수 없는 말을 남긴 후, 한수영 중대장은 부대를 떠났다.

� ✥ ✥

한수영 중대장이 떠난 후 이틀이 지났다.

하늘의 균열은 여전히 커지는 중이었다. 멸망하는 세계의 전조라도 보는 것 같았다.

"이현성. 체조는 다 외웠나?"

돌아본 곳에 맞선임 유중혁 일병이 있었다.

"이병 이현성! 완벽하게 외웠습니다!"

"생활관 물통은 채워졌고?"

"2리터 딱 맞춰서 채웠습니다!"

사나운 유중혁의 눈빛 앞에서 이현성은 괜스레 주눅이 들었다.

실수한 게 없는데도 그랬다.

"병영생활 행동강령은?"

"이, 이병 이현성! 그건 아직……!"

말해놓고서 아차 싶었다. 또 혼나겠구나 싶었다. 침을 꿀꺽 삼킨 이현성이 질끈 눈을 감는 순간, 유중혁의 목소리가 들려왔다.

"금방 외울 수 있을 거다. 짧으니까."

"예? 아, 잘 못 들었습니까? 아니, 다!"

이건 무슨 상황일까. 무려 두 번이나 연속으로 실수했음에도, 유중혁은 그를 질책하지 않았다. 심지어 자신을 보는 유중혁의 눈빛은 더 이상 사납지 않았다.

"나는 내일부로 전출을 간다."

"잘 못 들었습니다?"

"이현성, 모든 것을 매뉴얼화할 수는 없다. 언제나 너를 도와줄 맞선임이 존재하지는 않을 것이다."

왜일까.

어째서 돌아선 유중혁 일병의 등이 이토록 익숙한 것일까.

"매뉴얼이 없어도 선택해야만 할 때도 있다."

그것이 유중혁 일병이 남긴 마지막 말이었다.

⌘ ⌘ ⌘

중대의 인원이 하나둘 사라지고 있었다. 한수영 중대장, 유중혁 일병, 유상아 중위가 차례로 사라졌고, 문득 정신을 차렸을 때 중대 내 최고 지휘관은 부사관인 정희원 중사가 되어 있었다(말이 안 되는 일이지만, 이현성은 긴급 상황이니 그럴 수도 있다고 생각하기로 했다).

매일 아침저녁으로 점호를 마친 이현성의 일과는 정희원 중사와 부대 시설물을 관리하거나, 김독자 병장과 병영문고에 가는 것이었다.

"요즘 군대에도 무협지가 있네. 와, 이거 진짜 오래된 책인데."

김독자는 책을 좋아했다. 그냥 좋아하는 정도가 아니라, 아예 온종일 책만 보는 인간이었다.

이현성은 그런 김독자 곁에 앉아 신나게 페이지 넘기는 모습을 물끄러미 구경하곤 했다.

"너도 읽을래?"

"어, 저, 저는……."

답변을 마치기도 전에, 다시 한번 하늘에서 굉음이 울려 퍼졌다.

김독자의 표정이 희미하게 굳어졌다.

나흘 전 저 굉음이 처음 들려왔을 때 한수영 대위가 사라졌고, 이틀 전 두 번째로 굉음이 들려왔을 때 유중혁 일병이 사라졌다.

이현성은 불안해졌다.

"김독자 병장님."

"응."

"혹시 김독자 병장님도 떠나실 겁니까?"

사람들은 그를 떠난다. 그는 계속해서 무언가 잃어버린다.

김독자가 이현성을 향해 싱긋 웃었다.

"그렇겠지. 난 병장이잖아. 빨리 전역해야지. 말뚝 박을 생각은 전혀 없어."

"그렇습니까……."

"너도 얼른 나가고 싶지?"

나가고 싶습니다—라고 말하려던 이현성 눈에, 돌연 창밖의 철조망이 보였다. 무척 튼튼하고 위험해 보이는 철조망.

왜일까, 이제는 저 철조망 바깥으로 나가기가 무서웠다.

"저는……."

저걸 함부로 넘다가는 분명 다치고 말겠지. 하지만 안에만 있는다면, 저 철조망은 그를 지켜주는 보호막이 된다. 그렇게 생각하자 이현성은 마음이 편안해졌다.

무너지는 하늘. 저 밖에는 그가 모르는 세계가 있다. 그곳은 병영생활 행동강령이나 도수 체조가 무의미한 세계였다.

고개를 들자 김독자가 그를 바라보고 있었다. 무슨 말인가 입을 달싹이던 김독자가 다시 한번 능청스럽게 웃었다.

"나가고 싶으면 책 봐, 책."

"책을 많이 읽으면 복무 기간이 줄어듭니까?"

그 말에 김독자가 입술을 비죽이더니 말했다.

"책 보고 독후감 쓰면 휴가 정도는 탈 수 있겠지."

독후감?

"이번에 사단에서 독후감 공모전 하잖아. 그거 읽고 응모해. 당선되면 포상 휴가 주잖아."

김독자가 가리킨 게시판에 병영공모전 포스터가 붙어 있었다. 이현성은 그런 것이 있는 줄 처음 알았다.

그렇구나. 독후감. 그런 것을 쓰면 포상 휴가를 나갈 수 있구나.

"다 쓰면 나한테도 꼭 보여주고."

김독자 병장이 사라진 것은 다음 날 아침 점호가 끝난 직후였다.

※ ※ ※

"우리 둘만 남았는데 일과는 무슨 일과야."

투덜거리는 정희원 중사의 목소리.

이현성은 머쓱하게 웃으며 부대 인근 잡초를 뽑았다.

"혹시나 모르잖습니까. 중대장님이 돌아오실 수도 있고……."

정희원은 벤치에 앉아 턱을 괸 채, 신기한 짐승이라도 관찰하듯 이현성을 바라보았다.

"넌 여기가 좋아?"

평소의 정희원 중사라면 쓰지 않았을 말투. 그럼에도 그 말투는, 이현성에게 묘한 그리움을 불러일으켰다. 곧바로 솔직해질 수 있었던 것은 바로 그 그리움 때문인지도 모른다.

"좋지도 싫지도 않습니다."

좋지도 싫지도 않은 곳.

그곳이 바로 '군대'에 관한 이현성의 정확한 감상이었다.

"다만, 여기서는 아무 생각도 하지 않아도 됩니다."

맞다. 그래서 그는 군대를 택했다.

이곳에 있는 동안 그는 세계를 잊을 수 있었다. 취업이나 학업, 타인의 시선이나 세속적인 문제, 집안사, 그가 무슨 짓을 해도 결코 해결할 수 없는 고민에 이르기까지.

"그런데 최근에는 사실, 조금 좋다고 생각했습니다."

무엇이 좋았던 것일까. 잘 표현할 수가 없었다.


「"좋아합니다."」

어째서, 이렇게나 가슴이 아플까.

그를 마주 보던 정희원 중사가 말했다.

"그럼 여기에 있어, 이현성. 우리가 돌아올 때까지 여기서 기다려."

잘 못 들었습니다, 라고 말할 수 없었다. 왜냐하면 잘 못 들을 수가 없었기 때문이다.

"우리가 네 세계를 지켜줄게."

무언가 말하려는 순간 눈부신 빛이 허공에서 쏟아졌고, 정희원 중사가 눈앞에서 사라졌다.

쿠드드드.

어느새 하늘의 균열은 세상의 절반을 집어삼키고 있었다.

그렇게 이현성은 혼자 남았다.

⌘ ⌘ ⌘

이게 뭐 하는 짓일까.

정말 여기가 군대가 맞는 걸까.

내가 아는 군대는…….

아무도 없는 부대를 지키며 이현성은 일과를 반복했다. 정해진 시간에 눈을 뜨고, 구보하고, 국군 도수 체조를 했다. 그리고 홀로 정신교육을 마친 뒤 일과를 시작했다. 하지만 더 이상 할 일이 없었다. 어제부로 부대 내 잡초도 다 뽑아버렸다.

"독후감!"

뒤늦게 이현성은 김독자의 말을 떠올렸다.

독후감을 쓰라고 했다. 책을 읽고, 독후감을 쓰라고.

이현성은 병영문고로 올라갔다. 한때 그곳에 김독자가 있었음을 알려주는 책 무더기가 쌓여 있었다. 이현성은 묘한 감정의 반향 속에 더미 제일 위에 놓인 책을 집어 들었다. 익숙한 책이었다.

《오즈의 마법사. ver 999》

언젠가 제목을 들어본 적이 있는 책.

그러나 한 번도 제대로 읽어본 적은 없는 책이었다.

이현성은 일단 책을 펼쳐 첫 문장을 읽었다.

「양철 군인은 마음을 갖는 것이 두려웠다.」

양철 군인. 오즈의 마법사의 주인공인가.

이현성은 계속해서 페이지를 넘겼다.

「양철 군인이 처음 만난 동료는 아주 무서운 사내였다. 양철 군인은 그 사내를 '대장'이라고 불렀다.」

문장을 읽는 순간 머리가 지끈 아파왔다.

대장?

「양철 군인은 아름다운 천사와 동료가 되었다. 그 천사는 화가 날 때면 종종 악마로 변하곤 했다.」

어째서인지 그 문장을 보는 순간 가슴이 아렸다.

「양철 군인은 두꺼운 갑옷을 입은 무사와 동료가 되었다. 무사는 자신의 검으로 양철 군인의 강도를 종종 시험하곤 했다.」

왜, 당장이라도 눈앞에 그 모습이 그려지는 것 같을까.

「양철 군인은 무서운 불을 뿜는 용을 동료로 맞이했다. 용은 가끔 천덕꾸러기 같았다.」

나는 한 번도 이런 존재들을 만난 적이 없는데.

「그리고 다른 세계에서 온 마왕이 그들의 소중한 것을 앗아갔다.」

문장을 넘길 때마다 아비규환의 정경이 눈앞에 생생히 그려졌다. 잘 알 수 없는 광경이었다. 그럼에도 이현성은 전신이 떨려왔다.

모르겠다. 이 이야기가 뭔지. 작가가 말하고 싶은 것이 뭔지, 전혀 모르겠다.

그럼에도 왜 눈물이 날 것 같은지, 그것도 모르겠다.

「이야기의 끝에서 양철 군인은 자신의 마음이 아픔을 깨달았다.」
「그리고 그 아픔이 곧 그의 심장이 되었다.」

그 문장을 떠올리는 순간, 이현성은 떠올렸다.
내게도 분명 이런 전우들이 있었다.

「"이 모든 비극이 끝난 후 우리의 이야기가 더 이상 시나리오가 아니게 될 때, 현성 씨의 이야기를 꼭 듣고 싶군요."」

첫 번째 전우는 친절하고 따뜻한 사람이었다. 모두가 그를 따랐다.

「"그때까지 아무도 다치지 않는 게 제일 중요해요."」

두 번째 전우는 다정한 사람이었다. 모두가 그녀의 말이 옳다고 믿었다.

「"아니, 한 사람 죽더라도 모두 살아남는 게 더 중요하지. 물론 그 '한 사람'은 김독자여야 돼. 어차피 그놈은 어떻게든 살아날 테니까."」

세 번째 전우는 영리한 사람이었다. 모두 그녀가 짠 작전이 성공할 거라 생각했다.

「"아무도 죽는 사람은 없다. 여긴 내게 맡기고 가라."」

네 번째 전우는 강인한 사람이었다. 모두가 그에게 등을 맡길 수 있었다.

「"있잖아요, 현성 씨. 만약 내가 현성 씨를 잊게 되면."」

그리고 다섯 번째 전우는…….

「"날 죽여줘요."」

기억이 돌아오고 있었다. 아주 천천히, 심장이 뛰고 있었다. 느릿하지만 분명한 감각으로, 내가 그렇게 아프다고, 그곳에 그런 아픔이 존재한다고 역설하듯 한 번 한 번 최선을 다해 뛰고 있었다.

어떻게 이들을 잊을 수 있나.

주먹을 불끈 쥔 이현성의 몸이 떨렸다. 이곳에 있을 때가 아니었다.

이현성은 창밖 하늘을 보았다. 이제 하늘의 균열은 창공 전체를 뒤덮고 있었다. 일행들이 어디로 갔는지는 명백했다.

그들은 자신이 존재하는 이 세계를 지키러 간 것이다.

북한 따위와는 비교도 할 수 없는 재앙과 맞서면서.

「이현성은 생각했다. '내게도 그런 힘이 있을까.'」

[성좌, '강철의 주인'이 당신을 바라봅니다.]

그의 배후성이 그를 바라보고 있었다.

츠촛, 츠츠촛.

그런데 뭔가 평소와 달랐다. 분명 그의 배후성일진대, 이제 껏 그가 느끼던 시선과는 미묘한 차이가 있었다.

[성좌, '강철의 주인'이 아프냐고 묻습니다.]

이현성은 고개를 끄덕였다.

「이 감정을, 이 마음을 지키고 싶다.」

두려웠다. 이 순간을 또 잊게 될까 봐. 또 자신의 심장이 멈 출까 봐. 모든 것이 차가운 은빛 속에서 얼어붙게 될까 봐.

그러자 그의 배후성이 말했다.

【너는 지킬 수 있다.】

마치, 수만 년의 세월 동안 담금질한 강철 같은 목소리.

【하지만 지키지 못한 대가로, 영원을 고통 속에 살아갈 수도 있다.】

"그래도 좋습니다. 지킬 기회조차 없는 것보다는 낫습니다."

이미 잃어버리는 것에는 익숙하다. 중요한 것은 다시 잃어버리지 않는 것이다.

【네 이름은 강철검제다.】

멀리서 철조망이 무너지는 것이 보였다.

그가 지켜온 매뉴얼의 세계가 스러지고 있었다.

이현성은 자신의 이야기를 향해 걸어나갔다.

※ ※ ※

"독자 씨."

우리는 부서지는 〈오즈〉를 지키고 있었다.

강철의 주인, 그리고 《오즈의 마법사》의 설화가 쇠퇴하면서 〈오즈〉의 대공 방어 체계가 무너지고 있었다.

〈오즈〉를 둘러싼 수백 척의 전함이 보였다. 일행들은 체력을 분배해가며 구멍 뚫린 행성을 지켰다.

하지만 이제 슬슬 한계였다.

저쪽은 전함을 통한 장거리 공격이 주력. 그에 가장 효율적으로 대비할 방법은 이지혜의 '터틀 드래곤'과 신유승의 '키메라 드래곤'이 전부였다.

문제는 이지혜의 함선도 신유승의 '키메라 드래곤'도 아직

'성마대전'에서 입은 피해가 온전히 복구되지는 않았다는 것이다.

안 그래도 그 문제를 해결하기 위해 이곳에 왔는데.

"곧 대공 방어가 무력화돼요!"

우리는 마지막 결전을 준비했다.

정희원이 물었다.

"다른 성좌들은 아직도 연락이 없나요?"

"아무래도 무슨 문제가 생긴 것 같습니다."

어쩌면 지금 우리를 습격한 저들과 관계됐을 수도 있다.

한수영이 투덜거렸다.

"진짜로 후회 안 하냐? 우리 이래도 돼?"

나는 고개를 끄덕였다.

"늘 최전방에서 검을 받아낸 건 이현성이었어. 이제 우리가 갚을 차례야."

다른 일행들도 동의했다.

유중혁은 이미 행성에서 가장 높은 빌딩에 올라가 있었고, 정희원은 누구보다 강대한 격을 내뿜으며 의지를 다지고 있었다.


「이현성을 믿는다.」


우리가 얼마나 시간을 벌 수 있을지는 모른다. 그 시간이 이현성에게 충분한 시간이길 바랄 뿐이다.

"온다!"

콰아아아아!

멀리서 수백 척의 전함이 동시에 불을 뿜었다. 행성 전체를 쑥대밭으로 만들어버릴 수 있는 양의 마력탄.

우리는 모두 설화를 전개했다. 어떻게든 이번 일격을 견뎌내야 한다. 모든 마력을 쥐어짜내서라도, 반드시—

그리고 바로 그 순간, 아득한 은빛이 세계를 덮었다.

천공에 펼쳐진 드넓은 설화 금속의 방벽. 반투명한 장벽 너머로 함선의 포화가 터져나가고 있었다.

"그런 곳에 혼자 남겨지는 건 하나도 행복하지 않았습니다."

그것은 《오즈의 마법사》의 설화가 아니었다.

어딘가 근원부터 다른, 새로운 종류의 설화.

「그 세계에서 그는 강철검제라 불리었다.」

등줄기에 소름이 돋았다.

행성 전체를 덮은 증기. 마치 거대한 나무가 가지를 뻗듯 자라난 금속들이 행성의 지표면을 덮고 있었다.

〈스타 스트림〉에서 가장 단단한 물질. 저 무시무시한 신화급 성좌들의 병장기를 감당할 수 있는 유일한 설화 금속.

[다수의 성좌가 설화의 스케일에 경악합니다!]

그 금속으로 행성 전체를 덮을 정도의 성흔. 저것이 바로 행성 〈오즈〉가 자랑하는 대공 방어 체계, [최후의 강철]이었다.

"대괴수 특작 사령부 산하, 대위 이현성."

유중혁보다 더 큰 키.

내가 아는, 가장 단단한 몸집의 사내.

"금일부로 전역을 명 받았습니다."

창공의 별들이 주춤거리며 물러나는 것이 보였다.

[성운, 〈파피루스〉의 성좌들이 '강철의 주인'의 생존에 경악합니다!]

반격의 시간이었다.

✳

**3**

[당신은 대도깨비가 됐습니다.]

[대도깨비의 '최종 투표'에 참가할 수 있게 됐습니다.]

메시지를 보며 비형은 천천히 눈을 깜빡였다.

도깨비 왕을 만난 직후 비형의 모습은 많이 바뀌었다. 그는 이제 바람처럼 완전한 인간형이었다. 어깨를 덮은 백호의 가죽과 노랗게 돋아난 세 개의 뿔에서 느껴지는 설화의 힘.

그는 이제 완연한 '대도깨비'가 되었다.

[이만 가보겠습니다, 바람 님.]

[그들에게 갈 셈이겠지?]

비형은 대답하지 않았다.

바람이 말했다.

[모든 도깨비는 최후의 때가 오면 자신의 마지막 이야기를 선택해야 하네. 설령 그 이야기를 이야기하다가 자신이 죽게 되더라도 말이야.]

[……]

[자네가 택할 '그 이야기'는 승리할 확률이 매우 낮아.]

[압니다.]

[심지어 그들은 다수의 대도깨비와 관리국을 적으로 돌려 버렸네.]

[그것도 압니다.]

〈스타 스트림〉에서 관리국의 적이 된다는 것이 어떤 의미인지 모르는 도깨비는 없다.

[그래도 저는 그 이야기로 세계의 마지막을 보고 싶습니다.]

비형은 자신의 마지막 설화를 선택했다.

¤ ¤ ¤

"독자 씨."

"포상 휴가 나오신 겁니까?"

"짓궂으십니다. 휴가가 아니라 전역이라 말씀드렸는데."

"진짜 전역이요?"

"예."

이현성이 환히 웃었다.

"이제 저 군인 안 할 겁니다."

나는 이현성의 전신에서 흘러나오는 은빛 설화를 지켜봤다.

어떤 소설은 첫 문단만 읽어봐도 감이 오는 것처럼, 설화도 그렇다.

「결연한 은빛. 오랜 세월에 걸쳐 단련된 견고한 의지.」

'환생자들의 섬'에서 일권무적 유호성은 말했다. 어떤 설화를 지배하기 위해서는 그 설화를 먼저 이해해야 한다고. 하지만 사람을 완벽히 이해하는 것이 불가능하듯, 설화를 완벽히 이해하는 것도 불가능하다고.

「우리가 할 수 있는 것은 각자 나름의 해석을 내놓는 것뿐이다.」

그렇다면 저것이 바로 이현성이 내놓은 해석일 것이다.

[설화, '강철의 지배자'가 이야기를 시작합니다.]

'강철의 주인'이 가진 핵심적인 설화. 마침내 저 설화를 다룰 수 있게 되었다는 것은 드디어 이현성이 [강철화]의 최종 단계에 도달했다는 뜻이었다.

"독후감은 못 썼지만 독자 씨가 책을 읽어보라고 한 이유는 이해했습니다."

이현성은 조심스러운 목소리로 덧붙였다.

"그건 혹시 999회차 세계선의 이야기입니까?"

나는 조금 놀랐다. 설마 이현성이 거기까지 생각할 줄이야.

"아마 그럴 거라고 생각합니다."

"그런데 그 이야기가《오즈의 마법사》로 둔갑해 있었다는
건……."

내가 알기로 〈오즈〉의 근원 설화는《오즈의 마법사》다.

그런데 그 근원을 이루는 설화가 바뀌었다.

그것도 999회차의 이야기로.

그게 무엇을 의미하는지는 아직 불분명하지만, 짐작이 가는
것은 있었다. 어떤 설화의 근원이 바뀌었다는 것이 뜻하는 바
는 명백하니까.


[화신 '이현성'의 배후성이 당신을 바라보고 있습니다.]


예전이었다면 알아채지 못했을, 미묘하게 바뀐 시선.

내가 알던 '강철의 주인'의 아우라가 아니었다.

나는 제단이 있는 에메랄드 탑 쪽으로 시선을 돌렸다. 그리
고 그곳 알현실에서 본 거대한 강철검을 떠올렸다.

"현성 아저씨!"

탑 아래쪽에서 공격에 대비하고 있던 일행들이 달려왔다.

"현성 아저씨! 괜찮으세요?"

방방거리는 신유승과 이길영이 이현성의 손을 꼭 붙잡았다.

한발 늦게 달려온 유중혁도 중얼거렸다.

"무사히 전역한 모양이군."

유상아와 한수영도 한마디씩 거들었다.

"전역 축하해요."

"중대장 또 필요하면 불러."

마지막으로 달려온 이는, 가장 멀리서 적의 공습에 대비하고 있던 정희원이었다. 10여 미터 정도 남겨두고 멈춰 선 정희원은 몇 번이고 입술을 달싹이며 이쪽을 보고 서 있었다.

이현성이 미소했다.

"희원 씨."

나는 이쯤에서 자리를 피해줘야 하나 고민이 되었다.

고민을 해결해준 것은 전혀 의외의 인물이었다.

"다들 감동적인 해후는 나중에 해! 아직 끝난 게 아니란 말야!"

창공에서 '터틀 드래곤'을 소환한 이지혜가 외쳤다.

이지혜 말이 맞았다. 아직 행성 외부의 성운들은 전열을 물리지 않았다. 아니, 물리기는커녕 오히려 더 많은 전함이 밀려들고 있었다. 개중에는 행성 파괴나 성운전을 목적으로 제작된 대전함도 보였다.

"걱정 마십시오, 제가 그냥 두지 않습니다."

든든한 이현성이 앞으로 나서며 말했다.

실제로 지금도 외부 폭격이 계속되고 있었지만, 〈오즈〉의 방벽은 끄떡도 없었다. 이미 말했다시피 〈오즈〉에서 '강철의 주인'의 설화 역량은 신화급 성좌에 준하는…….

치이이익…….

어디선가 불길한 소리가 들려왔다. 뭔가가 타는 듯 고약한 냄새가 났다.

고개를 들자, 불투명한 강철막의 한쪽 방위가 용접이라도 하는 듯 눈부시게 발광하고 있었다.

무언가가 이현성의 강철을 녹이고 있었다.

[성좌, '정오의 태양'이 행성 〈오즈〉를 응시합니다.]

순간 이현성의 몸이 빳빳이 굳어지는 게 느껴졌다. 우리를 대신해 행성 전체를 감싼 그는, 저 시선의 격에 그대로 노출된 것이다.

신화급 성좌에 준한다고 해서 정말 신화급 성좌와 같다는 의미는 아니다.

나는 이현성의 어깨에 손을 올렸다. 그러자 성운의 개연성을 나눠 받은 이현성의 떨림이 조금 잦아들었다.

조금 강해졌다고 해서 혼자 싸워서는 안 된다. 저들이 성운 이듯, 우리 또한 성운이기 때문이다.

"아무래도 거물이 직접 왕래한 것 같군요."

'정오의 태양'이라면 나도 아는 수식언이었다. 본래라면 이곳에 절대로 올 수 없는 존재. 그는 무려 성운 〈파피루스〉의 최고 성좌였다.

그리고 그가 직접 이곳에 왔다는 것은,

[성좌, '정오의 태양'이 자신의 의지를 <스타 스트림>에 드러냅니다.]

더 이상 그들이 속내를 숨기지 않겠다는 뜻이었다.

[성운, <파피루스>가 <김독자 컴퍼니>에 적대감을 드러냅니다.]
['단 하나의 설화' 후보에 등재된 두 성운이 충돌합니다!]

생전 처음 들어보는 메시지에, 일행들의 표정이 굳어졌다.
뭔가가 시작되려 하고 있었다.

[성운, <파피루스>가 <김독자 컴퍼니>에 성운전을 선포합니다.]

<스타 스트림>에서 거대 성운이 공식 전쟁을 선포하는 경우는 정말 드물다. 성운전은 서로 좋을 것이 거의 없기 때문이다. 그럼에도 이렇게 공식 전쟁을 선포했다면, 그만한 이유가 있을 것이다.

[제한된 메인 시나리오의 발동 조건이 충족됐습니다!]
[해당 시나리오는 '단 하나의 설화' 후보에 등재된 성운에만 발송됩니다.]

〈메인 시나리오 #98 - '후보 결정전(제한)'〉

분류: 메인
난이도: ???
클리어 조건: 후보 결정전에서 승리하시오.
제한 시간: —
보상: 성운 인지도 상승, 성운전과 관련된 신화급 설화 획득
실패 시: 성운 인지도 감소, 최종 시나리오 자격 박탈

* '단 하나의 설화'에 등재된 모든 성운은 지금부터 자유롭게 성운전이 가능합니다.
* 페널티 없이 선전포고 및 전쟁 선포가 가능해지며, 성운 간 자유로운 동맹 및 지원 또한 허용됩니다.
* 후보 결정전에서 승리할 경우 〈스타 스트림〉의 주목을 받게 되며, '단 하나의 설화'에 선출될 가능성이 상승합니다.


역시나.


[현재 당신의 성운은 〈파피루스〉와 전쟁 중입니다!]
[적대 세력의 수장을 물리치십시오.]
[해당 전쟁에서 승리할 경우 승점이 적립됩니다.]

긴장한 일행들이 주변으로 모여들었다.

이제까지와는 비교할 수도 없을 만큼 강대한 적의가 행성 전체를 감싸고 있었다.


[성좌, '구원의 마왕'이 성운, <파피루스>를 노려봅니다.]


지금껏 우리는 몇 번이나 다른 거대 성운과 싸워봤다.

〈기간토마키아〉에서는 〈올림포스〉와 싸웠고, '서유기 리메이크'에서는 〈황제〉와 대적했다.

하지만 그때와 지금은 이야기가 달랐다.

〈기간토마키아〉 때는 개연성 제약이 커서 성좌들이 제힘을 발휘할 수 없었고, '서유기 리메이크' 때는 제천대성과 심사위원들이 우리에게 힘과 개연성을 빌려주었다.

그렇다면 지금은 어떤가.


[설화, '구원의 마왕'이 이야기를 시작합니다.]


지금, 우리를 도와줄 성운은 있는가.


[거대 설화, '마계의 봄'이 이야기를 시작합니다.]


일행들이 나를 보고 있었다.

모두 결심을 마친 얼굴들. 무슨 일이 일어났는지, 이제 우리가 싸울 전장이 어디인지 너무나 잘 아는 눈빛들이었다.

"갑시다."

누구도 우리를 도와주지 않아도 좋다.

나는 창공을 바라보며 말했다.

"우린 이제 약하지 않습니다. 하늘을 열어주세요, 현성 씨."

이현성이 고개를 끄덕였다.

[화신 '정희원'이 '심판의 시간'의 발동을 요청합니다!]

정희원이 먼저 칼을 빼 들었다. '심판자의 검'에 신살의 기운이 감돌았다.

[화신 '이현성'이 심판에 찬성합니다.]

일행들의 병장기 위로 이현성의 강철이 덧입혀졌다. 일행들을 지키기 위한 세상에서 가장 단단한 맹세.

[화신 '이지혜'가 심판에 찬성합니다.]

이지혜의 '터틀 드래곤'에 은빛의 설화 금속이 내려앉았다.

[화신 '신유승'이 심판에 찬성합니다.]

[화신 '이길영'이 심판에 찬성합니다.]

역시나 은빛으로 물든 키메라 드래곤이 포효하며, 두 아이가 날아올랐다.

[화신 '유상아'가 심판에 찬성합니다.]

유상아의 주변으로 은빛 강철을 머금은 연화대가 회전하기 시작했다.

[화신 '한수영'이 심판에 찬성합니다.]

어느새 붕대를 풀어 헤친 한수영이, 그것을 끈 삼아 자기 머리를 묶었다.

[화신 '유중혁'이 심판에 찬성합니다.]

초월좌의 격이 담긴 유중혁의 '흑천마도'가 차가운 검광을 발했고.

[성좌, '구원의 마왕'이 심판에 찬성합니다.]

나는 '부러지지 않는 신념'을 뽑았다.

['심판의 시간'이 발동합니다!]

새카만 밤하늘이 열리는 순간, 일행은 이지혜의 함선을 타
고 창공으로 도약했다. 가까워지는 적 함대. 적어도 육백 척 이
상은 되어 보이는 함대 앞에서 우리는 각자 병장기를 쥐었다.

「그것은 김독자가 아주 오랫동안 그려온 정경이었다.」

제일 먼저 뛰쳐나간 정희원의 검격이 쏟아졌다.
멸망의 심판자 정희원.
내가 아는, 가장 강력한 혼돈의 검사.
쿠구구구구구구!
콕핏부터 엔진까지 일직선으로 꿰뚫린 대함선에서 폭음이
일었다. 곧이어 선체 곳곳에서 크고 작은 폭발이 일더니 그대
로 균열이 번졌다. 탑승한 성좌들이 탈출하는 모습이 보였다.
그 틈을 놓치지 않고 이지혜의 '터틀 드래곤'이 강습을 시도
했다.
콰아아아아앙!

폭발을 정면으로 돌파한 함선에는 상처 하나 보이지 않았다. 이현성의 설화 금속이 모두를 보호해주고 있었다.

그리고 이지혜가 앞으로 나섰다. 단 한 척으로 백여 척의 함대를 거꾸러뜨릴 수 있는 대군전 최강의 화신.

해상제독 이지혜가 발포를 명령했다.

"아저씨, 가요!"

그 포화의 꼬리를 물고 신유승의 '키메라 드래곤'이 나섰다.

이 전쟁은 수장을 쓰러뜨려야만 끝난다. 그러니 구성원의 숫자가 적은 우리가 선택할 수 있는 것은 하나뿐이었다. 속전속결.

비스트 로드 신유승.

충왕 이길영.

내가 아는 가장 완벽한 테이머들이 길을 뚫었다. 신유승이 통제하는 '키메라 드래곤'의 브레스가 중형 함선들을 격추시켰고, 틈새를 비집고 날아드는 수십 척의 소형 함선을 이길영의 벌레들이 상대했다.

"어딜!"

소형 함선의 엔진으로 기어들어 간 벌레들이 대폭발을 일으키자, 한순간 전장은 아비규환이 되었다.

더 이상 안 되겠다고 생각했는지, 설화급 성좌들이 하나둘 전함에서 모습을 드러내기 시작했다.


[화신 '유상아'가 자신의 격을 개방합니다!]

[설화, '만다라의 시간'이 발동합니다!]


유상아가 설화를 발동하는 순간, 적측 성좌들의 움직임이 눈에 띄게 느려졌다.

나는 깜짝 놀랐다. 유상아가 석존의 힘을 일부 계승한 것은 알고 있었다. 하지만 이 정도 권능이 가능할 줄은 몰랐다. 무려 시공간의 흐름을 통제하는 능력이라니.

"오래는 못 끌어요."

"오래 걸리지 않을 겁니다."

유상아가 벌어준 시간을 딛고, 나와 유중혁, 그리고 한수영이 밤하늘을 달렸다.


[거대 설화, '마계의 봄'이 이야기를 계속합니다!]

[거대 설화, '신화를 삼킨 성화'가 이야기를 시작합니다!]


〈김독자 컴퍼니〉를 지켜준 두 개의 거대 설화.

지금까지 우리는 이 두 설화를 주력으로 싸워왔다.

설화의 아우라가 유성우의 꼬리처럼 남았다. 우리가 지나간 우주로 별자리들이 새겨지고 있었다. 무수한 전함을 지나쳤음에도, 여전히 수백의 성좌가 우리를 가로막고 있었다.

조금이라도 주눅 들면 그들의 격에 밀려 압살되어버릴 것이다.

[성운, '파피루스'가 거대 설화의 격을 개방합니다!]

이것이 성운 대 성운의 싸움이었다.

"이제 내 차례야."

본래 한수영의 자리는 망상악귀 김남운이 있어야 할 자리였다. 하지만 그녀는 사라진 녀석의 몫을 충분히 해냈을 뿐만 아니라, 그 이상의 존재가 되었다.

[거대 설화, '빛과 어둠의 계절'이 이야기를 시작합니다.]

마침내 우리의 세 번째 거대 설화가 이야기를 시작했다.

어디선가 환청처럼 들려오는 묵시룡의 울음.

'성마대전'에 참가했던 〈파피루스〉의 성좌들이 몸을 떠는 것이 보였다.

[이, 이건……!]

'무대화'와 함께 하늘이 빛과 어둠의 방위로 갈라졌다.

경계가 흐려진 빛과 어둠의 간격을 딛고, 한수영의 신형이 날아올랐다.

등 뒤에 활짝 펼쳐진 '심연의 흑염룡'의 날개.

나를 구하기 위해 날아온 그때처럼, 한수영의 양손에서 보랏빛 [흑염]이 몰아쳤다.

콰아아아아아!

우리는 그 설화의 폭풍에 올라타 진격했다.

설화급 성좌들조차 감당하지 못하는 압도적인 거대 설화의
위용.

묵시룡의 충격파처럼 돌진하는 우리를 막아선 것은, 거대한
하나의 태양이었다.

[성좌, '정오의 태양'이 <김독자 컴퍼니>를 응시합니다.]

눈부신 광원의 중심에 검은 인형이 있었다. 태양신 '라'의
진체였다.

[너희는 이곳에서 죽는다.]

유중혁의 '흑천마도'가 거친 울음을 터뜨렸다.

우리가 가진 모든 설화가 울부짖고 있었다.

아무리 나와 유중혁이라도 완전체의 신화급 성좌와 정면으
로 대결하는 것은 무리였다.

우리는 고작 3회차였으니까. ......3회차.

[설화, '영원불멸의 지옥도'가 이야기를 시작합니다!]

한때는 그랬었다.

['함께 읽기'를 시작합니다.]

스르르 넘어가는 페이지의 잔영. 주변을 물들이는 지옥도의

풍경과 함께 내가 이야기를 시작했다.

　무수한 활자로 이루어진 길, 자신의 오래된 생을 유중혁이
달려갔다.


「41회차의 유중혁이 창을 던졌고.」

「362회차의 유중혁이 권장을 뻗었다.」

「999회차의 유중혁이 자신의 마도를 휘둘렀다.」


츠츠츠츠츳!

강렬한 스파크가 내 몸을 파고들기 시작했다.


[당신의 격이 당신의 독해력을 감당하지 못합니다!]


　'서유기'에서 나는 잠깐이지만 1,863회차의 독해에 도달했
다. 하지만 그것은 어디까지나 제천대성과 이계의 신격들이
개연성을 빌려주어서 가능했던 것.

　[이것이 신화다.]

　쏟아지는 유중혁의 [파천검도]에도 나는 꿈쩍하지 않았다.

　[너희는 신화를 넘을 수 없다.]

　신화급 성좌를 쓰러뜨리기 위해 필요한 유중혁의 최소 회
차는 1,700회차.

　힘이 부족했고, 격이 부족했다. 하지만 난 물러서지 않았다.

　"아니, 넘을 수 있어."

우리에게는 아직 설화 하나가 더 남아 있었다.

'서유기 리메이크'를 클리어하고 얻은, 우리의 네 번째 거대
설화.

[거대 설화, '잊혀진 것들의 해방자'가 이야기를 시작합니다!]

다음 순간, 풍부한 설화의 개연성이 전신으로 스며들었다.

제천대성, 그리고 이계의 신격과 함께했던 설화가 나의 별
위를, 〈김독자 컴퍼니〉의 맥락 위를 도도히 흘렀다.

[〈스타 스트림〉이 당신의 격에 크게 놀랍니다.]

[〈스타 스트림〉이 당신의 격을 재평가 중입니다.]

비릿한 혈향이 코끝을 적셨다.

죽은 이계의 신격의 사체들로 붉게 물든 통천하의 강.

나를 잠식하던 스파크가 줄어들기 시작했다.

지옥도의 페이지가 다시 넘어가고 있었다.

……1,321회차.

……1,582회차.

.

.

.

그리고 1,701회차.

유중혁이 움직였다. 1,701회차의 힘을 품은 흑천마도.

바다를 베고, 태양을 부수고, 신화급 성좌인 포세이돈의 심장을 도려냈던, 그날의 유중혁이 눈을 뜨고 있었다.

「그것은, 김독자가 아주 오랫동안 그려왔던 풍경.」

경악한 라가 뒤늦게 자신의 거대 설화를 방출하는 것이 보였다.

라의 눈이 나를 보고 있었다. 녀석의 입이 묻고 있었다. '어떻게'.

나는 웃었다.

"어떻게는."

신화급 성좌를 죽이기 위해서는, 신화급 성좌에 맞먹는 힘이 필요하다.

신화급 성좌.

'단 하나의 설화'를 시작해 자신의 '격'을 얻었거나, 막대한 거대 설화를 쌓아 '격'의 코앞에 도달한 존재들.

[절대다수의 성좌가 당신의 격에 큰 충격을 받습니다!]

[거대 성운의 성좌가 당신의 격에……!]

나처럼.

[<스타 스트림>이 당신의 격을 발표합니다.]

[당신의 격은 '신화급'입니다.]


　가공할 폭음과 함께, 유중혁의 흑천마도가 라의 태양을 베었다.

**4**

[다수의 성운이 당신의 격에 경악합니다!]

[일부 성운이 새로운 신화급 성좌의 출몰에 경악합니다!]

[일부 성좌가 관리국에 '개연성 적합 판정'을 요청합니다!]

츠츠츠츠츳!

[개연성 적합 판정 요청이 거부됐습니다.]

[해당 시나리오는 관리국의 임의 개입이 불가능한 시나리오입니다.]

부서지는 별 사이에서, 나는 숨도 쉬지 못한 채 전투에 집중했다.

흑천마도에 베인 라의 동체가 발광하고 있었다.

쿠구구구구!

엄청난 열의 폭풍과 함께, 한순간 시야가 자욱한 증기로 뒤덮였다. 시간을 끌려는 수작이었다.

"유중혁! 멈추지 마!"

나는 그렇게 외치며 필사적으로 설화를 읽어갔다.

[설화, '영원불멸의 지옥도'가 이야기를 계속합니다!]
[설화, '생과 사의 동료'가 설화 효과를 증폭합니다!]

내가 읽은 유중혁의 1,701회차를 떠올렸다. 포세이돈과 일대일로 맞서 싸우던 유중혁.

「바다의 경계가 맞닿는 접경에서 철혈의 패왕이 검을 빼 들었다.」
「"포세이돈. 오늘은 네놈이 죽는 날이다."」
「1,700번에 달하는 생. 그 생이 빚어낸 검술이 광휘를 토했다.」

그 전투를 재현하듯, 유중혁의 검이 움직였다. 점점 더 빨라지는 검이 라의 태양을 망가뜨리고 있었다.

[성좌, '정오의 태양'이 고통스러워 분노합니다!]

내가 읽어낸 무대 위에서 유중혁의 검이 춤을 췄다.

막대한 개연성의 후폭풍이 나를 짓눌렀지만, 네 개의 거대 설화가 서로 호응하며 그 여파를 견뎌냈다. 입안에서 쇳맛이 났다. 갑작스러운 격의 상승을 화신체가 감당하지 못하고 있었다.

[성운, <베다>가 당신의 전장을 지켜봅니다.]
[성운, <탐라>가 당신의 전장을 지켜봅니다.]
[성운, <올림포스>가 당신의 전장을 지켜봅니다.]
[성운, <아스가르드>가 당신의 전장을 지켜봅니다.]

볼 테면 봐라.
어차피 네놈들에게 보여주기 위한 싸움이니까.

[채널의 간접 메시지 통제가 해제됩니다!]

여전히 많은 성좌가 우리의 힘을 무시하고 있을 것이다.
운이 좋아서, 혹은 다른 성좌의 도움이 있었기에 여기까지 올 수 있었다 생각하고 있을 것이다.

[다수의 성좌가 채널에 추가로 입장합니다!]
[절대다수의 성좌가 당신의 전장을 지켜봅니다!]

하지만 이제 증명할 시간이 왔다.

[거대 설화, '빛과 어둠의 계절'이 포효합니다!]

〈김독자 컴퍼니〉는 일방적 후원의 대상이 아닌 너희 경쟁자이며, 거대 성운 하나쯤은 자력으로 꺾을 수 있는 성운이다.

콰드드득!

라를 몰아붙이는 유중혁의 검격. 떨어져나가는 태양의 빛살에서 살점이 찢어지는 듯한 소리가 났다.

허공에서 날카로운 시선이 느껴졌다.


[대도깨비 '녹수'가 당신을 노려보고 있습니다.]


대도깨비 녹수. 중하급도 아니고 대도깨비인 녀석이라면, 시나리오를 불편하게 만드는 것쯤은 얼마든지 가능하리라.

하지만 98번 시나리오만큼은 녀석들도 함부로 개입할 수가 없다.

츠츠츠츳……

지금부터의 시나리오는 대도깨비들에게도 중요하기 때문이다.


[해당 시나리오에는 도깨비와 성운이 함께 참가하고 있습니다.]
[모든 도깨비는 자신이 이야기할 '후보'를 선택할 수 있습니다.]
[현재 대도깨비 '녹수'는 〈파피루스〉를 선택한 상태입니다.]

언젠가 '성마대전'을 앞두고 대도깨비 허주와 허체가 우리를 찾아온 일이 떠올랐다.

그때 대도깨비들은 말했다.

「지금 결정해라. 여기서 죽을지, 아니면 우리와 함께 마지막 시나리오로 떠날지.」

아마 그 말은 이 순간을 위한 제안이었을 것이다.

최종막을 앞둔 대도깨비는 자신의 명예와 안목, 그리고 설화를 걸고 '단 하나의 설화' 후보를 선택하게 된다.

아마 저 녹수라는 녀석은 그 후보로 〈파피루스〉를 선택한 모양이었다.

[전설에 따르면 〈파피루스〉에는 세 개의 태양이 있지.]

내 진언과 함께 유중혁의 화신체가 움직였다. 세상 그 어떤 화신보다 더 빠른 속도로, 영원불멸의 저주가 쌓인 검을 휘둘렀다. 흑천마도의 검격이 라의 표피를 파고들었다.

어떤 금속도 녹여버리는 열기를 이현성의 설화 금속이 견뎌내고 있었다.

울컥, 하고 라의 심장이 설화를 토해냈다. 저 지고한 신화급 성좌가, 우리 앞에서 무너지고 있었다.

[우릴 정말 꺾고 싶었다면, 네 존재 전부가 강림했어야지.]

신화급 성좌 '라'. 이미 자신의 '결'을 달성하고, 마지막 시나리오의 무대에서 오랫동안 동면에 빠져 있던 성좌.

[지금껏 냉동고에 틀어박혀 있던 네가, 태양 하나만으로 우릴 이길 수 있을 것 같았나?]

[성좌, '정오의 태양'이 고통 속에 울부짖습니다!]
[성좌, '정오의 태양'이 성급한 눈길로 주변을 둘러봅니다!]

[언제까지 구경만 하고 있을 것인가!]
'라'의 외침과 함께 창공의 별들이 반짝였다.
[〈베다〉! 〈올림포스〉! 네놈들도 함께하기로 한 것 아니었나?]
뭐?
그 말과 함께, 어디선가 불길한 기운이 몰려오기 시작했다. 하늘이 요동치고 파도 소리가 들려왔다. 새카만 창공의 한쪽이 갈라지며 막대한 격류가 떨어졌다.
우리는 재빨리 몸을 움직여 그 격의 파형을 피해냈다.

[누군가가 성운, 〈파피루스〉에 대한 지지를 선언합니다.]
[누군가가 시나리오에 현현하고 있습니다!]

뒷덜미가 서늘해질 정도로 강력한 격의 소유자. 눈앞의 '라'와 맞먹는 누군가가 이 세계로 강림하고 있었다.
[한심하군, '라'. 혼자서도 충분하다더니.]
거친 해일을 연상시키는 목소리. 놀랍게도 그곳에 강림한

존재는 1,701회차의 유중혁이 필사적으로 맞서 싸웠던 적수였다.

[성좌, '해역의 경계를 긋는 창'이 시나리오에 현현합니다!]

포세이돈의 등장과 함께, 허공에서 별들의 군대가 먹구름처럼 몰려들었다.

〈베다〉의 설화급 성좌들, 그리고 '로카팔라'들이었다. 심지어 개중에는 거의 신화급 성좌에 육박한다 알려진 이들도 있었다.

[성운, 〈탐라〉가 〈베다〉의 개입을 비난합니다!]
[성운, 〈홍익〉이 〈올림포스〉의 개입을 비난합니다!]

비난이 폭주했다. 그러거나 말거나 포세이돈은 자신의 트라이아나로 이쪽을 겨냥했다.

[너희 따위가 감히 이 〈스타 스트림〉의 종막을 보려고 하는 것이냐?]

〈스타 스트림〉의 종막. 이 모든 세계의 끝을 결정할 에필로그.

맞다, 나는 오랫동안 그것을 보기 위해 살아왔다.

그랬었다.

[나는 그저 '종막'을 보고 싶은 게 아냐.]

사실, 내가 정말 보고 싶은 것은.

"아저씨!"

어느새 동료들이 주변으로 몰려와 있었다.

정희원, 유상아, 이지혜, 이현성, 이길영, 신유승.

우리가 만든 설화들이 밤의 창공에서 환하게 빛나고 있었다. 아득한 은하 너머로, 우리가 움직여온 설화의 궤적이 보였다.

이 우주가 아무리 드넓고 광활하다 해도, 나는 어디서든 저 별자리를 찾아낼 자신이 있다.

[설화, '구원의 마왕'이 환하게 빛납니다.]

[설화, '왕이 없는 세계의 왕'이 환하게 빛납니다.]

[거대 설화, '신화를 삼킨 성화'가 환하게 빛납니다.]

나는 벅차오르는 마음을 숨긴 채 일행들을 바라보았다.

「그곳에 그가 염원했던 설화가 있었다.」

강력한 격을 발출하는 포세이돈이 우리를 향해 손을 뻗었다.

[시끄러운 마침표로군. 그만 사라져라.]

밀려오는 〈베다〉의 군대. 긴장한 일행들이 내 곁으로 모여들었다. 나는 그런 일행들을 향해 말했다.

[저는 여러분과 같이 만든 설화가 좋습니다. 슬픈 일도, 고통스러운 일도 많았지만…….]

그럼에도 이 이야기가 영원히 계속되었으면 좋겠다고 생각할 정도로.

"지금 유언하는 거 아니죠?"

내 표정을 보고 불길함을 느꼈는지 정희원이 물어왔다.

나는 다만 빙긋 웃었다.

밀려오는 성운의 군세 너머로 텅 빈 창공이 보였다.

언젠가 어머니가 그런 말을 해준 적이 있다.

아주 오랫동안 어떤 이야기를 보아온 사람은, 마침내 그 이야기를 닮아간다고. 어쩌면 그것은 저 별들에게도 해당되는 이야기일 것이다.

[죽어라!]

밀려든 〈베다〉의 군대가 우리를 덮쳐오는 바로 그 순간.


[성좌, '악마 같은 불의 심판자'가 시나리오에 현현합니다!]


밤하늘이 갈라지며 염화의 폭포가 쏟아졌다. 폭포 위로 올라선 한 성좌가 불타는 검을 든 채 성좌들을 도륙하고 있었다.

내가 가장 좋아하는 대천사가 그곳에 있었다.

[■발! ■같은 놈들아!]

거친 폭언 너머로 경악하는 성좌들의 진언이 들려왔다.

[어떻게? 너희는 분명 그곳에서…….]

[■발. 나 우리엘이야. 겨우 그 정도 숫자로 죽일 수 있을 것 같아?]

이어서 하늘을 불태우는 보랏빛 염화.

[성좌, '심연의 흑염룡'이 시나리오에 현현합니다!]


[큭큭, 내 양손을 다 쓰게 만들 줄이야. 제법 하네, 〈파피루스〉.]

날아오르는 거대한 용의 날개가 성좌들을 찢어발겼다.

〈베다〉의 전함들이 '심연의 흑염룡'을 겨냥하며 일제 사격을 준비했다. 그리고 다음 순간, 수십 척의 전함이 굉음과 함께 폭발했다.

폭발 사이로 언뜻 보이는 금빛 여의봉.

[정말 귀찮게 하는군.]

연무가 걷힌 곳에, 따분하다는 듯 귀를 파는 백금발의 사내가 있었다.


[성좌, '가장 오래된 해방자'가 시나리오에 현현합니다!]


우리엘, 흑염룡, 제천대성.

세 성좌의 등장에 일대에 파란이 일었다.

[제천대성! 무슨 짓이냐?]

[이것은 성운전이다! 지금 네놈들이 무슨 짓을 하는 것인지—]

성좌들의 진언이 끝나기도 전에, 또 다른 누군가가 우리의 배후에 현현했다.

[그대들처럼 우리 또한 지지하는 설화가 있을 뿐이에요.]

그 목소리가 누구인지 잘 알고 있었다.

새카맣고 부드러운 어둠이 우리를 감싸며, 내 어깨에 다정한 손길이 닿았다.

[성좌, '가장 어두운 봄의 여왕'이 시나리오에 현현합니다!]
[성좌, '부유한 밤의 아버지'가 시나리오에 현현합니다!]

명왕의 형형한 눈길이 전장을 응시했다.

모든 별을 공포에 떨게 만드는 죽음의 사신.

제천대성에 이어 명왕까지, 연이은 신화급 성좌의 등장에 적측 성좌들이 주춤거리며 물러나는 것이 보였다.

[성운, <명계>가 <김독자 컴퍼니>를 지지합니다.]

덤빌 테면 얼마든지 덤벼보라는 듯 두 진영이 격을 뿜으며 대치했다.

멀리서 일그러진 포세이돈과 라의 얼굴이 보였다.

그리고 얼마나 시간이 지났을까. 한쪽 진영의 성좌들이 말없이 물러나기 시작했다.

[성좌, '해역의 경계를 긋는 창'이 시나리오에서 이탈합니다.]

하나둘 사라지는 적측 성좌들. 믿었던 신화급 성좌마저 사라지자 이탈 속도는 더욱 빨라졌다.

당황한 〈파피루스〉의 성좌들이 우왕좌왕하며 라의 눈치를 보았다. 그리고

[성운, 〈파피루스〉의 성좌들이 철수를 선언합니다.]

얼마 지나지 않아, 반쯤 뭉개진 태양만이 남았다.

까드득 이를 갈던 라가 우리를 노려보더니, 잠시 후 볕이 흩어지는 소리가 들렸다.

[성좌, '정오의 태양'이 시나리오에서 이탈합니다.]

밀려오는 노을과 함께 태양이 지평선 너머로 사라진다.

마침내 시나리오의 승자가 가려진 것이다.

「그것은 김독자가 아주 오랫동안 그려온 정경이었다.」

그 노을 속에서 나는 일행들을 돌아보았다.

「어떤 것은 그가 생각했던 대로 되지 않았고.」

스러지는 노을빛을 응시하며, 유중혁이 흑천마도를 쥐고 있었다.

「어떤 것은 그의 의도보다 잘 흘러갔다.」

입술을 실룩이던 한수영이 "아야야" 소리를 내며 붕대를 되감았다.

「의도와는 무관하게 운이 좋았던 경우도 있었다.」

가벼운 한숨을 내쉬던 유상아가 미소 지었다.

「하지만 그 모든 순간이 모여, 결국 하나의 풍경이 되었다.」

[성운, <김독자 컴퍼니>가 성운전에서 승리했습니다!]
[보상 내역을 준비 중입니다.]

일행들도 나도 말이 없었다.
처음 이기는 것은 아니지만 어떤 의미에서는 첫 승리였다.
우리는 한참이나 아무 말 없이 서로의 얼굴을 바라보았다.
이겼다.
우리가 정말로 '성운'에게 이긴 것이다.

[대도깨비 '허주'가 당신의 설화에 침음합니다.]
[대도깨비 '가랑'이 당신의 설화에 투표하고 싶어합니다.]

[대도깨비 '해솔'이 당신의 설화에……]

텅 빈 허공에서 시스템 메시지만이 들려왔다.

[대도깨비 '비형'이 당신의 설화에 투표했습니다.]
[중급 도깨비 '비유'가 당신의 이야기를 좋아합니다.]

노을 너머로 비치는 두 도깨비의 그림자를 보며, 나는 생각했다.

이제 거의 다 왔다.

나는 일행들을 향해 다시 한번 고개를 돌렸다. 그들을 보며 나는 무언가 말을 해보려 했다.

일행들은 이미 내가 무슨 말을 할지 알고 있다는 표정이었다.

나를 대신해 정희원이 말했다.

"함께 이 세계의 결말을 보러 가요."

나는 고개를 끄덕였다.

# 89
### Episode

## 대멸망

Omniscient Reader's Viewpoint

✳

**1**

[당신의 ■■이 가까워지고 있습니다.]

며칠 전부터 내 귓가에 줄곧 반복해서 들려온 메시지였다.

"이제 얼마 안 남은 모양이구나."

"예."

나와 어머니는 테이블을 두고 마주 앉아 차를 마시고 있었다. 우리는 공단 응접실에 설치된 패널을 잠시 바라보았다.

―아메리카 대륙 멸망! '이계의 신격'의 다음 목표는?

―동북아시아 지역에 긴급 대피령 발발!

―성운들이 지구를 버렸다. "어디로도 도망칠 곳 없어."

뉴스가 마지막으로 비춘 장소는 한반도였다.

세계 곳곳에서 밀려든 난민으로 한반도 전체가 북적이고 있었다.

그들이 무엇을 기대하고 이곳까지 왔는지는 잘 안다.

[다음 대멸망 시나리오 지역은 '동북아시아'입니다.]

[대멸망 시나리오 시작까지 6일 8시간 24분 남았습니다.]

화면 속 어머니가 내 대신 공단 대표로서 발언하고 있었다.

공단은 새로운 공민을 막지 않는다. 다만…….

어머니가 쓰게 웃으며 말했다.

"보기 민망하네."

"잘 어울리세요. 대통령 같으신데요."

실제로 지금 공단 주인은 내가 아니라 어머니라 봐도 무방했다. 이곳 시민들도, 나보다는 어머니를 더 잘 따를 것이다.

"떠나기 전에 서울 사람들에게 얼굴 한번 비춰주거라. 네가 간단히 인사해주는 것만으로도 큰 힘이 될 거야."

실제로 공단 바깥에서 확성기로 외치는 기자들의 목소리가 들려왔다.

—구원의 마왕님! 돌아오셨다는 게 사실입니까?

—구원의 마왕님! 멸망을 막을 대책에 대해 한 말씀 해주십시오!

대책이라.

나는 어머니처럼 쓰게 웃었다.

"그게 마스코트의 임무라면야."

그리고 우리는 차를 홀짝였다.

어둡고 침침한 하늘. 당장 벼락이 떨어져 반도가 두 쪽으로 쪼개져도 이상하지 않은 세상이었다.

"평화롭구나."

"그러게요."

그럼에도 우리는 그렇게 말했다.

찻잔 속에서 찻잎이 흔들렸다. 이토록 한가한 티타임이라니. 삼십 년에 달하는 우리 모자의 역사 속에 처음 있는 일이었다. 그토록 원했던 시간이, 모든 것의 멸망을 앞둔 지금에서야 찾아왔다.

어머니는 내게 아무것도 묻지 않았다. 앞으로 어떻게 할 것인지, 내가 이 이야기의 끝에서 무엇을 구하는지, 아무것도 묻지 않았다. 그것이 어머니의 방식임을 나도 알고 있었다.

"그럼 가보겠습니다."

"'천제의 풍신'께서 너를 찾으신다. 출발 전에 꼭 한 번 더 들르거라."

풍백? 그자가 왜 또 나를 찾는 거지?

'성마대전'에서 있었던 안 좋은 일이 떠올랐다. 마지막 시나리오를 앞두고 또 한바탕해보자는 건가.

나는 일단 가볍게 고개를 끄덕이고는 밖으로 나왔다. 바깥에는 나를 기다리던 존재가 있었다.

[용케 여기까지 왔네, 김독자.]

대도깨비가 된 후 신수가 훤해진 비형이었다. 백호 털로 만들어진 롱코트가 제법 잘 어울렸다.

나는 비꼬는 투로 물었다.

"웬일로 기다렸냐?"

[너희 모자지간의 상봉은 구독좌 사이에서도 인기 있는 설화야. 흐름을 끊을 수는 없지.]

어깨를 으쓱한 비형 녀석이 지껄였다.


[성좌, '악마 같은 불의 심판자'가 눈가를 콕콕 찍습니다.]
[성좌, '심연의 흑염룡'이 투덜거리며 손수건을 건넵니다.]


그걸 또 방송으로 내보낸 모양이군, 망할 자식.

[이제 마지막 시나리오가 코앞이다.]

"알아."

[어련하실까. 너도 알겠지만 마지막 시나리오는…….]

"비형."

내 말에 비형이 말을 멈추고 나를 바라보았다.

"왜 우릴 선택한 거냐?"

비형의 눈동자에 희미한 파문이 일었다.

지금 녀석의 눈앞에 떠올라 있을 시나리오 창이 무엇인지,

나는 이미 알고 있었다.

〈메인 시나리오 #98 - '후보 투표'〉

분류: 메인

난이도: ???

클리어 조건: '단 하나의 설화'의 최종 후보를 선택하시오.

제한 시간: ―

보상: ???

실패 시: 사망

〈스타 스트림〉의 시나리오는 성좌나 화신뿐만 아니라 이야기꾼인 도깨비에게도 적용된다.

그리고 시나리오의 종막을 결정할 '후보 투표'는, 도깨비에게도 무척 중요한 시나리오였다. 자신의 존재를 건 시나리오.

그런 시나리오에서 비형은 우리를 선택한 것이다.

[대도깨비 '비형'은 현재 <김독자 컴퍼니>에 투표한 상태입니다.]

처음 비형을 만났을 때, 녀석은 고작 축구공만 했다.

오직 채널의 구독좌를 늘리기 위해 무분별하게 사람들을

학살하고, 잔인한 시나리오를 양산하던 천공의 도깨비.

우리가 만든 설화를 먹고 자라난 도깨비는 인간처럼 변했다. 인간만 한 키에, 인간이 입는 옷을 입고, 인간의 표정을 지었다.

이제는 인간보다 더 인간을 닮은 도깨비가 나와 같은 눈높이에서 나를 마주 보며 말하고 있었다.

[나와 계약해라. 그럼 내가 너를 도깨비들의 왕으로 만들어주겠다.]

"……?"

[어룡 입속에서 네가 내게 한 말이다.]

분명 그런 말을 한 적이 있었다.

"설마 진짜 그딴 말을 믿고 날 선택한 건 아니지? 우리가 이길 확률은 낮아."

[지금은 그렇지만도 않아. 네가 저지른 일이 얼마나 큰일인지 모르는 모양이네.]

비형이 창밖으로 고개를 돌렸다. 공단 광장 앞에 파피루스전을 함께 치른 성좌들이 옹기종기 모여 있었다.

우리엘에게 제압당해 방석처럼 깔린 흑염룡. 티테이블을 가져와 차를 홀짝이는 페르세포네와 하데스. 파천검성에게 곰방대를 빌려 담배를 피우는 제천대성. 그들은 실시간으로 흘러나오는 성류 방송을 시청하고 있었다.

—〈스타 스트림〉의 호사가들 사이에서 새로운 '12대 성운'

목록이 떠돌아…….

　―일부 설화급 성좌는 〈김독자 컴퍼니〉의 수준이 이미 3강
强급에 육박한다고 추정하며…….


　3강이라. 지난 싸움의 여파가 크기는 한 모양이다. 후한 평
가야 고마운 일이지만, 방심하기는 일렀다. 아직 후보 결정전
은 끝나지 않았으니까.

　하지만 비형의 판단은 조금 다른 듯했다.

　[아마 당분간은 괜찮을 거다. 네가 〈파피루스〉를 쓰러뜨린
지도 이틀이 지났어. 그동안 〈김독자 컴퍼니〉에 성운전을 신
청한 다른 성운이 있었나?]

　"없었어."


　「후보 결정전에서 대승을 거둔 성운은, '단 하나의 설화'로 추대될
가능성이 크게 높아진다.」


　단 한 번의 전장으로 우리가 3강 자리에 오른 것처럼, 다른
성운도 성운전을 통해 얼마든지 순위 변동을 노릴 수 있었다.
그러니 지금쯤이면 한창 선전포고와 전쟁 선포 메시지가 빗
발치고 있어야 했다.

　하지만 선전포고는커녕 도발해오는 성운도 없었다. 지구는
놀라울 정도로 잠잠했다.

　"왜지? 우리 설화가 그렇게까지 놀라운 건 아닐 테고."

[가만히 내버려둬도 멸망하기 때문이지.]

심장이 차갑게 식는 느낌이었다. 성좌들의 패널에서 흘러나오는 영상이 보였다.

[성좌들은 네가 지구를 포기할 수 없다는 걸 알고 있다.]

'후보 결정전'과 별개로, 현재 지구는 대멸망 시퀀스에 돌입해 있다. 북아메리카가 멸망했고, 다음은 동북아시아 지역이었다.

원작의 최종 시나리오에서도 외신을 비롯한 이계의 지배자들이 이 세계를 침습해온다는 것을 고려하면, 모두 예정된 전개이긴 했다.

[잊힌 섬들의 융기가 계속되고 있습니다!]

「세계선의 끝에서, 잊힌 존재들의 침식이 시작되리라.」

본래의 원작이었다면, 여기서 성운들은 나와 함께 싸웠어야 한다. 하지만 지금 성운들은 다른 결정을 내렸다.

지구를 포기하고 〈김독자 컴퍼니〉를 제거하는 것.

그것이 '마지막 시나리오'를 앞둔 성운들의 결정이었다.

"빌어먹을 놈들이······."

[일부 성운이 당신의 판단을 비웃습니다.]

최악의 상황이라 봐도 무방했다.

심지어 지금 이 세계에서 몰려온 것은 내가 아는 원작 속 이계의 신격과는 다른 녀석들이었다.

나는 얼마 전 '은가이의 숲'에서 본 999회차의 우리엘을 떠올렸다.

**「대멸망 시나리오가 시작되면 왕들의 습격이 시작된다.」**

내 예상이 옳다면, 곧 시작될 대멸망에서 찾아올 왕들은 모두 999회차에서 '결'을 본 존재들이다.

"왕들을 소환한 건 누구지? 너희 관리국이냐?"

[내가 공개할 수 있는 정보는 없어. 다만…….]

굳은 결의가 어린 얼굴로, 비형이 말을 맺었다.

[숨이 다하는 순간까지, 나는 너희를 이야기할 것이다.]

⌘ ⌘ ⌘

"참가하지 않으실 분은 지금 떠나셔도 괜찮습니다."

우습지만 그게 내가 일행들에게 던진 첫 마디였다.

"다가올 시나리오는 지금까지 겪은 결전들과는 비교도 안 될 정도로 끔찍할 겁니다. 아직 늦지 않았습니다. 지금이라도 성운에서 이탈할 분이 계시다면……."

일행들은 지루한 미사에 참가한 듯 연신 하품했다.

어쩌면 당연한 이야기였다. 그들은 모두 수십 번이나 죽을 위기를 넘기며 여기까지 왔다. 이렇게 죽으나 저렇게 죽으나 죽는 건 매한가지. 지금 빠질 거였다면 진즉에 빠졌겠지.

나도 알고 있다. 하지만 알고 있음에도 뻔한 질문을 하는 이유는.

"저."

저렇게 빠지고자 하는 이가 실제로 있기 때문이었다.

"나는 빠지겠네."

한명오였다. 예상하지 못한 바는 아니었다.

"아주 이탈하겠다는 말은 아닐세. 다만 마지막으로 다녀올 곳이 좀 있네."

곁에서 이지혜가 핀잔을 주었다.

"에휴, 아저씬 그냥 빠져. 어차피 도움도 안 돼. 또 전투 시작되면 열나게 튈 거면서."

"내가 지금은 이래도 왕년에는 마계 백작으로……."

본래 저 레퍼토리에 들어갈 말은 '마계 백작'이 아니라 '미노 소프트 부장'이었을 텐데.

티격태격하는 두 사람을 보자 쓴웃음이 나왔다.

사실 나는 한명오가 어디를 가려는 것인지 알고 있었다.

"'환생자들의 섬'이 있던 곳에 가시려는 겁니까?"

내 질문에 한명오의 표정이 눈에 띄게 굳었다.

"봉인되었다곤 해도, 그곳엔 아직 묵시룡과 '형용할 수 없는 아득함'의 여파가 남아 있습니다. 가시는 건 위험할 겁니다."

"그래도 다녀오고 싶네."

성마대전이 벌어진 '환생자들의 섬'.

지금도 그 암흑차원의 저변에는 죽은 별과 이계의 신격의 시체들이 떠돌고 있을 것이다.

미처 방주에 탑승하지 못하고 죽어버린 존재들.

어쩌면 개중에는 마왕 '아스모데우스'도 있으리라.

"그 아이만이 내가 이 세계에서 얻은 전부일세."

한명오의 눈빛에 비장함이 깃들어 있었다.

성마대전 이후, 한명오는 줄곧 우리의 메인 시나리오에 열심히 참여해왔다. 미노 소프트에서 승진을 위해 부하 직원들 프로젝트를 빼돌릴 때보다도 훨씬 열심이었다.

실제로 그는 노력의 대가를 받았다. 약간이지만 거대 설화의 지분도 얻었고, 쓸 만한 성유물도 다수 확보했다.

모두 자신의 딸을 되찾기 위함이었다.

지금의 한명오라면, '환생자들의 섬' 인근에 가더라도 혼돈의 여파를 며칠은 버틸 수 있을지 모른다.

"다녀오십시오."

고개를 끄덕인 한명오가 채비를 마치고 일어섰다. 이미 단단히 마음을 먹고 온 모양이었다. 일행들 모두 그를 배웅했다.

'단 하나의 설화'의 시나리오를 받지 못한다고 해서, '단 하나의 설화'가 없는 것은 아니다. 그건 누구에게나 있다. 모두 각자의 ■■을 찾아 떠날 수 있는 것처럼.

덜덜 떨면서도 포털을 넘어가는 한명오를 보며, 나는 다시 한번 생각했다.

[당신의 ■ ■이 가까워지고 있습니다.]

자신의 '결'이 어디인지를 결정하는 것은 〈스타 스트림〉이 아니다.

돌아보자 일행들이 나를 기다리고 있었다.

"그럼, 회의를 계속하겠습니다."

¤ ¤ ¤

[대멸망 시나리오 시작까지 11시간 8분 남았습니다.]

대멸망까지 남은 시간은 이제 반나절.

저 대멸망을 견뎌내야만 우리는 마지막 시나리오로 향할 수 있었다.

그동안 나는 멸살법의 정보를 모두 점검했고, 한반도를 비롯해 지구 곳곳에 남은 쓸 만한 성유물 및 스킬의 수거를 부탁했다. 일행들은 흔쾌히 그 부탁을 들어주었다.

한수영이 물었다.

"넌 뭐 하게?"

물론 나도 할 일이 있었다.

예를 들면 저 꼬장꼬장한 녀석과 필살기를 연구한다거나.

"네놈도 알겠지만, 지금의 우리가 대멸망에 맞서 싸울 방법은 하나뿐이다."

흑천마도의 날을 가다듬으며 유중혁이 말했다.

우리엘이나 흑염룡, 제천대성을 비롯한 성좌들이 도움을 주기로 약속했지만, 그들만 믿고 있을 수는 없었다.

앞으로 나타날 이계의 신격의 왕은 '은밀한 모략가'를 제외하고도 넷.

그들이 한꺼번에 몰려온다면 제천대성이나 명왕 같은 신화급 성좌가 있다고 해도 절대로 이길 수 없다.

다행히도 우리에게는 맞서 싸울 방법이 하나 있었다.


「영원불멸의 지옥도」


1,863회차의 보상으로 '은밀한 모략가'를 통해 받은 신화급 설화.

이 설화를 통해 나는 유중혁의 기억을 재현할 수 있었고, 유중혁은 그 기억의 무대를 공유받아 1,863회차의 힘을 끌어 쓸 수 있었다.

문제는.


[독해가 실패했습니다!]

[당신이 독해 가능한 '유중혁'의 최대 회차는 '978회차'입니다.]

[설화, '영원불멸의 지옥도'가 당신을 한심하게 바라봅니다.]

내 독해에 뭔가 문제가 생겼다는 것이었다.

[독해가 실패했습니다!]
[당신이 독해 가능한 '유중혁'의 최대 회차는 '778회차'입니다.]
[설화, '영원불멸의 지옥도'가 당신의 난독을 의심합니다.]

이제는 하다못해 설화까지 나를 무시하고 있다.

며칠째 그런 일이 반복되자 결국 참다못한 유중혁이 역정을 냈다.

"한심하군. 평생 책만 읽었다고 하지 않았나?"

"평생은 아냐. 아무튼 이건 좀 다른 문제야."

나도 이유를 알 수가 없었다. 대체 왜 이제 와서?

"이럴 거면 설화를 내놔라. 내가 직접 쓰는 편이 훨씬 낫겠군."

"그렇게 줄 수 있는 거면 진작 줬지."

안 그래도 이미 '은밀한 모략가'에게 방법을 물어보기도 했다. 무시당했지만.

"차라리 지난번처럼 빙의 스킬을 써라. 그걸 쓰고 설화를 쓰면 동화율이 훨씬 올라간다."

아마 [전지적 독자 시점]을 말하는 모양이었다.

"그건 가능하면 안 쓰려고."

확실히 [전지적 독자 시점]을 쓴다면 설화 사용은 훨씬 간편해질 것이다. 그 스킬을 쓰면 마치 배후성이 화신을 통제하는 것과 같은 효과를 볼 수 있으니까.

하지만.

"그 스킬을 쓰면 내 화신체가 무방비해져. 가능하면 안 쓰고 이기는 게 최선이야."

"평소에 수련을 게을리하니 그런 꼴이 된 거다."

"모두 너처럼 무식한 수련을 소화하는 게 가능한 줄 아냐?"

나를 잠시 노려보던 유중혁은 더 이상 가타부타하지 않고 다시 설화에 열중했다.

어쩌면 유중혁 녀석도 알고 있을 것이다. 사실 내가 [전지적 독자 시점]을 쓰지 않는 이유는 따로 있다는 것을.

「얼마 전부터 [전지적 독자 시점]이 김독자의 말을 듣지 않기 시작했다.」

심지어 내가 원하지 않을 때도 멋대로 스킬이 발동하거나, 사람의 속을 읽는 일도 있었다. 왜 그런 일이 벌어지는지는 모른다. 어쩌면 누군가를 들여다보는 것이 너무 익숙해져서 그럴 수도 있었다. 나도 모르는 사이, 말을 듣는 것보다 친절한 문장으로 적힌 내면을 읽는 쪽에 더 익숙해져버린 것이다.

[독해에 실패했습니다.]

어쩌면 지금 내게 난독이 발생하는 것은 당연한 귀결이 아닐까.

"제대로 집중해라 김독자."

유중혁의 말과 함께, 나는 다시금 설화를 발동했다.

천천히 심호흡하며 차분히 생각을 점검했다.

[설화, '영원불멸의 지옥도'가 이야기를 시작합니다!]

내가 아는 유중혁에 관한 정보는 잊자.

나는 유중혁을 전혀 모른다. 이놈은 내가 전혀 모르는 놈이다.

유중혁은 미친 사이코패스도 아니고, 꽉 막힌 벽창호도 아니다.

그렇게 생각하자 머릿속이 조금 환해지는 느낌이었다.

그래, 거기서부터 출발하자. 마치 멸살법을 처음 읽던 그 순간처럼.

츠츠츠츠츠츳!

이상 현상이 벌어진 것은 그때였다.

[당신의 독해에 문제가 발생했습니다!]

갑자기 유중혁의 안색이 파랗게 질렸다.

"김독자! 네놈, 무슨 짓을……!"

그 말을 마지막으로 유중혁의 눈동자에서 빛이 사라졌다.

나는 깜짝 놀라 물었다.

"야, 괜찮냐?"

물어도 답이 없었다.

[등장인물 '유중혁'의 자아가 충돌하고 있습니다!]

자아가 충돌해?

급한 마음에 녀석의 상태를 확인해보려 했다. 그런데.

['등장인물 일람'의 발동이 실패했습니다.]

이어서 떠오른 문장은, 내가 아주 오래전에 들은 적이 있는
문장이었다.

[해당 인물은 '등장인물'이 아닙니다.]

✳

**2**

쓰러진 유중혁은 네 시간이 지나도록 깨어나지 않았다.

"야! 미친놈아! 정신 차려!"

나와 한수영은 번갈아 유중혁의 뺨을 때렸다. 하지만 전혀 깨어날 기미가 보이지 않았다.

찰싹! 찰싹! 찰싹! 찰싹!

게다가 얼마나 뺨이 단단한지, 한참을 때려도 부풀어 오르기는커녕 손바닥이 아플 지경이었다. 한수영이 진지하게 감탄하며 말했다.

"이거 좀 재미있는데?"

"그딴 소리 할 때가 아냐."

[대멸망 시나리오 시작까지 5시간 12분 남았습니다.]

이제 남은 시간은 정말 얼마 되지 않았다. 곧 대멸망이 시작되고, 확장된 개연성으로 인해 이계의 신격들의 침습이 시작될 것이다.

그런데 유중혁이 이 모양 이 꼴이다.

대체 뭐가 잘못된 것인지 짐작도 가지 않았다.

내 [전지적 독자 시점]과 관련된 문제인가?

['등장인물 일람'의 발동이 실패했습니다.]

[해당 인물은 '등장인물'이 아닙니다.]

[등장인물 일람]을 다시 사용해보았지만, 여전히 떠오르는 메시지는 같았다. 이 우주에는 정말 많은 유중혁이 있지만, 지금껏 저 메시지가 나타난 유중혁은 하나뿐이었다. 1,863회차에서 자신의 이야기를 향해 사라진 그 유중혁.

그러자 떠오르는 것이 있었다.

하지만…… 설마?

곁에서 우리를 지켜보던 이설화가 물었다.

"'생사단'을 먹여볼까요?"

얼마 전, 이설화는 드디어 궁극의 회복약인 생사단을 완성했다.

일단 먹이기만 하면 어떠한 치명적 중상이라도 회복할 수 있다는 비약.

"벌써 양산 가능한 단계입니까?"

"아뇨. 아직 몇 개 못 만들었어요. 재료가 부족해서……."

나는 침음했다. 앞으로 어떤 일이 벌어질지 모르는 상황에서 함부로 생사단을 낭비할 수는 없었다.

[등장인물 '유중혁'의 자아가 충돌하고 있습니다!]

게다가 아무리 생사단이라도, 정신적인 문제까지 해결될지 확신할 수 없었다.

공단 전체에 가벼운 진동이 울려 퍼진 것은 그때였다.

"독자 씨. 움직임이 포착됐습니다."

이현성이 다급히 병실 문을 열고 들어왔다.

나와 한수영은 동시에 서로 돌아보았다. 급히 켠 패널 화면 위로 태평양의 정경이 나타났다.

쿠구구구구!

미대륙을 집어삼킨 파도가 다시 모습을 드러내고 있었다. 거대한 파도는 투명한 돔의 벽에 가로막혀 수위만 높이고 있었다.

아직은 개연성 제약을 받는 까닭이었다.

츠츠츠츠츳!

하지만 개연성의 벽은 조금씩 밀려나고 있었다.

태평양을 가로지르며 점점 그 너비를 키우는 접경.

높아진 파도 사이로 이계의 신격들이 꿈틀거리는 모습이

보였다.

다섯 시간 후면 저 경계는 한반도까지 도달할 것이고, 그날로 이 땅은 지구에서 사라질 것이다.

"김독자, 작전은?"

"있어."

나는 쓰러진 유중혁을 흘끗 보며 덧붙였다.

"좀 바꿔야 할 것 같긴 하지만."

"사람 불안하게 하지 말고. 원작에선 저거 어떻게 막았어?"

"완전히 똑같은 재앙은 아니었는데, 그땐 성운들이 죄다 달려들어서 막았지. 성좌들이 대부분 갈려나갔고."

"그 잘난 성좌들은 다 어디 있는데?"

"어디 있긴."

[다수의 성운이 당신의 판단을 지켜보고 있습니다.]

아마 저기서 우리의 멸망을 구경하고 있겠지.

[성좌, '악마 같은 불의 심판자'가 <스타 스트림>의 정의는 모두 죽었느냐며 성좌들을 힐난합니다!]

[성좌, '심연의 흑염룡'이 팔짱을 낀 채 고개를 흔듭니다.]

[성좌, '가장 오래된 해방자'가 대성운의 성좌들을 한심하게 여깁니다.]

우리 측 성좌들의 도발에도 저쪽은 태연했다.

[일부 성좌가 모든 것은 <김독자 컴퍼니>가 초래한 일이라 주장합니다.]

심지어는 적반하장으로 나오는 녀석들도 있었다.

[소수의 성좌가 자신들의 몫을 먼저 앗아간 것은 <김독자 컴퍼니>라고 주장합니다.]

본래였다면 그 어처구니없는 주장에 분개했겠지만, 이상하게도 지금은 마음이 평온했다. 녀석들이 왜 그렇게 행동하는지 알 것 같았기 때문이다.

〈오즈〉에 방문했을 때, 나는 원숭이에게 이런 말을 들었다.

—기존에 거대 설화를 구성하던 설화들이 〈오즈〉와 비슷한 쇠락의 길을 걷고 있습니다. 최근에 떠오른 어떤 설화가 다른 설화의 지분을 잡아먹기 시작했으니까요. 당신들의 설화 말입니다.

본래 이 무대를 이끌어야 할 주역은 오랜 신화를 쌓아온 성운들이었다. 하지만 그 성운 중 다수는 우리에게 주요 설화를 빼앗기거나 파괴당했다. 그런 와중에 〈스타 스트림〉이 우리를

3강급 성운으로 치켜세우기까지 했으니, 기존의 별들이 느낀 박탈감은 그야말로 어마어마했을 것이다.

물론 그렇다고 해서 저 별들이 옳은 짓을 하고 있다는 뜻은 아니다.

손톱을 잘근잘근 깨물던 한수영이 물었다.

"그냥 지구 포기하는 게 낫지 않겠냐? 다 같이 '마지막 시나리오'로 튈 방법을 생각해보는 게……."

"안 되는 거 알잖아."

오직 허락된 이들만이 마지막 시나리오로 갈 수 있다.

설령 지구의 모두를 〈김독자 컴퍼니〉에 가입시킨다 한들, 말도 안 되는 시나리오 점프로 인한 개연성의 후폭풍에 휘말려 사멸하게 될 것이다.

"젠장……."

한수영의 머릿속에서 「예상표절」이 팽팽 돌아가는 것이 느껴졌다.

"'이계의 신격의 왕'들은 999회차의 녀석들이랬지. 몇이나 돼?"

"내가 알기로는 '은밀한 모략가'를 제외하고 넷."

"넷 전부랑 싸워야 돼?"

고개를 저으며 내가 기억하는 '이계의 신격의 왕'의 목록을 떠올렸다.


「동쪽에서 떠오르는 '살아 있는 불꽃'.」

「서쪽 세계의 재앙 '가라앉은 섬의 주인'.」

「북쪽 우주의 지배자 '위대한 심연의 군주'.」

「남쪽 성간을 다스리는 '은빛 심장의 왕'.」


999회차의 '결'을 보고 '이계의 신격의 왕'이 된 존재들.

하지만 아무리 〈관리국〉이라고 해도, 모든 '왕'을 투입했을 것 같지는 않았다. 관리국은 통제 불가능한 시나리오를 그리 좋아하지 않으니까.

그렇다면.

"이미 태평양에 나타난 게 하나. 그리고 우리 전력이 움직이게 되면 아마 하나가 더 움직일 거야. 그럼 총 둘이지."

"하나는 태평양의 저 녀석이고, 다른 하나는 999회차의 우리엘인가?"

"맞아."

"그 녀석들은 얼마나 강해? 그때 보긴 했는데 너무 잠깐 봐서……."

"'은밀한 모략가'가 저 꼴이 된 게 999회차의 우리엘 때문이야."

"미친, 그런 것들이 부하까지 이끌고 온다고?"

묵시룡전에서 '은밀한 모략가'가 보여준 힘을 한수영은 똑똑히 목격했다. 그러니 저런 반응도 무리는 아닐 것이다.

"우리 채널 성좌들이 도와주는 건 확실하지?"

"성좌들이 도와도 승리를 확신할 수는 없어. 무엇보다 유중혁이 없는 상태에서는 전력 구성도 맞질 않고."

본래 내 계획은 일행을 두 무리로 나눠서 '이계의 신격의 왕'들을 각개 격파하는 것이었다. 하지만 주요 전투원인 유중혁이 빠지게 된다면, 우리는 1,863회차의 힘을 빌려 쓸 수가 없다.

패널 화면 너머로 점차 그 세력을 넓혀가는 파도가 보였다. 대멸망의 영역이 한반도에 닿을 때 방어를 시작하면 그때는 너무 늦는다.

나는 머릿속으로 빠르게 판단을 마쳤다.

"움직이자. 해야 할 일을 알려줄게."

남은 시간은 다섯 시간.

그 안에 모든 준비를 끝마쳐야 했다.

✾ ✾ ✾

한수영이 일행들에게 작전을 하달하는 동안, 나는 이길영을 만났다. 내 호출에 이길영은 환한 표정을 지은 채 응접실로 냅다 달려왔다.

"형! 저 불렀어요? 왜요?"

나는 고개를 끄덕였다.

"거기 앉아 볼래?"

역시나 냅다 소파에 앉은 이길영은 내가 무슨 말을 할지 기대된다는 듯 눈망울을 반짝이며 나를 올려다보았다.

나는 그런 이길영의 눈동자를 빤히 들여다보았다.

「이 세상을 게임처럼 여겼던 아이.」

처음 이길영을 만난 순간이 지금도 머릿속에 선연했다. 깜빡거리는 지하철 조명, 허공을 향해 튀어 오르는 메뚜기의 악몽. 그때 이길영이 잡은 메뚜기가 없었더라면 죽는 것은 나였을 것이다.

「어머니를 잃은 곤충 채집 소년은 이제 중학생 나이가 되었다.」

나는 이길영의 어머니를 살리지 않았다. 그날 만약 내가 다른 선택을 했다면 어땠을까.

가령, 내 인간 혐오가 조금만 덜했더라면. 메뚜기를 집으며, 아이의 팔에서 눈에 띄는 상처들을 발견하지 않았더라면. 몇 가지 단서만으로 사람의 역사를 지레짐작하는 버릇이 없었더라면.

내가 멸살법을 읽지 않았더라면.

내가, 김독자가 아니었더라면—

"……했어요."

응?

"잘못했어요, 형."

고개를 숙인 이길영의 모습. 마치 끔찍한 벌을 앞둔 아이처럼 불안하게 떨리는 어깨. 내 눈빛이 무서웠을까, 아니면 다른 이유 때문이었을까.

이길영이 계속해서 말했다.

"하지만, 하지만 어쩔 수가 없었다고요…… 제가 그때 계약하지 않았다면 신유승이……."

그제야 이길영이 무슨 이야기를 하는지 알 수 있었다.

「그리고 소년은, 자신의 소중한 것을 지키기 위해 악마와 계약했다.」

눈앞을 스치는 '서유기'의 전경. 그곳에서 나는 똑똑히 보았다. 구요성관에게 둘러싸인 이길영이 황색의 폭풍을 발출하는 것을.

지금 이길영은 그때의 이야기를 하는 것이다.

"독자 형이 배후성 힘 빌려 쓰지 말라고 한 거 똑똑히 기억해요! 절대 일부러 약속 어긴 게 아니에요. 저는, 저는 진짜……!"

나는 횡설수설하는 아이의 머리에 손을 얹었다.

"잘했어."

"네?"

커다랗게 벌어지는 아이의 눈동자를 보며, 힘을 주어 말을 이었다.

"잘했다, 길영아. 그때 네가 아니었으면 우리는 다 죽었을 거야."

이 아이가 얼마나 힘들었을지 안다. 눈앞에서 죽어가는 일행들을 보며 아무것도 할 수 없는 이의 설움이란 게 뭔지, 나 역시 잘 알고 있으니까. 이길영도 마찬가지였을 것이다.

"하지만 또 그러면 곤란해. 알지? 지금의 네 힘으론……"

"싫어요."

"뭐?"

"만약 같은 상황이 벌어진다 해도 똑같을 거예요. 또 그 힘을 쓸 거예요. 신유승이랑…… 일행들을 지킬 거예요."

"길영아."

잠시 망설이던 이길영이 내 손을 쓱 피했다. 고개를 든 아이의 눈동자로 여러 가지 감정이 소용돌이치고 있었다.

아무래도 마음의 준비를 하던 건 나만이 아니었나 보다.

"혼내려고 부른 거 알고 있어요. 하지만 저도 이 말 하러 왔어요. 저 이제 어린애 아니에요, 형. 나도 자격이 있어요. 나도 다른 사람들이랑 똑같이, 시나리오 모두 헤치며 여기까지 왔다고요."

나는 속으로 침음했다.

나도 잘 알고 있다. 알고는 있지만…….

그런 내 상념이 한심하다는 듯, [제4의 벽]의 목소리가 들려왔다.

「애 *취* 급하 지 마네 *가* 더애 *같* 아」

'길영이는 애야.'

「어 차 피 저애 없 으 면 못 싸 워」
「김 독 자 좋 은사 람인 척 구 는 거 어 울 리 지 않 아」

알고 있다. 하지만 그렇다고 해서…….

「격 정마 내친 구 가 도 와준 다」

친구?
그 순간, 츠츠츠츳 하는 소리와 함께 이길영 주변에 투명한
벽 같은 것이 일렁거렸다.

['제4의 벽'이 자신의 친구에게 호응하고 있습니다.]

나는 허공을 향해 조심스레 손을 뻗었다.
그곳에 뭔가가 있었다. 이미 내가 알고 있는 벽의 감촉이었
다. 하지만 아직 불완전한 벽.
머릿속으로 갑자기 여러 가지가 이해되었다.
그런가. 그때 그 '벽'은 이 아이에게…….
"혀, 형이 아무리 말려도……!"
허공을 향해 뻗은 손에 위압감을 느꼈는지, 이길영이 떨리
는 목소리로 외쳤다. 나는 손을 재빨리 내려 아이의 손을 잡았

다. 그 손을 굳게 잡은 채, 한참이나 있었다. 마침내, 아이의 떨림이 천천히 잦아들 때까지.

"네 말이 맞다, 길영아."

"형……?"

"나는…… 우리는, 네 도움 없이는 결말을 볼 수 없어. 우리가 가는 시나리오에 네 역할은 꼭 필요해."

나는 천천히 눈을 감았다 떴다.

이제는 어쩔 수가 없었다. 상처받은 아이에게 기댈 수밖에 없는 이 현실을 나도 인정해야만 했다. 나이에 맞지 않게 자라난 마음을, 아이가 먼저 꺼내든 용기를 소중히 해야만 했다.

그 용기에 보답할 수 있게, 나 역시 솔직해져야만 했다.

"하지만 그렇다고 너 혼자서 맞서 싸우게 두지는 않아. 이게 내 욕심이고, 내가 결코 양보할 수 없는 거야. 이해해줄 수 있겠니?"

이길영이 천천히 고개를 끄덕였다. 눈물을 닦으며 배시시 웃기도 했다.

이런 아이와 함께 전쟁을 치러야 한다는 사실에 새삼 마음이 아팠다.

하지만 이제 선택해야 할 시간이었다.

"네 배후성과 이야기를 하고 싶어."

내 말에, 이길영의 눈동자가 급격하게 흔들렸다.

"하지만 형, 이 녀석은……."

"걱정 마."

지금껏 이길영의 배후성을 기용하지 않은 이유.

그것은 녀석이 너무나 위험하기 때문이다.

「"정말 나와 같이 가지 않을 건가? 저놈보다, 나랑 같이 다니는 게 훨씬 빨리 강해질 수 있다. 그래도 안 갈 거냐?"」

아마 유중혁 녀석도, 그걸 잘 알기에 이길영을 데려가려 했겠지.

여우 같은 자식.

나는 걱정하는 이길영의 어깨를 가볍게 쥔 채 말했다.

"형 이제 신화급 성좌야."

며칠 전까지였다면, 나도 가능하면 이 선택은 피했을 것이다. 하지만 지금이라면 이야기가 다르다. 나는 가볍게 숨을 들이켠 뒤, 허공을 올려다보며 진언을 발출했다.

[보고 있는 거 다 알고 있으니 나와.]

내 말투가 변하는 순간, 주변에 둔중한 울림이 퍼졌다. 응접실 안을 가득 채우는 스파크와 함께 이길영의 표정이 변하고 있었다. 고통 속에 일그러진 이길영의 눈이 하얗게 뒤집혔다. 무슨 일이 벌어지려는지 깨달은 내가 후폭풍을 뚫고 아이의 어깨를 굳게 쥐었다.

[강림하라는 말은 하지 않았는데.]

후폭풍의 여파가 순식간에 줄어들며 내 팔로 통증이 몰려왔다. 나는 통증을 견뎌냈다. 이 정도 쇼맨십을 보여주지 않으면, 녀석과 제대로 된 딜을 할 수 없다.

[당신의 격이 국지적인 후폭풍의 여파를 억제합니다!]

급격하게 평온해지는 이길영의 표정. 그리고 다음 순간, 텅빈 어둠이 깔린 이길영의 입을 통해 곤충의 날갯소리 같은 것이 들려왔다.

[나는 기다림에 익숙하지만 너는 너무 오래 걸리는군.]

마치 수백만 마리의 메뚜기 떼가 한꺼번에 날아오르는 듯한 목소리였다.

✳

**3**

창밖이 어둑해져 있었다. 해가 지는 건가 싶었는데, 자세히 보니 창문에 들러붙은 벌레 떼 때문이었다. 빠르게 기어 다니며 더듬이를 움직이는 메뚜기들이 나를 노려보고 있었다.

나는 그 메뚜기 떼를 일별하며 말했다.

[지금껏 기다린 것에 비하면 별것도 아니었을 텐데 엄살이군.]

[네가…… 기다림에 대해…… 무엇을 알지?]

녀석의 말은 뚝뚝 끊어졌다. 내가 가늠할 수 없는 공허 아래에서 메아리치는 진언. 주변 대기가 새카만 격으로 달아오르고 있었다. 나는 기운을 조절하며 말했다.

[적어도 네가 '잊힌 악'이라는 건 알지.]

하얗게 뜬 이길영의 눈썹이 꿈틀대는 것이 보였다. 주변에

서늘한 한파가 번지는 것 같았다. 나는 그것을 견디며 말을 이었다.

[너무 오랜 시간이 지나 별들이 잊어버린 '악'. 같은 '악'에게조차 외면당해, 저 마계의 아득한 지하에 봉인된 '악'.]

흔히 지옥의 가장 깊은 자리는 '묵시룡'의 자리라고들 한다. '성마대전'은 묵시룡이 불태운 〈하르마게돈〉 편이 가장 유명한 까닭이었다.

그런데 사실 초기 '성마대전'의 재앙에는 묵시룡만 있는 것이 아니었다.

황색 충운蟲雲으로 세상을 휩쓸었던 별들의 재앙.

이제는 사라진 이름 중, 분명 그런 이름의 재앙이 있었다.

[황충들의 왕. '무저갱의 지배자'여.]

내 말에, 허공에서 거센 폭풍과 함께 메시지가 드러났다.


[등장인물 '이길영'의 배후성이 자신의 수식언을 드러냅니다.]

[성좌, '무저갱의 지배자'가 당신을 바라봅니다.]


'무저갱의 지배자', 아바돈.

그는 '성마대전'의 주역들과 마찬가지로 신화급에 이른 존재였다. 하지만 '선악을 가르는 벽'의 주인들은 자신들의 싸움을 위해 그를 '악'으로 인정하지 않았고, 심지어는 마계의 72마왕에도 끼워주지 않았다.

그 때문에 아바돈은 이계의 신격이나 다름없었다. 한때 은

하를 벌레 떼로 물들인 거악이었음에도, 망각의 감옥에서 수만 년을 지새웠다. 재앙의 시대가 열릴 때 깨워주겠다는 헛된 약속을 믿은 채, 그는 같은 악마들에게조차 배반당했다.

「어느 날, 한 인간이 '메뚜기'를 시나리오의 클리어 요소로 사용하기 전까지는.」

[설화, '메뚜기 채집자'가 이야기를 시작합니다!]

우리의 시나리오에서 발아한 이길영의 설화가 늙은 악마의 잠을 깨웠다.

[날 부른 이유를…… 말하라. 건방진…… 성좌여.]

깊은 증오가 깃든 목소리. 악마가 받은 상처가 고스란히 느껴졌다.

자신의 적수이던 '선'에게서 외면당하고, 자신의 동료이던 '악'에게서 배신당한 악마.

[왜 불렀겠어? 어린애랑 계약해서 등쳐 먹는 짓은 그만두라고 부른 거지.]

[……]

[계약을 하고 싶으면 나랑 하자고. 그래야 공평하잖아?]

[너의 건방짐을…… 용서하는 것은…… 네가…… 성마대전을 망쳤기 때문이다…….]

희미하게 일그러진 이길영의 입술이 웃고 있었다.

녀석은 거악의 자격을 갖췄는데도 끝까지 '성마대전'에 참가하지 않았다. 심지어는 마치 그곳에 없는 존재인 것처럼 굴었다.

이해는 갔다. 이제 그 거대 설화는 그의 축제가 아니었다.

[묵시룡과 에덴…… 마계가…… 패망하는 것은…… 무척 즐거웠지.]

[그래서. 그걸로 끝이냐?]

[끝……?]

[아바돈. 너는 여전히 '악'이다.]

내 말에 이길영의 눈썹이 꿈틀거렸다.

[성마……대전은…… 이미 끝났다…….]

[지금은 끝났지. 하지만 언젠가는 다시 열릴 거야. 그때는 네가 재앙이 되는 시나리오가 만들어질 수도 있어. 모두가 네 수식언을 기억하고, 네 이름 앞에 전율하게 되겠지.]

[왜…… 그런 소리를 하는 거지……?]

달콤한 간언이라도 들은 것처럼, 아바돈이 웃었다.

나는 곧장 본론을 말했다.

[긴말 안 할게. 힘 비축하는 건 그쯤 하고, 우리를 도와.]

[내……가…… 왜?]

[그러지 않으면 너도 멸망할 테니까. 우리 없이 네놈 혼자 살아나 봐야, 다른 성좌들이 널 받아줄 리 없다는 건 잘 알고 있을 텐데?]

[나는, 오래된, 악…….]

[절대악 계통의 성좌들은 너를 다음 세대의 '가장 오래된 악'으로 인정하지 않을 거다. 누구도 네 편을 들지 않겠지. 잊은 모양이다만, 아직 '마지막 시나리오'에는 '바알' 같은 괴물도 남아 있다.]

[바, 알……!]

아바돈의 목소리가 발작하듯 떨렸다.

마계 서열 1위의 마왕. 마계에서 유일하게 '마지막 시나리오' 지역으로 넘어간 존재이자, '아바돈'의 존재를 무저갱에 유폐해버린 마왕.

[우리를 도와 '대멸망'을 막는다면, 녀석에게 복수할 기회를 주겠다.]

주변 대기가 격렬하게 떨리고 있었다. 나는 그 대기에 흐르는 격을 그대로 감내하며 말했다.

['무저갱의 지배자'여. 우리가 만들 세계의 '가장 오래된 악'이 되어라.]

악마와 손을 잡기로 했다면 이 정도 미끼는 걸어야 한다.

이번 재앙을 막기 위해 아바돈의 힘은 반드시 필요했다.

✠ ✠ ✠

[대멸망 시나리오 시작까지 1시간 5분 남았습니다.]

마침내 모든 준비를 끝마쳤다.

나는 광장 한쪽에 위치한 일행들을 보며 물었다.

"유중혁은 깨어났습니까?"

"아직이에요."

이설화의 말에 나는 고개를 끄덕였다. 아직도 깨어나지 않았다면, 역시 플랜 B가 최선이다.

"여러분을 믿겠습니다. 이 방법밖엔 없습니다."

작전 내용 자체는 플랜 A와 똑같았다. 조를 두 개로 나누어, 다가올 이계의 신격의 왕을 하나씩 상대하는 것.

다만 플랜 A와 다른 점이 있다면, 팀 구성이었다.

"1조가 상대할 이계의 신격은 '살아 있는 불꽃'입니다."

'살아 있는 불꽃'. 999회차를 살았던 우리엘의 신명.

"지금 태평양에 나타난 존재는 '가라앉은 섬의 주인'이지만, 대멸망이 시작되면 '살아 있는 불꽃'도 반드시 나타날 겁니다. 그녀는 '은밀한 모략가'를 노리니까요."

나는 여전히 봉인구에 갇혀 잠든 '은밀한 모략가'를 돌아보며 말했다.

"일단 명단부터 알려드리겠습니다."

일행들이 긴장된 눈으로 나를 보았다.

"정희원, 이길영, 신유승, 이설화, 공필두, 유상아, 한수영......."

현재 일행 중 메인 딜러는 정희원이다. 가장 강력한 디버프 능력을 보유한 이는 유상아이고, 누구보다 뛰어난 전황 지휘 능력을 가진 이는 한수영이다. 이 세 사람이 팀의 메인이어야 했다.

물론 이것이 끝이 아니었다.

"우리엘, 흑염룡, 제천대성……."

내 말에 허공에서 한바탕 스파크가 튀었다.

[성좌, '악마 같은 불의 심판자'가 고개를 끄덕입니다.]
[성좌, '심연의 흑염룡'이 명령하지 말라며 투덜거립니다.]
[성좌, '가장 오래된 해방자'가 당신의 의중을 가늠합니다.]

상대가 999회차 우리엘인 만큼, 이쪽에서도 반드시 우리엘을 내보내야 했다. 운이 좋다면 지난번처럼 '끊어진 필름 이론'의 효과를 볼 수도 있을 것이다. 상성인 흑염룡도 큰 도움이 될 것이고, 신화급 성좌가 된 제천대성은 더 언급할 필요도 없었다.

"여기에 파천검성, 키리오스, 장하영…… 초월좌분들께서도 지원을 해주셨으면 합니다."

"맡겨둬!"

드디어 본격적인 임무에 신이 난 장하영이 외쳤다. 하지만 막상 가보면 생각이 달라질 것이다.

파천검성과 키리오스가 고개를 끄덕이자, 나는 계속해서 말을 이었다.

"마지막으로…… 하데스, 페르세포네. 두 분께서도 1조와 함께 가주셨으면 합니다."

[성좌, '부유한 밤의 아버지'가 묵묵히 고개를 끄덕입니다.]

[성좌, '가장 어두운 봄의 여왕'이 당신을 걱정스레 바라봅니다.]


듣고만 있던 일행들도 그쯤 되자 표정이 이상해지기 시작했다.

제일 먼저 입을 연 것은 정희원이었다.

"잠깐만요, 그렇게까지 1조에 인원이 편중될 필요가 있어요? 그냥 다 1조인 거나 마찬가지잖아요? 그럼 2조는 누구인데요?"

"저랑 이지혜, 그리고 이현성 씨가 2조입니다."

"성좌들은요?"

나는 대답하지 않았다. 그러자 정희원이 눈을 가늘게 떴다.

"또 그럴듯한 자살 계획을⋯⋯."

곁에 있던 유상아가 온화하게 미소 짓는 것이 보였다. 그래, 유상아 씨라면 내 편을 들어줄지도 모른다.


[누군가가 '긴고주'의 주문을⋯⋯.]


그녀의 온화한 입술이 뭔가 끔찍한 것을 외고 있었다. 멀리서 한수영이 이마를 짚은 채 고개를 흔드는 게 보였다.

─그러게 내가 안 될 거라고 했잖아.

나는 다급히 외쳤다.

"잠깐만요! 자살 계획이 아닙니다. 진짜 제대로 된 작전이에
요. 그래서 지혜랑 현성 씨도 데리고 가는 거고요."

"흐음……."

"저 이제 신화급 성좌입니다. 제가 얼마나 센지 다들 보셨잖
아요."

"중혁 씨 뒤에 숨어서 응원하는 건 잘 봤죠."

"절 믿어주세요. 신화급 성좌가 어떤 존재인지 다들 아시지
않습니까? 신화급 성좌! 포세이돈! 제우스! 제천대성! 그리고
구원의 마왕!"

"뭔가 이상한 게 하나 끼어 있는 것 같은데……."

그렇게 신화급이라는 말을 몇 번이나 반복하자 일행들도
조금씩 긴가민가해지는 듯했다. 역시 가장 효과적인 세뇌는
반복이다.

하늘에서 천둥이 내리친 것은 그때였다.


[성좌, '가장 오래된 해방자'가 당신을 노려봅니다.]


개연성을 사용하여 화신체를 실체화한 제천대성이 화려한
뇌운과 함께 등장했다. 근두운 위로 휘황한 백금발이 시원하
게 흩날렸다.

[막내야, 제정신이냐?]

"그냥 간접 메시지로 하셔도 되는데…… 개연성을 아끼셔
야……."

[신화급이라고 다 같은 '신화'는 아니다. 너는 이제 막 신화의 영역에 발을 들인 애송이일 뿐이야.]

제천대성이 그토록 강경하게 말하는 것은 처음 보았기 때문에 조금 당혹스러웠다. 고민하던 나는 한숨을 내쉬며 사실을 실토했다.

"저도 2조 전력으로 왕을 죽일 수 있다는 생각은 하지 않습니다."

"대체 무슨 생각인데요, 그럼!"

"이번 작전의 핵심은 속전속결입니다."

본래 2조의 핵심이어야 할 유중혁이 없는 상황. 1,863회차의 힘을 빌려 쓸 수 없다면, 일행을 어떻게 나눠도 승부를 장담할 수 없었다.

자칫하면 각개격파를 하는 것이 아니라 당할 수도 있다.

그렇다면 모두가 살아남을 방법은 하나뿐이었다.

"2조의 생존은 1조 여러분께 달렸습니다. 최대한 빠르게 '살아 있는 불꽃'을 제압하고 태평양으로 와주세요. 저랑 지혜, 그리고 현성 씨는 여러분이 올 때까지 버티는 것이 목표입니다."

그것이 내가 세운 작전의 첫 단계였다.

¤ ¤ ¤

그로부터 삼십 분 뒤, 나와 이지혜와 이현성은 태평양으로 출항했다.

출항 직전까지 일행들은 제발 다시 생각해보라며 만류했지만, 나는 고개를 저었다.

'가라앉은 섬의 주인'은 강림만으로 미대륙을 날려버렸다.

만약 녀석이 한반도 근처까지 오기를 기다리게 된다면, 전투가 시작되는 순간 인근 섬들은 모조리 날아가버릴 것이다.

위험을 감수하더라도 나가서 맞이하는 게 최선책이다.

[성좌, '해상전신'이 의미심장한 눈으로 물길을 읽습니다.]

이지혜도 이현성도 모두 긴장한 표정이었다. 특히 오랜만에 시나리오로 복귀한 이현성은 평소보다 훨씬 더 비장한 눈을 하고 있었다.

[성좌, '대머리 의병장'이 자신의 머리를 닦습니다.]
[성좌, '흥무대왕'이 한반도의 운명을 슬퍼합니다.]

물살을 가르는 '터틀 드래곤'이 마침 울릉도와 독도를 지나쳤다. 그 섬의 정경에 무슨 감명을 받았는지, 갑자기 가슴에 손을 얹은 이현성이 외쳤다.

"우리 땅은 우리가 지킨다!"

[성좌, '황산벌의 마지막 영웅'이 고개를 끄덕입니다.]

엄숙한 선서를 보기 힘들었던 내가 태클을 걸었다.

"현성 씨는 이제 군인 안 한다면서요."

"군인만 나라를 지키는 건 아니잖습니까."

그렇게 중얼거린 이현성이 슬픈 눈으로 자신의 인식표 목걸이를 내려다보았다. 일행들과 헤어지기 직전, 정희원은 저 인식표를 한참이나 매만지더니 이현성을 놓아주었다.

—꼭 살아 있어요, 알겠죠?

이현성은 주인을 기다리는 청순한 소 같은 얼굴로 허공을 향해 고개를 주억거렸다. 그 꼴을 보던 이지혜가 내게 귓속말했다.

"아저씨, 왠지 우리 사망 플래그 선 거 같아."

"우린 괜찮을 거야. 죽어도 현성 씨만 죽겠지."

"근데 진짜 나랑 현성 아저씨만으로 충분해?"

"응."

나는 갑판에 천을 벌려놓으며 말했다. 조금 전 '도깨비 보따리'를 통해 구매한 DIY 상품이었다. 일단 이걸 적과 만나기 전까지 완성해야 한다.

"이해가 안 돼. 현성 아저씨는 그렇다 쳐도, 나는 왜? 바다라서?"

"비슷해."

"하지만 내 배후성은 위인급…… 아니, 설화급이라고. 다가오는 녀석은 신화급이라도 막을 수 없다면서?"

확실히 그 말이 맞았다. '해상전신'이 뛰어난 성좌인 건 맞지만, 〈스타 스트림〉 최상위 격 성좌라 말하기는 어려웠다.

"장군님이 아니라 널 믿는 거야."

"어?"

"성좌가 설화급이라고, 화신도 설화급은 아니니까."

이지혜는 내 말을 이해하지 못하는 듯 눈을 끔뻑이더니 피식 웃었다.

"뭔 소리야. 난 성좌도 아닌데."

지금은 그렇지.

이지혜는 아직 자신의 가능성을 모르고 있었다. 내가 읽은 원작에서 자신이 어디까지 나아갔는지를 알지 못하기 때문이다.

[성좌, '해상전신'이 당신의 말에 고개를 끄덕입니다.]

어쩌면 장군님은 이미 아실지도 모르겠군.

혼자서 '로미오와 줄리엣'을 찍던 이현성이 다가왔다.

"그런데 독자 씨는 아까부터 뭘 만들고 계신 겁니까?"

"아, 이거요?"

나는 만들던 아이템을 들어 보여주었다.

그러자 곧바로 설명이 떠올랐다.

〈아이템 정보〉

**이름:** 완벽한 항복의 백기

**등급:** SSS

**설명:** 아주 멀리 떨어진 곳에서도 적이 당신의 항복을 알아챌 수 있는 놀라운 아이템입니다. 아군에게 들키지 않게 사용하세요.


이현성은 자기 눈이 잘못되었나 싶은 표정으로 몇 번이나 눈을 비비더니 나를 돌아보았다. 나는 빙긋 웃었다.

"말했잖아요. 죽을 생각 없다고."

"아니, 하지만 이건……."

"보이면 바로 항복해야 합니다. 그리고 대화를 유도해요. 아시겠죠? 싸우면 절대로 시간 못 끌어요. 나타나는 순간 즉시—"

"아저씨! 뭔가 온다!"

이지혜의 외침과 동시에, 수평선 건너편에서 거대한 벽이 나타났다. 수백 미터 높이에 이르는 파도의 벽. 그 벽이 우리를 덮쳐오고 있었다.


[’대멸망 시나리오’ 지역에 조기 진입했습니다!]

[시나리오 지역에서 당장 이탈할 것을 권고합니다!]

[이탈하지 않을 시, '대멸망 시나리오'가 시작됩니다!]

당연히 이탈할 생각은 없었다.

[히든 시나리오 - '대멸망'이 시작됐습니다!]
['이계의 신격'의 침습이 시작됩니다!]
[재앙으로부터 살아남으세요!]

시나리오 설명과 함께 강대한 격의 파랑이 몰아치기 시작했다.
'신화급 성좌'가 된 지금도 전신의 솜털이 바짝 일어설 정도의 격.

「별들조차 당해낼 수 없었던 재앙. 이것이 '대멸망'이었다.」

하나의 세계를 멸망시키기 위한, 이계의 신격의 진군.

[설화, '구원의 마왕'이 이야기를 시작합니다.]

나는 일행들을 보호하기 위해 적당한 설화를 방출하며 파도의 벽을 올려다보았다.
어디선가 이계의 신격의 포효가 울려 퍼졌다.
파도 사이사이로 이계의 신격들이 단층처럼 켜켜이 쌓여

있었다. 그 벽의 최정상에 군림하듯 올라선 한 척의 전함. 익숙한 모양의 배였다.

배의 용머리 선수상에서 흉포한 불길이 쏟아져나왔다.

터틀 드래곤.

그것은 틀림없이 '터틀 드래곤'이었다. 차이가 있다면 우리 쪽 '터틀 드래곤'보다 족히 스무 배는 더 커 보인다는 것.

"아, 아저씨……."

겁에 질린 이지혜가 나를 보고 있었다.

이 모든 걸 알고 있었냐고 묻는 얼굴.

나는 고개를 끄덕였다. 확신까지는 아니지만 예상한 바였다. 999회차에서 살아남은 일행들의 명단은 누구보다 내가 잘 아니까.

「서쪽 세계의 재앙 '가라앉은 섬의 주인'.」

갈라지는 파도 너머로, 999회차의 '결'을 본 소녀의 음성이 들려왔다.

【장전.】

$*$

**4**

포격이 시작되는 순간, 나는 이지혜를 붙잡았다. 마치 세계 전체가 우리를 향해 조준경을 들이댄 느낌.

이지혜가 다급히 뱃머리를 돌렸다. 그저 늦지 않았기를 바랄 뿐이었다.

【발사.】

귀청이 찢어질 듯한 포격음과 함께 대양이 이명으로 뒤덮였다. 인근의 포말 전체가 수증기가 되고 있었다.

간발의 차이로 '터틀 드래곤'의 선체가 선회했다. 그나마도 온전히 피하지는 못했다.

"현성 씨!"

매캐한 탄내와 함께 설화 금속이 가지를 뻗어 갑판 전체를 뒤덮었다. 선체를 감싼 강철이 하얗게 백열하고 있었다.

피부가 익어버릴 정도의 열기.

외판의 충격이 줄어들었을 무렵, 이현성이 [강철화]를 해제했다. 시야가 열린 곳에서 땅이 꺼진 것처럼 배가 바닥을 향해 곤두박질쳤다.

나는 [마왕화]를 발동해 날개를 펼치며 외쳤다.

"이지혜!"

황급히 키를 잡은 이지혜가 선체 움직임을 조절했다. 선체 아래쪽에서 불꽃이 피어오르며 '터틀 드래곤'이 비행을 시작했다.

균형이 안정된 후에야 우리는 주변을 점검할 수 있었다. 대체 무슨 일이 벌어진 것인지…….

「그리고 김독자는 입을 다물 수 없었다.」

바다 한가운데에 있던 배가 갑자기 추락했다. 그렇다는 것은 즉, 선체를 떠받치던 바닷물이 사라졌다는 뜻이었다.

쿠구구구구구!

두 쪽으로 갈라진 대양이 시커먼 바닥을 드러내고 있었다. 펄떡거리는 해수종들이 고통으로 몸을 뒤척였고, 그런 해수종들을 뜯어 먹는 이계의 신격 무리가 보였다.

【갸아아아아아아아아!】

이계의 신격의 무리가 심해의 바다를 달려 몰려오고 있었다. 마른 대양의 양쪽에서는 다시금 해일이 밀려들었다.

"움직여! 빨리!"

내 말에 이지혜가 급히 배를 돌렸다.

【장전.】

그리고 두 번째 장전음이 울려 퍼졌다. 진언을 들은 것만으로도 공포가 스멀스멀 뼛속까지 스며들었다.

고개를 돌리자 이현성도 땀을 폭포처럼 쏟고 있었다. 제아무리 설화 금속이라도 저런 수준의 공격을 몇 번이나 견뎌내지는 못한다.

"아저씨! 어떻게 좀 해봐!"

안 그래도 어떻게 할 참이었다.

나는 조금 전까지 깨작거리며 만들던 '완벽한 항복의 백기'를 힘껏 치켜들었다.


[아이템, '완벽한 항복의 백기'를 발동합니다!]

[이제 당신의 적들은 아주 멀리 떨어진 곳에서도 당신의 완벽한 항복을 눈치챌 것입니다!]

[일부 성좌가 당신의 행동에 깜짝 놀랍니다!]

[소수의 성좌가 당신의 비겁함을 손가락질합니다!]


비겁하기는 뭐가. 전장에도 안 나온 자식들이.

나는 온 힘을 다해 백기를 흔들었다.

"이지혜! 이쪽이다!"

내 외침에도 대답은 돌아오지 않았다.

태클을 건 것은 오히려 이쪽 이지혜였다.

"아저씨 돌았어?"

"이래 봬도 SSS급 아이템이야."

"항복한다고 살려줄 리가 없잖아!"

"저쪽 이지혜는 착할 수도 있잖아. 믿어보자."

"지금 상황에 농담이 나와?"

아쉽지만 농담이 아니었다.

마침내 장전이 끝난 포신이 환한 빛을 발하려는 바로 그 순간, 나는 열심히 백기를 흔들며 준비된 대사를 날렸다.

"어이 이지혜! 네 사부는 백기 든 상대를 공격하라고 가르쳤냐?"

쿠구…….

처음으로 파도 너머의 움직임이 멎었다. 장전이 끝난 포신이 사격 직전에 멈춰 있었다. 희뿌옇게 흩어지는 수증기 사이로 갑판에 선 존재가 모습을 드러냈다.

이계의 신격, '가라앉은 섬의 주인'.

999회차의 이지혜가 긴 머리를 흩날리며 그곳에 있었다.

아득한 세월을 살았음에도 여전히 이십대의 모습이었다. 마치 그녀의 시간은 999회차의 '결'에서 한 걸음도 채 흘러가지 않았다는 것처럼.

그 세월의 공백을 헤아리듯, 이지혜의 입술이 열렸다.

【깃발…….】

"그래, 이 깃발. 기억나지?"

오래된 페이지들이 내 안에서 넘어갔다. 999회차의 장면이 재현되고 있었다. 지독한 피 냄새. 으슥한 지하철의 어둠.

[전용 스킬, '독해력'이 발동합니다!]
[특성, '시나리오의 해석자'가 발동합니다!]
[당신의 말이 대상의 오래된 설화를 깨웠습니다!]

「그 어둠 속에 유중혁이 서 있었다.」

깨진 열차의 헤드라이트에서 스파크가 튀었다. 간간이 밝아지는 시야 사이로 괴수들을 학살한 유중혁의 검이 빛나고 있었다.

「그날, 상처받은 검귀와 패왕이 만났다.」

자신이 고전한 적들을 너무도 쉽게 해치우는 패왕을 보며, 검귀가 몸을 떨었다. 무심하게 사라지는 검의 궤적을 따라가며 이지혜는 외쳤다.

「"당신을 따라가면 강해질 수 있어? 그럼 이 빌어먹을 세계에서 살아남을 수 있냐고!"」

<u>ㅊㅊㅊㅊㅊㅊ츳!</u>

눈앞에서 강렬한 스파크가 튀었다. 일대에 몰아치는 개연성의 후폭풍으로 인해 사위가 제대로 보이지 않았다. 우리를 노리고 달려들던 해수종과 이계의 신격들이 스파크에 휘말려 몸부림쳤다.

【무슨일무슨일무슨일무슨일무슨일】

이계의 신격들이 그들의 왕을 바라보고 있었다. 그러나 그들의 왕은 이미 그곳에 없었다.

먼 기억을 헤매는 듯, 999회차의 이지혜가 허공을 향해 손을 뻗고 있었다.

【사……부.】

예상대로였다.

처음 '은밀한 모략가'를 만났을 때도 그랬고, 999회차의 우리엘을 만났을 때도 느꼈지만…… 이들은 제정신이 아니다.

[등장인물 '가라앉은 섬의 주인'이 고통스럽게 이빨을 드러냅니다.]

보통 이계의 신격이 된 존재는, 이전과는 완전히 다른 존재가 되어버린다. 자신이 살아온 기억을 잃고 새로운 존재로 거듭나는 것이다.

하지만 그것은 보통의 이계의 신격 이야기고, 이 '왕'들은 다르다.

그들에게는 생전의 기억과 감정이 남아 있었다.

'은밀한 모략가'는 자신의 설화를 회차별로 분리해서 저장했고, '살아 있는 불꽃'은 복수에 대한 집착 속에 자신의 자아를 구겨 넣었다.

그렇다면 '가라앉은 섬의 주인'은 어떨까. 그녀는 자신이 누구인지 제대로 기억하고 있을까.

"이지혜! 네가 누구였는지 떠올려!"

999회차의 이지혜가 왜 이계의 신격이 되었는지는 모른다.

하지만 짐작 가는 것이 하나 있기는 했다.

"이 '세계선'을 파괴하지 마! 이곳도 네가 살던 세계와 같아! 유중혁이 있고, 이현성이 있고, 이지혜가 있다고!"

ㅊㅊㅊㅊㅊ츳!

[<스타 스트림>이 당신의 행동을 주시합니다.]

[일부 대도깨비가 당신의 행동에 눈살을 찌푸립니다.]

눈앞에서 999회차의 설화들이 흘러가고 있었다.

"눈을 감지 마! 네가 누구를 죽이는지 똑똑히 봐!"

「"눈을 감지 마라. 네 검이 누구를 죽이는지 똑똑히 기억해라."」

999회차의 이지혜가 기억하는 유중혁이 그곳에 있었다.

그녀에게 검도를 가르치고, 생존 방법을 가르쳐준 유중혁.

'깃발 쟁탈전'이 시작되고, 충무로 역을 점거한 유중혁이 말하고 있었다.

「"네가 죽인 이의 죽음을 기억해라. 그것이 네가 상처받을지언정, 검귀가 되지 않을 방법이다."」

아직 흰색이던 유중혁의 깃발이 그곳에서 찬연히 흔들리고 있었다.

적색이 되고, 흑색이 되었던 깃발.

이지혜는 사내의 등에서 오연하게 빛나는 그 깃발을 보며 생각했다.

「나도 저 사람처럼 되고 싶다.」

나 역시 아주 많이 하던 생각이었다.

[등장인물 '가라앉은 섬의 주인'의 설화가 격렬하게 흔들립니다!]

나는 그 틈을 놓치지 않고 속사포처럼 말을 쏟아붙였다. 내가 기억하는 999회차의 기억을 서슴없이 토해냈다.

"그때 유중혁이 말했던 거, 모두 잊었어? '미리 항복하는 녀석들은 살려주어라! 꿍꿍이가 있는 녀석들은 보통 머리가 좋다! 인력이 부족하니 그런 녀석도 활용해야 한다!'"

곁에서 나를 보는 이지혜가 입을 벌리고 있었다. 설마 내가 이런 식으로 적을 설득할 줄은 몰랐던 모양이다. 비겁한 방법이라고 욕해도 어쩔 수 없었다. 원작의 기억을 자극해서라도, 지금은 시간을 버는 것이 최우선이었다. 심지어는 그마저 잘 된다는 보장이 없었다.

【발사.】

빌어먹을, 역시 이 정도로는 안 되나.

콰아아아아아!

두 번째 사격이 시작되었다.

아까보다는 확연히 위력이 줄어든 포격이지만, 역시나 정면 에서 맞상대하기는 힘든 파괴력이었다. 그나마 다행이라면 이 번에는 '커다란 한 방'이 아니라 산탄이라는 점.

태양을 가르면서 날아드는 포탄을 보며 나는 입술을 꾹 깨 물었다.

"현성 씨!"

"아직 준비가 덜 끝났습니다!"

다른 일행들에게도 설화 금속을 빌려주었기 때문일까, 이현 성의 마력 회복은 무척 더디었다.

선체를 덮은 강철은 아까의 절반.

결국 이번 턴은 [강철화]의 도움 없이 버텨내야 했다.

떨어지는 산탄을 피해 '터틀 드래곤'의 선체가 전력으로 후 진을 시작했다. 하지만 배의 움직임과 반대로, 이지혜는 나와 이현성을 보호한 채 앞으로 나섰다.

"아저씨들은 뒤로 빠져. 여긴 내가 어떻게든 해볼 테니까."

뜻밖의 말에 나는 이지혜를 바라보았다.

한 번도 본 적 없는 눈빛으로, 이지혜가 전방을 응시하고 있었다.

"이 싸움은 내 싸움이야."

무엇이 그녀를 움직였을까. 나는 알 수 없었다. 다만 확실한 것은 이지혜가 자신의 전장을 선택했다는 사실이었다.

"999회차가 뭔지, 거기서 무슨 일이 있었는지 나는 잘 몰라. 다만, 다른 회차의 비극을 이유로 이 세계를 파괴하려는 '내'가 있다면."

굳은 결심을 마친 이지혜의 눈에서 귀화가 피어올랐다.

"나는, 그런 나를 용서할 수가 없어."

[성좌, '해상전신'이 자신의 격을 개방합니다!]

나는 그런 이지혜를 가만히 바라보았다.

이 바다는 그녀에게 최고의 전장.

지금 당장 믿을 것은 이지혜와 그녀의 전함뿐이다.

[성운, <김독자 컴퍼니>의 개연성이 화신 '이지혜'에게 깃듭니다!]

내가 가진 거대 설화들이 그녀에게 격을 몰아주었다.

눈부신 황금빛 아우라가 이지혜를 덮었다.

눈을 커다랗게 뜬 이지혜가 나를 향해 싱긋 웃었다.

"고마워, 아저씨."

이지혜의 전함이 출발했다. 날아드는 산탄의 궤적을 피하며, '터틀 드래곤'의 선수상이 불을 뿜었다.

"전군 전진하라!"

[거대 설화, '신화를 삼킨 성화'가 기염을 토합니다!]

작은 용머리 선수상에서 뿜어져나온 화염이, 저쪽의 탄환과 맞부딪치며 산화했다. 우리가 살아온 역사가 설화가 되어, 999회차의 설화와 부딪치고 있었다.

[거대 설화, '마계의 봄'이 화신 이지혜를 돕습니다.]
[거대 설화, '빛과 어둠의 계절'이 이야기를 시작합니다!]

거대 설화의 파급력만이라면, 이쪽도 어지간한 성운에 밀리지 않는다.

[성좌, '해상전신'이 자신의 화신에게 지휘권을 양도합니다.]
[등장인물 '이지혜'가 '유령함대 Lv.???'를 발동합니다!]

그녀의 주특기인 유령함대가 대양에 모습을 드러냈다. 순양함급을 넘어서서, 이제 거의 항공모함급에 육박하는 거대 전함들.

그 전함들이 일제히 불을 뿜으며 '터틀 드래곤'을 호위했다.

"장전!"

이지혜의 유령함대가 쾌속 전진을 시작했다. 하지만 저쪽의 포격이 먼저였다. 일대의 바다에 불꽃의 해일이 밀려들었다. 해일을 향해 함대가 돌진했다. 앞을 막아서는 거대한 파도의 벽. 그녀는 오직 한 점만을 바라보았다.

"발사!"

집중 사격에 파도 벽의 한쪽이 터져나갔다. 그 작은 공동을 파고들며, 함대는 전진을 계속했다. 일자를 이룬 대형이 전방 위에 포격을 개시했다. 탄환을 맞은 이계의 신격들이 고통으로 울부짖었다. 그 비명들을 짓밟은 채 이지혜는 앞으로, 다시 앞으로 나아갔다. 과도한 마력 사용에 피를 토하면서도 자신이 잡은 키를 놓지 않았다.

「단 한 발이라도.」

섬뜩한 빛을 띤 이지혜의 눈동자가 여전히 한 점에 고정되어 있었다. 저 두꺼운 파도의 벽. 그 너머에 존재하는 한 척의 전함.

【장전.】

"장전!"

[성좌, '대머리 의병장'이 화신 '이지혜'를 응원합니다.]
[성좌, '흥무대왕'이 화신 '이지혜'를 응원합니다.]

[성좌, '조선제일술사'가 화신 '이지혜'를 응원합니다.]

[성좌, '황산벌의 마지막 영웅'이 화신 '이지혜'를 응원합니다.]

[성좌, '외눈 미륵'이 화신 '이지혜'를 응원합니다.]

[성좌, '서애일필'이 화신 '이지혜'를 응원합니다.]

한반도의 성좌들이 그녀를 지켜보고 있었다.

압도적으로 불리한 전황 속에서도 길을 뚫어가는 그녀를 보며, 나 역시 오래된 원작의 한 페이지를 떠올리고 있었다.

[등장인물 '이지혜'의 특성 진화가 임박했습니다!]

원작에서도 겪은 그녀의 마지막 특성 진화가 눈앞에서 일어나려 하고 있었다. 오직 지금이기에 가능한 일이었다.

한반도의 성좌들이 보내온 개연성. 비정상적으로 빠르게 쌓은 설화. 죽음조차 불사하는 이지혜의 각오가 합쳐진 기적.

[성좌, '해상전신'이 자신의 화신을 바라봅니다.]

드높은 하늘에서 이지혜의 배후성인 '해상전신'이 그녀를 내려다보고 있었다. 아주 오랫동안 이지혜를 지키고 보필해온 성좌.

나는 그가 무슨 생각을 하는지 알 수 있었다. 같은 별이기에 느낄 수 있는 감각이었다. 그는 지금 오직 극소수 성좌만이 경험하는 이벤트를 겪고 있었다.

「화신이 배후성의 격을 앞지르는 것.」

그렇게 해상전신은 깨닫고 있을 것이다. 이제는 인정할 수
밖에 없는 순간이 왔음을. 지금이 바로, 자신의 화신을 품에서
놓아줘야 할 때임을.

「그리하여 바다는 거센 폭풍을 다스릴 단 하나의 군주를 원했으
니.」

첫 활공을 시작하는 젊은 새를 위한 축사처럼, '해상전신'이
설화를 읊고 있었다.

「그것은 이 대양에 두 명의 군주가 필요 없음이라.」

[등장인물 '이지혜'의 특성이 진화합니다!]
[등장인물 '이지혜'가 전설급 특성을 획득했습니다!]

마침내, 상처받은 검귀가 자신의 바다로 나아가고 있었다.

[등장인물 '이지혜'의 특성이 '대해大海의 군주'로 진화합니다!]

【발사.】

"발사!"

아득한 포격음과 함께, 눈앞의 모든 것이 섬광으로 뒤덮였다.

✳

5

【해······ 상전······ 신.】

　자신의 배후성을 기억하는지, 999회차의 이지혜가 반응하
고 있었다.

　「999회차에서, '해상전신'은 이지혜를 살리기 위해 죽었다.」

　이 회차에서 일어난 일을 부정하려는 듯, 강렬한 함포 사격
이 이어졌다.
　그러자 이쪽의 이지혜도 대응했다.

　「한반도의 모든 성좌가 이지혜와 함께하고 있었다.」

대해의 군주.

1,800회차를 넘어선 멸살법의 극후반에야 이지혜가 도달하는 경지.

인간이 오를 수 있는 최정상의 위치에서, 자신의 배후성조차 뛰어넘은 이지혜는 마침내 바다의 신이 된다.

「적어도 바다에서만큼은, 그 어떤 신화급 성좌에게도 밀리지 않을 자신이 있었다.」

그것은 실제로 이지혜가 한 말이었고, 실천된 말이기도 했다. 원작의 그녀는 바다에서만큼은 신화급 성좌인 포세이돈과 비등한 전투를 펼친 적도 있었다.

"발사!"

[특성, '대해의 군주'의 효과가 발동합니다!]

이지혜의 배후에서 폭풍이 불어닥쳤다. 그녀가 지나가는 길목마다 해일이 갈라지며 불바람이 쏟아졌다. 그녀의 함선을 호위라도 하듯 몰아치는 광풍.

이지혜는 그 바람의 선두에 서서 사격을 이어나갔다.

[전용 스킬, '유령함대 Lv.???'가 응전을 계속합니다!]

그리고 아주 조금씩, 해일의 벽이 갈라지기 시작했다.

【대 해 의 군 주】

【둘둘둘둘둘둘둘둘둘】

저쪽을 따르던 이계의 신격들까지 당황하는 모양새였다.


「대해의 군주는 바다에서는 패배하지 않는다.」


그것이 멸살법의 정설이었다. 나도 그 문장을 믿었고, 그랬기에 여기까지 올 수 있었다. 하지만.

"큭……."

푸슈슉, 하는 소리와 함께 이지혜의 코와 입에서 핏줄기가 쏟아졌다. 과도하게 끓어오른 마력이 역류하는 것이었다.

심지어.


[특성, '대해의 군주'의 효과가 발동합니다!]


이쪽의 격이 자아낸 메시지가 아니었다.

뭔가가 달려든다 싶더니, 한순간 불어닥친 역풍이 시야를 뒤집었다. 거대한 해일에 휘말린 [유령함대]와 '터틀 드래곤'이 포말 속에서 허우적거렸다.

"지혜야!"

나는 실이 끊어진 연처럼 날아가는 이지혜의 손목을 붙잡았다.

내 마력에 정신을 차린 이지혜가 공중제비를 돌며 갑판에 착지했다.

으드득 이를 간 이지혜가 키를 잡으며 외쳤다.

"도망가라니까!"

"그럴 순 없어."

지금의 이지혜 혼자서는 무리였다. 아무리 '대해의 군주'가 되었다 해도, 저쪽은 이미 오래전에 '대해의 군주'의 격을 달성하고 이계의 신격이 된 존재였다.

츠츠츠츠츳!

대멸망 시나리오의 가호로 신화급 성좌조차 넘어서는 재앙. 그게 지금 우리가 싸우는 상대였다.


[거대 설화, '마계의 봄'이 고통스럽게 울부짖습니다.]

[거대 설화, '신화를 삼킨 성화'가 신화에 대항합니다!]

[거대 설화, '빛과 어둠의 계절'이 자신의 모습을 드러냅니다.]


세 개의 '거대 설화'가 한꺼번에 이야기를 시작했다.

1조가 사용 중인 '거대 설화' 지분이 있기 때문에, 지분 전체를 끌어 쓸 수는 없었다. 하지만, 이것만으로도 저쪽을 도발하기에는 충분했다.

【너희는⋯⋯.】

백기로 기억을 자극한 효과가 있었을까.

진언에 실린 감정 양상이 아까와는 달라졌다.

[등장인물 '가라앉은 섬의 주인'이 거대 설화를 응시합니다.]
['끊어진 필름 이론'이 발동합니다!]

그리고 드디어 내가 원하는 순간이 찾아왔다. 두 명의 이지혜가 쌓아 올린 설화가 충돌하며 끊어진 필름이 이어지기 시작한 것이다.

계획대로라면 이 현상을 통해 우리는 약간의 시간을 벌 수 있었다.

눈앞의 정경이 변한 것은 그때였다.

[거대 설화, '마계의 봄'이 이야기를 시작합니다.]

「이것은 독자獨子의 설화.」
「[살아주세요.]」
「"아저씨! 안 돼! 멈추라고! 멈춰—!"」

처음으로 '형용할 수 없는 아득함'과 맞서던 순간의 기억.

떠올리는 것만으로 고통스러운 듯, 이지혜가 시선을 돌렸다.

그때 이지혜는 저런 표정을 하고 있었구나.

나 역시 저때 기억이 생생했다.

나는 멸망하는 공단을 통째로 옮기기 위해, '은밀한 모략가'와 계약해 저 재앙을 막아냈었다.

【너는…….】

　그런데 표정이 일그러진 것은 999회차의 이지혜도 마찬가지였다. 이어서 우리 눈앞에 또 다른 설화가 펼쳐졌다.


　[거대 설화, '영원한 수평선의 방랑자'가 이야기를 시작합니다.]


　그것은 999회차의 이지혜가 가진 설화였다.

　성운들의 습격으로 망가진 서울의 정경. 쓰러진 일행들. 부서져나가는 성채의 흉벽. 그 흉벽 꼭대기에서, 한쪽 팔을 잃어버린 유중혁이 외눈으로 전장을 응시하고 있었다.


「"방법은 이것뿐이다."」


　유중혁의 몸에서 피어오른 새카만 혼돈의 아우라.


「"사부! 멈춰! 멈추라고!"」


　나는 어떤 장면인지 바로 알 수 있었다. 그것은, 999회차 유중혁이 죽는 모습이었다. 외신과 맺은 반복된 '이계의 언약'으로 넝마가 되어버린 그의 영혼이 마지막 거래를 하고 있었다.

　깊은 바닷속으로 침전하는 서울.

　유중혁이 말했다.

「"살아남아라."」

부연 포말 너머로 999회차의 기억들이 흩어지고 있었다.

'가라앉은 섬의 주인'. 무표정한 그녀의 두 눈에서 뭔가가 흐르고 있었다.

영겁의 세월 속에서도 사라지지 않는 설화. 그 설화가, 저 존재를 이곳까지 오게 만든 것이다.

"아저씨, 이거—"

돌아보자 이쪽의 이지혜도 울고 있었다.

"너무 비슷하잖아……."

[두 개의 '거대 설화'가 서로에게 호응합니다.]

비슷할 수밖에 없는 이야기였다.

「김독자가 생각한 가장 완벽한 회차는 '999'회차였고.」

저 회차는 내가 모티브로 삼은 회차였으니까.

「그 회차만이, 어떤 회차보다도 올바른 결말에 가까운 회차였다.」

모두를 살리면서 결말을 볼 수 있는 유일한 회차.

<u>ㅊㅊㅊㅊㅊㅊ!</u>

폭주하는 후폭풍 속에서 999회차의 이지혜가 이쪽을 향해 다가오고 있었다.

한 걸음 한 걸음 가까워지는 거리.

느낌이 좋지 않았다.

"아저씨, 물러서!"

위험을 직감한 이지혜가 쌍룡검을 뽑아 들며 달려갔다.

[순살]. 이지혜가 가진 최강의 대인 기술. 하지만 뻗어나간 섬광은 강한 파찰음과 함께 허공에서 튕겨졌다. 피를 흩뿌리는 이지혜의 몸이 갑판 위를 날았다.

"지혜야!"

대기하던 이현성이 이지혜를 안아 들었다.

한숨 돌리는 순간, 999회차의 이지혜가 내 코앞에 있었다.

격을 발출하기 위해 설화를 풀어내는 찰나, 희고 단단한 오른손이 내 멱살을 틀어쥐었다.

【당신은…… 누구야?】

누구 제자 아니랄까 봐.

나는 쓰게 웃었다. 어찌 됐든 대화가 가능하다는 것은 나쁜 상황은 아니었다.

"내 이름은 김독자다. 네 사부의 절친이지."

【절친?】

999회차의 이지혜는 혼란스러운 표정이었다.

그녀는 내 주변을 떠도는 설화를 보고 있었다.

「"꼭 놈들 정면으로 달리세요. 그리고 놈들과 격돌하기 직전, 왼쪽 벽면을 꼭 살피세요. 그럼 제 말이 무슨 뜻인지 바로 알게 될 겁니다."」

「"그건 28번 시나리오의 '사스콰치'를 상대하라고 알려드린 겁니다."」

내 설화들이 999회차의 이지혜에게 읽히고 있었다.

【어떻게 너는…….】

「"나는 유중혁이다."」

【사부?】

혼란이 찾아오는 듯 999회차의 이지혜가 왼손으로 관자놀이를 감쌌다. 그녀의 눈동자가 불길하게 타오르고 있었다.

쿠드드드드드!

멱살을 잡은 이지혜의 악력이 강해지고 있었다. 전신을 옥죄어오는 격의 파형에 조금씩 숨이 막혀왔다.

"잠깐만, 일단 이것 좀 놓고……!"

【사부사부사부사부사부사부사부사부】

폭주하는 이계의 신격들이 그녀의 말을 따라 하고 있었다. 세상에서 가장 구슬픈 언어로 999회차의 이지혜를 대신해 울부짖고 있었다.

[전용 스킬, '전지적 독자 시점'이 발동합니다!]
[당신의 모든 설화가 해당 인물에게 동조하고 있습니다.]
[해당 인물에 대한 이해도가 급격하게 상승합니다!]


그녀의 동공에 우리가 살아온 순간들이 떠오르고 있었다.
〈마왕 선발전〉〈기간토마키아〉〈성마대전〉과 〈서유기〉. 그리고.


[설화, '네모난 원'이 이야기를 시작합니다.]


「"언제든 말해도 돼. 나한테 말하고 싶지 않으면 다른 사람이라도 좋아. 하지만 웅크려놓고 혼자 썩히지는 마."」


깊은 슬픔으로 일그러진 999회차 이지혜의 얼굴이 보였다.
왜 이 순간 나는, '은밀한 모략가'가 떠오르는 것일까.


「【어째서 내가 아니라 너희인 것이지?】」


999회차의 이지혜─ '가라앉은 섬의 주인'에게 이 이야기는 어떤 의미일까.
그녀도 역시 나를 증오할까.
그들의 역사를 읽고 쌓은 이 세계선의 삶을─

「부러워.」

뭐?

ㅊㅊㅊㅊㅊ!
한없이 그리운 무언가를 보듯, 999회차의 이지혜가 내 뺨을 향해 천천히 손을 가져다댔다.
같은 이야기를 읽어도, 감상은 저마다 다른 법이다.
자신이 이루지 못한 이야기를 보고 절망하는 이가 있는가 하면, 한없이 닮은 슬픔을 보며 위로받는 존재도 있다.
문제는 그 위로의 방향이었다.

「가지고 싶다.」

오랜 슬픔에 젖은 그 눈동자에 광기가 흐르기 시작했다.
999회차의 이지혜가 천천히 고개를 돌렸다.
그녀의 시선이 쓰러진 이지혜를 보고 있었다.

「나도, 이런 삶을 살고 싶다.」

나는 그녀가 무슨 생각을 하는지 깨달았다.
'끊어진 필름 이론'이 요동치고 있었다. 999회차 이지혜가 손을 뻗자, 흘러나온 격류가 쓰러진 이지혜를 감싸 안았다. 위험했다.

[두 존재의 설화가 공명을 시작합니다!]

으저적, 하는 소리와 함께 999회차의 설화가 움직이기 시작했다. 999회차의 설화가 이 세계선의 설화를 집어삼키고 있었다.

나는 기함하며 격을 발출했다.

막아야 한다. 절대로, 999회차가 이지혜를 먹어치우도록 두어선—

쾅드드드드드!

순식간에 배의 갑판을 뚫고 자라난 강철이 이지혜와 나를 보호했다. 이현성이었다.

그런데, 그의 강철에서 느껴지는 설화의 기운이 무언가 달랐다.

나는 이현성을 바라보았다.

그곳에 있는 것은 이현성이었지만, 이현성이 아니었다. 누군가가 이현성의 몸을 빌려 힘을 행사하고 있었다.

[화신 '이현성'의 배후성이 당신을 보호합니다!]

'가라앉은 섬의 주인'에게 절대 뒤처지지 않는 수준의 격.

까드득, 하는 소리와 함께 강철벽을 헤집고 999회차의 이지혜가 고개를 내밀었다. 그녀의 표정은 찬물이라도 뒤집어쓴 듯 무섭게 굳어져 있었다.

먼저 입을 연 것은 이현성의 배후성이었다.

【지혜야. 우리의 이야기는 이미 오래전에 끝났다.】

이계의 신격의 진언.

나는 그가 누구인지 알 수 있었다.

✳ ✳ ✳

그 시각, 한명오는 김독자에게 코인을 빌려 구매한 'X급 페라르기니'를 타고 차원로를 달리는 중이었다.

목적지는 봉인된 '환생자들의 섬'.

"다름아! 아빠 목소리 들리면 대답해! 다름아!"

한다름. 한명오가 자신의 딸에게 붙인 이름이었다.

한명오는 암흑 단층의 곳곳을 헤매며 그 이름을 불렀다.

"다름아!"

일그러진 암흑의 틈새에서 한명오는 익숙한 모양의 손을 발견했다.

못 알아볼 수 없는 손. 마왕에게 빼앗기기 전까지 한 번도 놓친 적이 없었다.

한명오는 그 손을 꾹 쥐었다. 그리고 단층 사이에서 딸의 몸을 빼내기 시작했다. 쉽지 않은 작업이었다. 하지만 포기할 수는 없었다.

[거대 설화, '잊혀진 것들의 해방자'가 이야기를 시작합니다!]


딸을 구하기 위해 빌린 〈김독자 컴퍼니〉의 설화가 이야기를 시작했다. 그리고 딸의 몸이 조금씩 단층 사이에서 빠져나오기 시작했다.

다행히 딸의 화신체는 무사했다. 하지만 심장이 뛰지를 않았다.

다행히 그에게는 이설화에게 받은 생사단 한 알이 있었다.

"다름아! 정신 차려! 아빠야! 아빠 왔어!"

한명오가 눈물을 쏟으며 외쳤다.

그리고 얼마나 지났을까. 마침내 한다름이 눈을 떴다. 슬그머니 흘러나오는 붉은 안광.

[잘했습니다, 나의 권속이여.]

눈을 뜬 것은 한다름이 아니었다.

[하마터면 '종말의 인도'가 성마대전에서 끝날 뻔했군요.]

스산한 마왕의 격. 아스모데우스의 광소에 한명오가 엉덩방아를 찧었다.

"내, 내 딸을 돌려줘! 내 딸을—"

[딸? 흐음, 미안하지만 그건 곤란해요. 내겐 이 화신체가 꼭 필요하거든요. 대신 선물로 좋은 것을 주겠어요.]

아스모데우스가 품에서 새카만 안대를 꺼냈다.

[이 세계선의 종말을 함께 지켜볼 자격을.]

그것은 '종말의 인도자' 사이에서 전해지는 오래된 아이템이었다.

오직 마지막 시나리오의 코앞에 도달했을 때만 사용 가능한 아이템.

[아이템 '심연의 유물'을 발동합니다!]

심연에 깃든 이계의 신격— '999의 악마'를 불러오는 '이계의 주문'.

일대의 차원이 뭉그러지는 것을 보며, 아스모데우스가 광소를 터뜨렸다.

[메타트론! 아가레스! 구원의 마왕! 이 이야기는 당신들의 생각대로 끝나지 않을 겁니다. 이 이야기는—]

【뭐야 이건?】

언제부터였을까. 아스모데우스 뒤에 한 사내가 서 있었다.

시커먼 아우라로 덮인 채, 한쪽 팔에는 붕대를 감은 사내.

대여섯 걸음 떨어진 곳에서 그 광경을 보던 한명오가 몸을 떨었다.

사내는 한명오도 알고 있는 얼굴이었다.

한명오와 시선이 마주친 사내가 웃었다.

【네가 날 부른 거냐? 흠…… 뭐야. 마왕도 있어? 아하, 알겠다. 이 마왕이 널 괴롭히고 있는 거지? 그래서 살려달라고 날 불렀구나?】

[종말이시여! 아닙니다! 당신을 소환한 것은 바로 저 아스

모데우스―]

쐐애액, 하는 소리와 함께 사내의 투명한 손이 아스모데우스의 뒷덜미를 붙들었다.

잠시 후, 사내의 손에는 아스모데우스의 영혼체가 붙잡혀 있었다.

[커헉……?]

【난 남의 몸에 숨은 놈 말은 안 믿어.】

푸화하학, 하는 소리와 함께 아스모데우스의 영혼체가 찢어졌다.

발악할 틈도 없는 일격.

넝마가 된 마왕의 설화를 핥은 사내가 웃었다.

【난 마왕 놈들이 제일 싫어. 날 따라 하거든. 이것 봐! 이 자식, 내가 잃어버린 안대도 가지고 있잖아.】

혼자서 중얼거린 사내가 아스모데우스의 눈에서 새카만 안대를 벗겨 자기가 썼다. 그런 자신의 모습이 만족스러운 듯 사내가 싱긋 웃었다.

부들부들 떠는 한명오가 쓰러진 자신의 딸을 안은 채 그를 올려다보았다.

【어이 어이, 걱정 마. 내가 좀 무섭긴 하지만 알고 보면 괜찮은 남자거든.】

자신의 붕대를 탕탕 두드린 사내가 말했다.

【그럼 어디…… 우리 지혜부터 찾아볼까?】

**Episode**

# 한 사람

Omniscient Reader's Viewpoint

＊

**1**

자라난 강철이 나와 이지혜를 보호하고 있었다.

[성좌, '강철의 주인'이 자신의 격을 드러냅니다.]

이현성의 배후성은 본래 '강철의 주인'이었다. 하지만 '강철의 주인'은 지난 〈오즈〉 사태 때 소멸했다.

그리고 누군가에게 자신의 수식언을 넘겼다.

【은빛 심장의 왕.】

은빛 심장의 왕. 그가 바로 새로운 '강철의 주인'이었다.

'가라앉은 섬의 주인'과 마찬가지로 999회차의 '결'을 본 존재.

999회차의 결을 본 이현성.

【같잖은 배후성 행세는 집어치워. 지금 뭐 하는 거야?】

같은 '왕'을 대면했기 때문일까. 999회차의 이지혜가 이성을 되찾고 있었다.

【왜 우리가 부를 때는 침묵하다가 이제야 나타난 건데?】

'가라앉은 섬의 주인'이 말하고 있었다.

【원칙을 따르자고 한 것은 당신이었잖아. 다른 세계의 멸망이 되어서라도, 우리의 이야기를 되찾자고 약속했잖아. <스타 스트림>에게 우리의 시나리오를 돌려받자고…… 그렇게 말했잖아.】

그들의 곁에 흐르는 설화가 그들의 삶을 짐작하게 했다.


「지혜야. 원칙을 지켜야 한다. '이계의 신격'이 되더라도, 그 원칙을 잊지 마.」

「세계가 너를 상처 입힐 때, 그 원칙만이 너를 지켜줄 거다.」

「네가 잘못되지 않았다고, 너를 대신해 말해줄 거다.」


모든 회차의 이지혜가 이지혜이듯, 모든 회차의 이현성 또한 이현성이다. 심지어 '이계의 신격'이 되어서조차, 그들의 본질은 변하지 않았다.

'은빛 심장의 왕'이 나를 바라보았다. 감정을 헤아릴 수 없는 시선이었다.

【이것이 나의 원칙이다, 지혜야. 999회차의 비극을 재현하지 않는 것.】

【무슨 헛소리야? 당신 멋대로 손바닥 뒤집듯 바꿀 수 있는 게 원칙이야?】

【이 세계선에 살았던 내 배후성에게 여러 가지 이야기를 들었다. 어쩌면…… 이 세계선이야말로 우리가 찾던 세계선인지도 모른다.】

'은빛 심장의 왕'이 차갑게 빛나고 있었다.

【모든 것의 '끝'을 볼 수 있는 세계선.】

그 말에 999회차의 이지혜가 멈칫했다.

【그런 세계선이 존재할 리 없어. 어차피 이 세계선은 끝이야. 당신이 막아도, 내가 멈추더라도—】

아무래도 '은빛 심장의 왕'은 이 '대멸망'에서 재앙이 되기를 선택하지 않은 모양이었다.

예상은 하고 있었다. 만약 그가 우리를 해칠 생각이었다면 〈오즈〉에서도 기회가 많았으니까. 그것을 알기에 이현성을 데려온 것이었다. 정말, 만약의 사태를 대비한 마지막 카드로.

【이들은 그리 약하지 않다. 우리엘 혼자로는 무리다.】

'은빛 심장의 왕'이 말하자, '가라앉은 섬의 주인'이 대답했다. 먼 수평선을 바라보는 그녀의 눈빛에 허무가 깃들어 있었다. 그리고 다음 순간, 그녀의 눈빛에 생기가 돌아왔다. 마치 불쾌한 뭔가를 보기라도 한 듯한 표정.

【혼자가 아니라면?】

다음 순간, 수평선 너머가 새카만 어둠으로 뒤덮였다.

우리가 예상하지 못한 무언가가 저 너머에 모습을 드러내고 있었다.

## ✷ ✷ ✷

〈김독자 컴퍼니〉일행들은 독도 인근 해역에 자리를 잡은 채 뭔가를 기다리고 있었다.

김독자가 태평양 쪽으로 사라진 후, 수평선 너머에서 먼 북소리 같은 것이 간간이 들려왔다. 소리가 들려올 때마다 일행들 몸이 한 번씩 움찔거렸다. 그 간헐적인 멈칫거림에 대해 누구도 언급하지 않았지만, 모두 그 의미를 잘 알고 있었다.

'김독자를 도우러 가고 싶다.'

하지만 일행들은 참았다. 그것이 작전이기 때문이었다. 만약 여기서 섣불리 움직였다가는 김독자를 구하기는커녕 모든 것을 다 잃을 수도 있었다.

무조건 작전대로 가야 한다. 작전대로 이곳에서…….

창공에서 열기가 느껴진 것은 그때였다. 해역 전체를 뒤덮는 폭염. 반사적으로 고개를 들었을 때, 그들은 믿기지 않는 장면을 보았다.

김독자의 말이 맞았다.

「이글거리는 태양이 바다 한가운데로 떨어지고 있었다.」

컨트롤 타워를 맡은 한수영이 공필두가 만든 [무장성채] 꼭대기에서 외쳤다.

"전투 준비!"

영혼마저 녹아내릴 것 같은 열기.

지독한 홍염 속에 날개를 단 999회차의 우리엘이 있었다.

【'은밀한 모략가'는 어디에 있지?】

「이계의 신격의 왕, 동쪽에서 떠오르는 '살아 있는 불꽃'.」

한수영은 눈앞에서 풍겨오는 어마어마한 격을 느끼며 침을 삼켰다. 정확히는 삼키려 했다. 하지만 입속 침조차 말라버렸는지 조금의 물기도 느껴지지 않았다. 메마른 목을 가다듬으며 한수영이 말했다.

"지금부터 '불꽃 진화'를 시작한다."

불꽃 진화. 그것이 이들 '1조'가 맡은 임무였다.

한수영은 떠나던 김독자가 마지막으로 남긴 말을 떠올렸다.

—죽이지 마. 그 존재도 '우리엘'이야.

빌어먹을 김독자. 저런 걸 죽이지 말고 제압하라고?

침묵의 시위 속에 '살아 있는 불꽃'이 가늘게 눈을 떴다.

【대답하지 않겠다면—】

"유상아!"

신호와 함께 유상아가 손을 뻗었다. 하늘거리는 법복 사이로, 거대한 만다라가 회전하더니 곧장 태양을 향해 쏘아져 나갔다.

지금의 〈김독자 컴퍼니〉가 가진 최강의 디버프가 발동했다.

[설화, '만다라의 시간'이 발동합니다!]

그리고 아주 약간이지만 태양의 활동이 둔해졌다.

999회차의 우리엘이 중얼거렸다.

【시공간 간섭? 이곳에 석존이 있는 건가? 그의 기운은 느껴지지 않는데.】

쿠드드드드드!

그녀가 주먹을 쥐자 일대의 시공간 전체가 깨어질 듯 흔들렸다.

유상아의 입술에서 핏줄기가 흘러내렸다.

"이게 최선이에요!"

"정희원! 신유승!"

한수영의 명령을 받은 두 사람이 달려나갔다.

999회차 우리엘이 먼저 발견한 것은 신유승이었다.

바다에 드리워진 거대한 용의 그림자. 포이즌 브레스가 태양의 겁화를 뒤덮었다.

【이 세계선의 '비스트 로드'인가.】

브레스에 닿은 우리엘의 화신체가 일부 변색되었다.

하지만 그것도 잠깐. 피부는 순식간에 수복되었다.

"어디 이것도 막아보시지!"

바로 곁에서 들려온 목소리에, 999회차의 우리엘이 반사적으로 검을 휘둘렀다.

까가가가가각!

'업화의 불꽃'과 '심판자의 검'이 충돌했다.

단 한 번의 충돌로 정희원이 피를 토하며 물러났다.


[화신 '정희원'이 '심판의 시간'을 발동 중입니다!]


【'심판의 시간'? 어떻게 나를 상대로 그 기술을 썼지?】

정희원의 검을 뒤덮은 [지옥염화]. 그리고 그녀의 등 뒤로 뻗어나온 대천사의 날개를 확인한 999회차의 우리엘이 표정을 굳히며 격을 발출했다.

【내 화신이었군.】

그에 대항하듯, 정희원의 몸에도 성좌의 힘이 현현했다.

[희원이는 네 화신이 아니라 내 화신이거든?]

두 명의 우리엘이 마주 격을 발산하며 충돌했다.

한 번, 두 번. 충돌이 잦아질 때마다 정희원의 안색이 급격하게 질려갔다.

"무슨 힘이……!"

【지난번처럼 우스꽝스러운 기억에 당하지는 않는다.】

순식간에 정희원이 수세에 몰리자, 우리엘이 다급히 외쳤다.

[■바! 너희 뭘 구경만 하고 있어!]

동시에 999회차의 우리엘의 등을 습격한 새카만 불꽃이 있었다.

눈살을 찌푸린 '살아 있는 불꽃'이 말했다.

【흑염룡.】

양손 붕대를 모두 푼 흑염룡이 의기양양하게 소리쳤다.

[큭큭, 맛이 어떠냐 이 망할 천사!]

절대선과 절대악. 한때 숙적이던 두 설화급 성좌가 재앙을 막기 위해 힘을 모으고 있었다.

[지옥염화]와 [흑염]이 태양의 군세에 작렬한다. 눈부신 빛의 폭풍 속에서 한수영은 고요히 전율했다.

'강하다.'

'살아 있는 불꽃'은 한 손만으로 저 강력한 두 성좌를 상대하고 있었다.

둘의 힘을 합했는데도 밀어붙일 수 없는 상대.

【이번 회차의 나는 겨우 이 정도인가? <에덴>은 어디에 있지? 너는 왜 이들과 함께 있는 것이냐?】

[에덴 망했어 시■!]

【<에덴>이 없다? 성운의 가호도 없이 나와 맞서겠단 건가?】

더 이상 상대할 가치조차 없다는 듯, '살아 있는 불꽃'이 고개를 돌렸다. 태양의 빛이 더욱 강해진다 싶더니, 뜨거운 열기 속에서 뭔가 기어 나오기 시작했다.

그녀를 따르는 이계의 신격.

수천에 이르는 군세가 그녀의 명령을 기다리고 있었다.

【가라. '은밀한 모략가'를 찾아라.】

진군이 시작되었다. 불타는 날개를 가진 무수한 '이름 없는 것들'이 지상으로 강하했다. 이대로라면 한반도까지 휩쓸리는 것은 순식간이었다.


[화신 '신유승'이 '최상급 다종교감 Lv.???'을 발동합니다!]


신유승이 움직였다.

바다를 가르고 나타난 무수한 해수종들이 뛰어올라 '이름 없는 것들'의 발목을 물고 늘어졌다.

무장성주 공필두도 가세했다. 홍벽 전체에 설치된 자동 포탑들이 불을 뿜자 벌집이 된 '이름 없는 것들'이 고통으로 비명을 질렀다.

999회차의 우리엘이 말했다.

【저런 악독한 인간까지 동료로 받은 건가? 한심하기는.】

공필두의 성채를 향해 거침없이 나아가는 '이름 없는 것들'.

마침내 외신들의 공격에 홍벽의 한쪽이 무너지려는 순간, 한수영이 외쳤다.

"이길영!"

기다렸다는 듯, 이길영이 흉벽 사이에서 나타났다. 새카만 격을 몸에 두른 이길영이 창공을 향해 포효했다. 그러자 어디선가 황색 구름이 밀려와 하늘을 덮었다. 한순간이지만 저 뜨거운 볕조차 가릴 정도의 군세였다.

[성좌, '무저갱의 지배자'가 하얀 이빨을 드러냅니다.]

【마신 아바돈? 네놈이 왜 이런 곳에?】

뜻밖의 적에 놀란 999회차의 우리엘이 거칠게 으르렁거렸다.

신유승에 공필두, 거기다 이길영까지 합세하자 전황은 비등해지기 시작했다.

아바돈이 부리는 황색의 메뚜기 떼가 자신들의 몸을 던져 '이름 없는 것들'을 막아내고 있었다.

【가아아아아아!】

고통스레 몸부림치는 '이름 없는 것들'.

눈살을 찌푸린 999회차의 우리엘이 한쪽 손으로 우리엘과 흑염룡의 공세를 가볍게 방어해내며, 다른 한쪽 손에 마력을 집중했다. [지옥염화]로 포위를 뚫어버리려는 속셈이었다.

하지만 그녀의 생각을 먼저 읽어낸 이가 있었다.

"지금이야! 쳐!"

한수영의 신호에 깊은 바다의 수면 위로 길쭉한 낫이 튀어

나왔다. 스각, 하는 소리와 함께 대천사의 날개에 커다란 자상이 남았다.

흰 깃털이 날리며 쏟아지는 이계의 설화.

【<명계>의 왕……!】

처음으로 999회차 우리엘이 표정이 완전히 굳어졌다.

[성운, <명계>가 비축한 설화를 개방합니다!]

하데스와 함께 〈명계〉의 정예군 일부가 포털을 타고 넘어왔다. 세 명의 심판관과 페르세포네까지. 태양을 호위하던 '이름 없는 것들'이 무너졌고, 〈명계〉의 격이 999회차의 우리엘을 압박해왔다.

하지만 999회차 우리엘은 버티고 있었다.

석존과 우리엘의 화신에, 흑염룡. 거기다 신화급 성좌인 하데스까지.

기습으로 한쪽 날개가 찢긴 상황에서 어지간한 성운 하나급의 전력이 가세했는데도 그녀는 밀리지 않았다. 오히려 역전의 기회를 노리고 있는 듯했다.

"뭘 꾸물대고 있어! 빨리 가세해!"

[성좌, '가장 오래된 해방자'가 귀찮다는 듯 몸을 움직입니다.]

쿠구구구구!

하늘을 덮은 황운 위로 몰려든 먹구름. 불길한 빛을 뿜은 뇌운이 한순간 푸른빛을 띠더니 바다를 향해 사정없이 전격을 쏟아부었다.

쉴 새 없이 점멸하는 하늘. 스쳐 간 번갯불 사이로 모습을 드러낸 고고한 성좌가 있었다.

흐트러진 백금발.

특유의 오만한 입꼬리를 가진 신화급 성좌.

999회차의 우리엘이 크게 눈을 뜬 순간, 시야를 가득히 메운 여의금고봉이 그녀의 몸을 후려쳤다. 그 무지막지한 충격을 견디지 못한 그녀의 화신체가 굉음을 내며 바닷속에 처박혔다.

✳

## 2

"잘한다 손오공!"

신이 난 한수영이 소리쳤다.

꾸르륵, 소리와 함께 바다 위로 피거품이 올라왔다. 얼마 지나지 않아 999회차의 우리엘이 수면 위로 모습을 드러냈다. 주변 해수종을 모조리 찢어 죽이고 올라왔는지, 그녀의 전신은 완연한 핏빛으로 물들어 있었다.

그런 그녀의 표정을 덮은 것은 배신감이라기보다는 경이로움이었다.

【믿을 수가 없군. 제천대성. 그대까지 이들의 편을 드는가?】

이윽고 그 경이로움은 잠깐의 그리움으로 변했다.

그 변화를 감지한 제천대성이 물었다.

[넌 뭔데 날 아는 척하는 거냐?]

【그저 잃어버린 옛 전우를 잠깐 떠올렸다. 나는 그대
와 싸울 생각이 없다. 비켜라. 내가 원하는 것은 '은밀
한 모략가' 뿐이다.】

실제로 전의가 느껴지지 않는 목소리였다.

하지만 제천대성은 고개를 저었다.

[나도 그 음침한 녀석이 싫은 건 마찬가지지만.]

무심히 웃는 제천대성의 몸에서 가공할 기운이 터져나왔다.

[녀석이 죽으면, 우리 막내가 곤란해할 것 같단 말이지.]


[성좌, '가장 오래된 해방자'가 자신의 격을 드러냅니다!]


긴고아에 속박된 격을 해방하고, '이계의 신격화'까지 일부
진행되며 외신의 힘까지 손에 넣은 존재.

《서유기 리메이크》를 함께한 요괴들이 포털을 넘어 태평양
에 강림하고 있었다.

【원숭이왕원숭이왕원숭이왕원숭이왕】

서로 다른 왕을 숭배하는 이계의 신격들이 드잡이질을 벌
였다. 피에 젖은 바다가 격랑으로 뒤덮였고, 999회차의 우리
엘이 기함했다.

그리고 마침내, 비등했던 천칭이 기울어지기 시작했다.

"됐다. 밀어붙여!"

한수영의 목소리와 함께 〈김독자 컴퍼니〉의 거대 설화들이

일제히 이야기를 시작했다.

[거대 설화, '마계의 봄'이 이야기를 시작합니다!]

[거대 설화, '신화를 삼킨 성화'가 이야기를 시작합니다!]

[거대 설화, '빛과 어둠의 계절'이 이야기를 시작합니다!]

[거대 설화, '잊혀진 것들의 해방자'가 이야기를 시작합니다!]

비록 주요 담화자인 김독자와 유중혁이 부재중이었지만, 다른 인원들도 만만치 않은 거대 설화 지분을 보유하고 있었다.

그리고 기다렸다는 듯 최후의 일격을 준비하는 이들이 있었다.

[하늘의 태양은 하나면 충분하지.]

자신의 열차와 함께 나타난 수르야. 그리고.

[이제 이계의 신격을 베는 것도 익숙하군.]

[합공하지, 파천검성.]

"저도 갑니다!"

그리고 파천검성과 키리오스, 그리고 장하영까지 가세했다.

수세에 몰린 999회차의 우리엘. 그녀의 표정이 조금씩 당혹감으로 물들고 있었다.

【어떻게 그대들이 모두 함께 있지? 이 세계선은 대체—】

밀려드는 거대 설화에 그녀는 당황하고 있었다. 설화의 크기도 크기지만, 내용이 문제였다. 어떻게 이런 설화가 가능하단 말인가.

　대체 어떻게.

　열차를 탄 세 명의 초월좌가 태양의 열막을 꿰뚫었다. 하늘
을 부수는 [파천검도]와 [전인화]. 거기에 [파천붕권]의 가공
할 파괴력이 어우러진 일격. 그 일격이 우리엘의 빈틈을 강타
하려는 순간.

　아주 서늘한 감각이 한수영의 뒷덜미를 엄습했다.

　"잠깐만!"


　[설화, '예상표절'이 다급하게 이야기를 수정합니다!]


　이 세계에서 오직 그녀만이 느낄 수 있는 강렬한 감각이 그
녀를 사로잡았다. 그리고 다음 순간, 일대의 시공간 전체를 쥐
어짜는 듯한 소리가 울려 퍼졌다.

　꽈드드드드득.

　한수영은 눈앞에서 무슨 일이 벌어지는지 알 수 없었다.

　【뭐야, 이 회차의 '나'는 어디 갔어? 설마 돼졌나?】

　마치 심연의 일부를 떼다 빚은 듯 불온한 목소리.

　최후의 일격을 먹이기 위해 배후로 접근하던 초월좌들이
부서진 열차와 함께 추락했다. 새카만 [흑염]의 불길이 그들
의 옷깃을 불태우고 있었다.

　천공의 먹구름 사이에 한 사내가 서 있었다. 한수영도 아는
존재였다. 너무나 잘 알기에 소름이 돋을 지경이었다.

[성좌, '심연의 흑염룡'이 당신에게 위험을 경고합니다!]

사내가 천천히 입을 열었다.

【쳇, 이렇게 날뛰는 '격'은 당연히 지혜일 줄 알았는데. 오랜만이라 착각해버렸네.】

'살아 있는 불꽃'의 태양이 눈부신 빛을 발했다. 그러나 사내의 어둠은 빛이 강해질수록 짙어지는 그림자처럼 더욱 두터워질 뿐이었다.

999회차 우리엘이 말했다.

【'위대한 심연의 군주'. 누가 너 같은 놈을 이 세계선에 불렀지?】

한수영의 목덜미가 차가워졌다. 김독자에게서 들은 기억이 났다.

북쪽 우주의 지배자, '위대한 심연의 군주'.

【하핫. 이제야 날 그렇게 불러주네. 그나저나 힘들어 보이는데, 내가 좀 도와줄까?】

경기를 일으키듯 태양의 코로나가 튀어 올랐다.

【필요 없다. 네까짓 잡배의 도움 따위—】

【왜 이래, 같은 회차의 '동료' 끼리.】

이죽거리는 사내.

그는 999회차의 '결'을 본 망상악귀 김남운이었다.

김남운의 시선이 움직이는 순간, 한수영은 전신에 소름이 돌았다.

【나도 오랜만에 흑염룡 얼굴 좀 보고 싶다고.】

어느새 코앞까지 다가온 김남운이 흉흉한 눈길로 그녀를
바라보고 있었다.

¤ ¤ ¤

천천히 눈을 떴을 때, 유중혁은 자신이 어둠 속을 부유하고
있다는 사실을 깨달았다.

마지막으로 기억나는 것은 김독자와 필살기를 연구하던 일.

도중에 무엇인가가 잘못되었고, 자신은 의식을 잃었다.

[현재 당신의 영혼체가 불안정한 상태입니다!]

[설화, '영원불멸의 지옥도'가 난독에 빠진 상태입니다.]

「유중혁 녀석 생일이 언제였더라.」

드문드문 기억들이 흐르고 있었다. 흐릿한 의식 속에서 들
려오는 목소리.

아니, 목소리라기보단 오히려 활자에 가까운 무엇.

그것이 누구의 말투인지 유중혁은 금방 알 수 있었다.

「……처음으로 언급된 회차가…….」

사람을 열받게 만드는 건들건들한 말투. 저딴 식으로 말하는 놈은 세상에 김독자 하나뿐이었다.

「이야, 이때 진짜 재밌었지.」

김독자가 읽던 페이지의 문장들이 눈앞을 스쳤다. 그곳에는 성좌들과 맞서 싸우는 유중혁 자신의 모습이 있었다.

「1회차, 41회차, 666회차…….」

활자를 읽던 김독자의 손가락이 멈췄다.
오래도록 머무른 손가락 사이로, 회차의 정보가 보였다.

「999회차.」

유중혁도 이제 그 회차의 일을 알고 있었다. 김독자가 읽은 문장들이, 「영원불멸의 지옥도」가 그가 기억하지 못하는 시간을 그에게 알려주었다.
그 회차를 읽는 김독자가 중얼거리는 것도 같았다.

「"내가 유중혁이다……."」

그 어설픈 외침 하나로 버텨낸 삶에 대해 유중혁은 알지 못했다.

김독자가 읽은 유중혁. 페이지의 맥락 사이사이로 김독자의 역사가 그을음처럼 남아 있었다. 학교에서 따돌림을 당하고, 아르바이트 가게에서는 임금을 체불하는 사장에게 혼나고, 군대에서는 발바닥이 까지는 행군을 하는 동안, 김독자는 스스로를 유중혁이라 부르며 견뎠다.

유중혁은 김독자를 이해하지 못한다.

그가 버텨낸 시간들이, 전혀 다른 세상의 누군가를 구할 수 있다는 게 무슨 뜻인지 알지 못한다. 누군가의 싸움을 보고 함께 용기를 낼 수 있다는 게 어떤 의미인지, 전혀 알지 못한다.

심지어 그의 눈에는 활자 속에 비치는 자기 자신의 모습조차 낯설어 보였다.

「"아직 싸울 수 있다."」

그는 정말로 그렇게 말했던 것일까.

「"백 번이고 천 번이고, 나는 네놈들을 죽이기 위해 다시 태어날 것이다."」

인간 유중혁은 정말 저렇게 말할 수 있는 인물인가.

무수한 활자들 사이로 그를 신뢰하는 일행들의 목소리가

있었다.

「대장.」
「당신만 믿어.」
「다음 회차에선, 반드시 세계를 구해줘.」


세계선이 사라지고, 그에게 남은 것은 문장뿐이었다. 그를 괴롭게 만들던 문장들의 부피가 늘어날수록, 삶의 가치는 초라해졌다.

그들은 대체 자신의 무엇을 믿고 함께 싸워주었는가.

'나는 누구인가.'

그의 이해 밖에서 존재하는 문장들을 보며, 유중혁은 공허에 휩싸였다.

1,864번의 삶.

자신이 어떤 세계를 거쳐 여기까지 왔는지 유중혁은 알고 있었다.

하지만 이해할 수는 없었다.


「정말 이 기억들만이 그의 전부인 것인가.」


유중혁은 궁금했다. 만약 자신이 정말로 김독자의 말처럼 '등장인물'이라면, 그가 기억하지 못하는 시간은 모두 어디에 있는가.

김독자가 읽지 않은 페이지의 자신은, 어디에 있는가.

아니면 그건 처음부터 없었던 것인가?


[당신의 배후성이 당신을 들여다봅니다.]


자신의 생은, 대체 어디서부터 어디까지 '존재했다' 말할 수 있는 것인가.

츠츠츠츳……

서늘한 느낌이 든 것은 그 순간. 유중혁은 반사적으로 공허를 돌아보았다. 그곳에 자신이 아닌 누군가가 있었다.

【자아성찰이라도 하는 건가? 그렇게 한가하게 있을 시간이 없다.】

유중혁은 그게 누구인지 곧바로 깨달았다.

'네놈은 움직일 수 없을 텐데.'

유중혁이 '은밀한 모략가'를 노려보았다. 버릇처럼 흑천마도에 손을 가져갔지만, 칼자루가 잡히지 않았다.

이곳은 그의 심상세계. 아이템은 존재하지 않는다.

'은밀한 모략가'가 그런 유중혁을 보며 한심하다는 듯 고개를 저었다.

【이대로라면 네 동료들은 전멸할 것이다.】

'전멸해?'

등골로 서늘한 감각이 스쳤다.

일행들은 '이계의 신격의 왕'과의 격전을 앞두고 있었다. 확실히 주변을 흐르는 불길한 기운이 있었다.

당장이라도 깨어나야 한다. 여기서 나가서······.

【지금 상태로는 가더라도 소용없다. 1,863회차의 힘을 사용하지 못한다면, 지금의 너는 아무런 도움도 되지 않는다.】

'그래서 어쩌라는 거지?'

유중혁의 사나운 말투에도 '은밀한 모략가'는 침착했다.

【네가 1,863회차의 힘을 쓸 수 있는 방법이 또 있다.】

순간 유중혁은 그게 무슨 말인지 깨달았다.

그가 1,863회차의 힘을 잠깐이나마 되찾을 수 있는 것은 김독자에게 설화 「영원불멸의 지옥도」가 있기 때문이다.

그리고, 그 설화를 김독자에게 준 이는······.

유중혁이 이를 갈며 물었다.

'네놈을 어떻게 믿고? 왜 우리를 돕기로 한 거지?'

【부탁을 받았다.】

'부탁?'

【힘을 빌려주는 것은 이번뿐이다. 네가 배우는 것이 있기를 바라지.】

다음 순간, 어둠 속에서 '은밀한 모략가'가 손을 뻗었다. 피할 틈도 없이 그의 이마에 닿는 소년의 차가운 손바닥.

그리고.

['끊어진 필름 이론'이 발동합니다!]

머릿속이 하얗게 물드는 듯한 고통 속에, 거대한 설화가 머릿속으로 밀려 들어오기 시작했다.

그것은 그가 이미 알고 있던 기억. 하지만 이해하진 못하던 시간이었다.

뜨거운 열기와 함께 '은밀한 모략가'의 모든 설화가 그의 혈맥을 타고 흐르기 시작했다.

1회차, 2회차, 3회차, 4회차…… 1,863회차.

수많은 유중혁이 그의 안에서 깨어나고 있었다. 그 모든 존재가 유중혁이었다. 각각의 유중혁. 하지만 동시에 그 유중혁은 한 사람이었다.

1,864회차의 삶을 온전히 살아낸, 단 한 사람의 유중혁.

하나씩 기억이 난다. 그가 누구인지. 무엇을 위해 살아왔는지.

설화들이 그의 저변을 떠돌고 있었다.

설화 속에서 누군가가 물었다.

「"근데 대장은 생일이 언제예요?"」

그러자 김독자가 말했다.

「"아, 찾았다. 여기 있네. 8월 3일."」

맞다. 그는 여름에 태어났다. 지옥처럼 무덥고, 끔찍한 폭풍이 몰아치던 여름에.

모든 것이 선명하게 기억난다.

한 번도 챙겨본 적 없고, 축하받아본 적도 없는 생일.

1,864번의 생을 거치면서 의미를 잃어버린 기념일들.

유중혁은 천천히 눈을 떴다. 전신에 충만한 설화의 기운. 3회차를 살아가는 내내 한 번도 느껴보지 못한 감각이었다.

고개를 들자 어디선가 뜨거운 볕이 느껴졌다. 멀리서도 확연히 느낄 수 있었다.

저 먼 수평선 너머에서 그를 부르는 이계의 신격의 존재.

그러나 유중혁은 두렵지 않았다. 그는 천천히 몸을 일으켜 화신체의 상태를 점검했다. 화신체의 모든 부위가 완벽에 가깝게 움직이고 있었다. 그의 모든 근섬유 속에, 그가 쌓아 올린 설화들이 배어 있었다.

「그 순간 유중혁은 마치 새로 태어난 듯한 기분이었다.」

[거대 설화, '고독한 멸망의 순례자'가 온전한 격을 회복했습니다.]

이것이 본래의 그가 가진 진짜 힘.

세계의 최종 회차에 도달해, 홀로 '벽'을 볼 수 있었던 존재의 격.

['끊어진 필름 이론'이 비정상적인 형태로 발동 중입니다.]

[필름들의 연결이 불완전합니다!]

[이 연결을 계속해서 유지할 시 필름 전체가 소멸할 수도 있습니다.]


이 힘을 사용할 수 있는 것은 아주 잠깐뿐.

하지만 그에게는 충분하고도 남는 시간이었다.

유중혁이 고개를 들어 하늘을 보았다.

하늘이 울부짖고 있었다.

간헐적으로 쏟아지는 천둥 번개 사이로 그의 얼굴에 새겨진 흉터가 선명하게 드러났다.


[설화, '영원불멸의 지옥도'가 이야기를 시작합니다!]

[특성, '별들의 공포'가 발동합니다!]


그의 시선에 겁에 질린 별들이 달아나고 있었다.

잠시 그 별들을 바라보던 유중혁의 신형이 먼 곳의 태양을 향해 움직였다.

✳

**3**

한수영은 눈앞에서 벌어지는 일들을 믿을 수 없었다.

순식간에 초월좌들이 추락했고, 명계의 심판관들이 줄줄이 나가떨어졌다.

"물러나 한수영!"

까가강, 하는 소리와 함께 앞을 막은 정희원의 몸이 허공을 날았다.

짓궂은 미소를 띤 사내가 장난이라도 치듯 자신의 설화를 뭉게뭉게 발출하고 있었다.

[거대 설화, '망상설계妄想設計'가 이야기를 시작합니다!]

위대한 심연의 군주. 999회차의 김남운의 전신에서 [흑염]의 아우라가 뻗어나왔다. 아우라는 곧 머리가 여럿 달린 용의 형상을 이루었다. 형상의 아가리가 벌어지더니, 뒤이어 파괴적인 격류가 모든 방위를 뒤덮었다.

"유승아! 길영아!"

폭발하는 [흑염]의 연쇄에 아이들이 휘말렸다. 그들을 구하기 위해 달려간 유상아가 전장에서 이탈하면서, 999회차의 우리엘을 구속하고 있던 시공간 디버프가 약해졌다.

고오오오오!

잠깐이나마 위축되어 있던 999회차의 우리엘이 힘을 회복하고 있었다.

그 모습을 본 999회차의 김남운이 킬킬 웃었다.

【이거 내가 안 도와줬으면 어쩔 뻔?】

【닥쳐. '은밀한 모략가'를 찾으면 다음은 네놈 차례다.】

무시무시한 눈길로 김남운을 쏘아본 999회차의 우리엘이 전장을 향해 '업화의 불꽃'을 휘둘렀다.

그녀를 맞상대하는 것은 제천대성이었다. 화려하게 움직이는 여의금고봉이 그녀의 검세를 받아내고 있었다.

무려 '이계의 신격의 왕'과 대등한 격전을 펼치는 제천대성을 보며 김남운이 감탄했다. 특히 그의 주목을 끈 것은 제천대성의 전신에서 흘러나오는 새카만 기운이었다.

【혼돈의 격? 저 녀석도 '이계의 신격'이 된 건가?】

【정확히는 그의 분체 중 하나가 이계의 신격화된 것 같다.】

【하하하, 뭐야 이거. 뭐 어떻게 된 세계선이야?】

【그는 내가 상대한다. 네놈은 잡배들과 명왕을 맡아라.】

【쳇, 나도 모처럼 대성이랑 한번 싸워보고 싶은데 말이지.】

들려오는 헛소리에 분개했는지, 제천대성이 기합과 함께 자신의 마력을 퍼부었다. 허공을 뒤덮는 황금빛 아우라가 한순간 [흑염]의 공세를 걷어냈다. 하지만 그 대가로 그의 전신에 치명적인 후폭풍이 일어나고 있었다.

[제길, 미후왕! 제대로 해라!]

아무래도 일시적으로 합쳐진 제천대성의 설화들이 충돌을 일으키는 모양이었다.

999회차 우리엘의 몰아치는 공격에 조금씩 물러서는 제천대성.

마지막 보루였던 신화급 성좌들이 밀리고 있었다.

심지어 하데스 쪽은 상황이 더 나빴다.

콰과과과과!

〈올림포스〉의 견제 때문인지 아니면 〈명계〉 내부 사정 때문인지는 모르겠지만, 하데스의 전투는 어딘가 신통치 않은 데가 있었다.

【하하하! 무려 올림포스의 3신인 '명왕'이 이 정도밖에 안 되나?】

인상을 쓴 채 묵묵히 사이드를 휘두르는 하데스가 수세에 몰리자, 그의 뒤에서 거대 설화를 이야기하던 페르세포네가 끼어들었다.

[그거 알고 있나요? 이 세계선의 당신 영혼은 명계에 갇혀 있어요.]

【뭔 헛소리야? 내가 명계에 왜 갇혀?】

짜증을 부린 999회차의 김남운이 대량의 [흑염]을 퍼부었다. 공간마저 녹여버리는 공격에 타격을 입은 하데스의 화신체가 바닷속으로 추락했다.

한수영은 몸을 떨었다. 분명 저건 그녀가 아는 [흑염]의 일종이었다. 하지만 대체 어떤 수련을 얼마만큼 해야 [흑염]을 저런 식으로 다룰 수 있다는 말인가.

【이상하네. 흑염룡이 너 같은 걸 화신으로 선택했다고?】

고개를 들었을 때, 어느새 999회차의 김남운이 눈앞에 있었다. 흠칫 놀란 한수영이 몸을 빼기도 전에 김남운의 손바닥이 다가왔다. 피하기에는 늦었다 싶은 순간, 허공에서 스파크가 튀더니 김남운의 손끝이 튕겨나갔다.

[성좌, '심연의 흑염룡'이 으르렁거립니다.]

【어이. 뭐야. 내가 진짜잖아, 염룡아.】

마치 귀여운 강아지라도 대하듯, 김남운의 눈이 부드럽게 휘어졌다.

[성좌, '심연의 흑염룡'이 네놈은 내 화신이 아니라 선언합니다.]

【아하, 여기서는 번듯한 새 차 뽑으셨다?】

김남운의 눈동자에 차가운 광기가 스쳐 갔다.

【그럼, 폐차부터 시키는 게 먼저겠네.】

코앞에서 터진 폭음에 한수영이 뒤쪽으로 날아갔다. 몸을 웅크린 채 충격을 최소화했음에도 입에서 울컥 피가 쏟아졌다. 일격에 즉사하지 않은 것은 그녀의 배후성 덕분이었다.

[성좌, '심연의 흑염룡'이 달아나라고 외칩니다!]

허공에 직접 현현한 '심연의 흑염룡'이 그녀를 보호하듯 감싸고 있었다.

흑요석을 빚은 듯 고귀한 자태의 거룡. 홍옥을 깎은 듯 이글거리는 눈동자가 세상을 향해 거칠게 포효했다.

【하하하하핫! 그래! 이 정도는 돼야 내 흑염룡이지!】

두 존재의 전투가 시작되자 일대의 바다가 폭격이라도 맞은 듯 들썩였다. 섬의 파편들이 공중을 날아다녔고, 흑염룡의 브레스가 바다를 뒤엎었다.

[성좌, '심연의 흑염룡'이 자신의 격을 드러냅니다!]

하지만 아무리 흑염룡이라고 해도, 이계의 신격이 된 김남운을 막기는 어려워 보였다.

애초에 저쪽은 재앙으로 강림한 존재. 사용할 수 있는 개연성의 총량부터 달랐다.

한수영은 생각했다. 어떻게 해야, 저 말도 안 되는 존재를 막을 수 있을까.

「김독자라면, 어떻게 했을까.」

[설화, '예상표절'이 이야기를 시작합니다!]

머릿속이 찌릿, 하고 울리더니 주변에 옅은 스파크가 발생했다.

「한심하네. 이런 상황에서도 그 녀석을 찾는 거야?」

언젠가 들어본 적이 있는 목소리였다.

아직 '환생자들의 섬'을 진행하던 무렵 꾸었던 꿈.

백색 코트의 사내가 검은색 코트의 사내에게 죽는 꿈에서, 한수영은 분명 이 존재의 목소리를 들었다.

「네가 이 모양이니 내 회차에서도 그 녀석이 그렇게 기고만장했지.」

설화가 그녀에게 말을 걸고 있었다.

'너는……'

「이젠 간섭 안 하려고 했는데…… 딱 한 번만 더 도와준다.」

선심이라도 쓰는 듯한 목소리. 시간이 느려지는 느낌과 함께 인지 능력이 확장되고 있었다. 무수한 한수영들이 머릿속에서 깨어나 동시에 입을 열었다.

「세계의 모든 일은 이미 일어난 일. 놀라운 것은 아무것도 없다.」

마치 미래와 연결되기라도 한 듯 강렬한 감각이 뇌리를 사로잡았다.

무수한 클리셰와 패턴, 주어진 정보의 조합으로 자신이 알 수 없는 세계를 창조하는 능력.

그녀가 읽은 멸살법의 기억과 김독자에게 들은 정보, 그리고 그녀가 개인적으로 얻은 정보가 연역적으로 맞물리며 이야기를 써 내려가고 있었다.

누군가가 웃었다.

「그래, 그게 바로 진짜 [예상표절]이야.」

그리고 한수영은 자신이 어떻게 행동해야 할지 깨달았다.

이게 먹힐지 안 먹힐지는 모른다. 하지만.
'김독자라면, 했겠지.'

「또, 또……!」

흑염룡의 거친 울음소리가 창공을 뒤덮었다. 잠깐의 전투로 흑염룡의 고고한 동체 곳곳에 크고 작은 손상이 가 있었다. 찢어진 날개를 펼친 흑염룡이 재차 브레스를 퍼부으려는 순간.
"이제 됐어, 염룡아."

[성좌, '심연의 흑염룡'이……]

"이건 내가 알아서 할게. 나 믿고 뒤로 빠져."
자신의 배후성을 보호하듯 앞으로 나서는 한수영을 보며, 흑염룡의 동공이 혼란으로 덮였다.
한수영은 흑염룡에게 설명하는 대신 한 발자국 더 앞으로 나섰다.
【호오, 직접 싸우시겠다? 그 밤톨만 한 몸으로?】
막강한 기류를 발출하는 999회차의 김남운. 언제든 한수영을 난도질할 준비가 된 거대 설화 「망상설계」가 날카로운 연삭기처럼 칼날을 갈고 있었다.

하지만 한수영은 조금도 겁먹은 얼굴이 아니었다.

"김남운. 넌 이계의 신격이 되어도 변하는 게 없네."

【뭐야, 날 아는 것처럼 말하네?】

"아주 잘 알지. 무려 외신이 되어서까지 짝사랑을 못 이루고 여자애 꽁무니나 졸졸 쫓아다니는 놈."

999회차 김남운의 입술이 천천히 벌어졌다.

「'이계의 신격'들은 모두 기억이 소실되었거나 불완전하다.」

「그런데 어떻게, '왕'들은 기억을 가지고 있을까.」

「어쩌면 그 기억이, 그들에게 그만큼 소중하기 때문은 아닐까.」

"정작 기회가 생겨도 제대로 된 고백 한 번 못 하는 주제에, 혹시나 싶어서 팬티는 언제나 거대 로봇이 그려진 걸 입었지."

【너, 너 뭐야! 어떻게 대장도 모르는 걸—】

"늘 한쪽 손에 붕대를 감고 다니는 건 사실 손목의 자상을 숨기고 싶어서겠지. 이지혜에게 그걸 들키기 싫어서 말이야."

한순간 당혹감으로 물들었던 김남운이 재빨리 표정을 수습했다.

"왜 이지혜를 좋아하지?"

[설화, '4만 년의 짝사랑'이 동요합니다.]

【그건, 지혜가 예쁘니까—】

"아냐. 넌 쓰레기지만 여자를 밝히는 설정은 아니거든."

【설정? 너 지금 무슨―】

"네가 이지혜를 좋아하는 이유는, 이지혜가 유중혁을 믿고 따르기 때문이야."

【뭔 개소리를―】

"너는 이지혜에게 인정받고 싶은 거지. 네가 유중혁을 대신할 수 있는 존재라고."

[거대 설화, '망상설계'가 크게 동요합니다!]

"너는 사실, 유중혁이 되고 싶을 뿐이야."

한수영은 차갑게 굳어지는 999회차 김남운의 눈동자를 보았다.

【재미있는…… 이야기네. 그런데 말야. 내가 시간이 별로 없어서, 더 헛소릴 들어줄 시간은―】

이 이야기를 하는 것이 옳은 일인지 한수영은 알 수 없었다. 아니, 실은 옳지 않은 일이라는 것을 알고 있다. 그럼에도 한수영은 이 이야기를 해야만 했다.

이 세계를 살리기 위해서 그녀는

"그렇게 해서라도 너는, 이지혜에게 용서받고 싶었던 거다."

다른 세계의 상처를 난도질해야만 했다.

"네가 실수하지만 않았더라도, 999회차의 유중혁은 죽지 않았을 테니까."

츠츠츠츠츠츳!

순간, 999회차 김남운의 전신에서 스파크가 몰아쳤다. 무언가 삐거덕거리는 소리가 들렸다. 김남운의 근본을 형성하는 근원 설화들이 균열을 일으키고 있었다. 기억이 망가지는 소리였다.

【너…….】

분개한 김남운이 혼란에 빠진 자신의 설화를 수습하며 고함을 질렀다. 녀석의 눈빛이 흐려졌다 깊어졌다를 반복하고 있었다.

한수영은 그런 김남운을 가만히 바라보았다.

「아무리 [예상표절]이라고 해도 모든 것을 알지는 못한다.」

과열된 머리가 불에 덴 듯 뜨거웠다.

그녀는 김독자처럼 멸살법을 모두 읽지도 않았고, 유중혁처럼 실제로 999회차를 살지도 않았다.

하지만 굳이 듣거나 보지 않아도 알 수 있는 사실도 있다.

그것이 상상의 힘이었다. 이야기의 세부를 알지 못하더라도, 맥락을 유추하는 힘. 주어진 상황이 있고, 예정된 전개가 있고, 이 세계에 '개연성'이라는 것이 존재하는 한, 그녀의 [예상표절]은 거의 전지全知에 가까운 힘을 발휘할 수 있다.

"김남운."

한 걸음씩, 한수영이 허공을 디디며 다가갔다.

비틀거리는 김남운이 자신의 설화를 끌어안은 채 상처 입
은 맹수처럼 으르렁거렸다.

「한수영은 그런 김남운의 설화를 바라보았다.」

유중혁도 그랬고, 성좌들도 그랬다. 아주 오랜 세월을 살아
온 존재는 모두 비슷해진다. 그들의 강함이 그들의 역사에서
비롯되듯, 그들의 약점 또한 그들의 역사에서 비롯된다. 이야
기하고 또 이야기되는 존재들의 숙명.

한수영은 펜을 그어 필요 없는 부분을 지우는 작가처럼, 김
남운을 향해 손을 뻗었다.

「마치, 김독자가 1,863회차의 유중혁을 굴복시켰던 때처럼.」

"그때로 돌아가고 싶겠지. 하지만 다시는 돌아갈 수 없다는
사실에 절망하고 있겠지."

【너, 계속 지껄이면―】

"그런데 넌 이제 알아야 해. 네가 살아간 세계선은 끝났고,
네가 사랑했던 이들은 다시는 돌아오지 않아. 너 따위는 유중
혁이 될 수 없어. 누구를 구원할 수도, 속죄할 수도 없어."

김남운의 뺨이 덜덜 떨리고 있었다. 999회차의 '결'을 보고,
'이계의 신격의 왕'이 된 존재의 기틀이 흔들리고 있었다.

그 순간 김남운은 처음으로 세상에 내던져진 열일곱 살 소

년 같은 얼굴이었다. 수만 년을 이어온 그의 설화가, 그가 다져온 견고한 망상이 그저 말 몇 마디에 붕괴하고 있었다.

【아, 아냐. 나는, 나는—】

한수영은 그 자그마한 균열에 마침표를 찍듯 말했다.

"너는, 이 빌어먹을 〈스타 스트림〉에 갇혀 영원한 죄인으로 살아가야 해."

파츠츠츠츠츳!

【김남운!】

999회차 우리엘의 진언과 동시에, 흐려졌던 김남운의 의식이 다시 깨어났다.


[설화, '결사의 동료'가 이야기를 시작합니다!]


부서진 설화를 다시 잇는 것 또한 설화뿐. 간신히 헝클어뜨린 김남운의 설화가 다시금 본래 형태를 회복하고 있었다. 김남운의 눈동자에 빛이 돌아오고 있었다. 한수영은 쓴웃음을 지었다.

'빌어먹을. 잘 되나 싶었는데. 그래도 조금은 타격을 줬나?'

김남운의 눈동자가 깊은 분노에 물들어 있었다.

【하핫, 당할 뻔했어. 역시 흑염룡이 선택한 데엔 다 이유가 있는 건가.】

강렬한 죽음의 예감이 찾아왔다. 팽팽 돌아가던 [예상표절]이 끊어진 테이프처럼 늘어지고 있었다. 어디로도 피할 수 없다는 참담한 예감.

츠츳, 하는 소리와 함께 목소리가 들려왔다.

「여기까지면 되겠군. 주인공이 오셨으니까.」

미래와 연결된 듯한 감각이 급격하게 흐려졌다. 허공을 향해 불쑥 치켜 올라갔던 김남운의 주먹이 멈춰 있었다. 전장의 모두가 그 기운을 느끼고 있었다. 뭔가 엄청난 것이 다가오고 있었다.

쿠구구구구구!

존재만으로도, 하나의 세계를 절멸로 이끌 수 있는 '격'.

가장 먼저 반응한 것은 999회차의 우리엘이었다.

【녀석이다!】

허공을 향해 끔찍한 포효를 내뱉은 그녀가, 전장에서 이탈하며 격이 느껴진 방향으로 신형을 날렸다.

김남운 또한 그쪽을 바라보았다.

【너…… 아주 운이 좋아. 다음에 보면 꼭…….】

한수영과 흑염룡을 보며 잠시 머뭇거리던 999회차 김남운의 신형 또한, 999회차의 우리엘이 사라진 방향을 향해 사라졌다.

긴장이 풀린 한수영이 흑염룡의 거체 위로 주저앉았다. 두 존재가 사라진 수평선 너머를 보며, 한수영은 김독자가 마지막으로 해준 말을 떠올렸다.

─한수영, 진짜 만약에, 혹시나 일이 잘못되면…….

─그만 불길한 복선 깔지 말아줄래?

그런 일은 없을 거라고 생각했다.

─어떻게든 그 자식이 올 때까지만 버텨.

"새끼, 겁나 멋있게 등장하네."

멀리서 천둥소리가 들렸다.

[지옥염화]와 [흑염]의 아우라로 얼룩진 밤하늘.

종말의 창천에 오래된 얼굴의 사내가 강림하고 있었다.

✳

# 4

    강풍에 흩날리는 코트. 흑천마도에서 줄기차게 흘러나오는 아득한 격.

    한수영은 분명 그를 알고 있었다. 그럼에도 왜일까. 그 순간 한수영의 눈에 그는 완전히 다른 존재처럼 보였다.

    "유중혁 맞아?"

    유중혁은 한수영 쪽을 흘끗 보더니 태평양 쪽으로 굉음을 내며 돌아섰다. 당황한 한수영이 외쳤다.

    "야! 어디 가!"

    【쫓아라!】

    그런 유중혁의 뒤를 999회차의 우리엘과 김남운이 쫓았다.

    한수영은 유중혁의 의도를 깨달았다. 유중혁은 지금 이계의 신격들을 일행들에게서 떨어뜨리려는 것이다.

"저 미친 자식이……."

"수영 씨. 괜찮아요?"

다가온 유상아가 한수영을 부축했다. 그 어깨에 기대는 순간, 한수영은 역류한 피를 한 사발 토해냈다.

"웨에엑!"

머릿속 모든 혈관이 타들어가는 것처럼 뜨거웠다. 전두엽을 지져버릴 듯 타오르는 스파크. 한수영은 고통을 참아내며 외쳤다.

"제천대성! 하데스! 우리엘! 빨리 유중혁 쫓아가! 여긴 나머지로 막을 테니까, 빨리! 저놈 혼자 상대하게 두면 안 돼!"

[〈스타 스트림〉이 당신의 설화를 감지합니다.]

[당신은 개연성에 어긋나는 힘을 사용했습니다!]

"컥……."

시야가 한바탕 어지럽게 흔들렸다. 내장이 모조리 뒤집힌 것처럼 고통스러웠다.

[당신의 화신체가 후폭풍에 휘말립니다!]

자신의 내부에서 강대한 힘이 폭발하려는 것을 감지한 한수영이 외쳤다.

"유상아! 떨어져!"

하지만 유상아는 오히려 한수영의 어깨를 꾹 쥔 채 고개를 흔들었다. 어깨에 맞닿은 손으로 유상아가 계승한 석존의 힘이 전해지고 있었다. 시공간이 뒤틀리며 후폭풍의 성장세가 조금 늦춰졌다.

"버텨. 할 수 있어. 나도 이겨낸 적 있으니까."

"빌어먹을……."

전신의 근육이 신음하고 있었다. 끔찍한 통증 속에서 희미한 두려움이 밀려왔다.

지금껏 개연성을 조심한다고 입버릇처럼 중얼거린 주제에, 이제 와서 결정적인 실수를 하고 말았다. 김독자 같은 녀석도 살아남았으니 이 정도는 어떻게든 될 거라고 착각했던 모양이다.

츠츠츠츠츳!

이대로 죽는 건가? 이렇게 허무하게?

[설화, '예상표절'이 이야기를 시작합니다!]

후폭풍의 기미가 조금씩 줄어들기 시작했다.

한수영은 자신의 화신체가 활자들로 덮이는 것을 보았다. 그녀가 썼던 문장들이었다.

김독자나 유중혁에게 들키지 않도록 그녀가 수첩에 남몰래 기록해둔 문장들. 그 문장들이, 팔랑거리는 수첩의 페이지 너머로 흘러나와 그녀의 몸을 감싸고 있었다.

그런데 개중에는 그녀가 쓰지 않은 문장도 있었다.

「너도 나라고 글솜씨는 봐줄 만하네.」

절반의 조소와 절반의 만족감이 뒤섞인 목소리.

[설화, '예상표절'이 당신의 후폭풍을 대신 감내합니다.]

개연성의 후폭풍이 줄어드는 만큼, 활자들이 빠르게 흩어지고 있었다.
한수영은 묻고 싶었다. 이 문장들은, 너는 대체 뭔지.
하지만 한수영에게는 질문을 던질 만한 기력조차 남지 않았다.

「여기까진가. 김독자에게 전해.」

[당신의 설화에 깃들어 있던 다른 세계선의 잔재가 소멸하기 시작합니다.]

흐려지는 의식 속에서, 그녀의 설화가 이야기하고 있었다.

「그 녀석이 바라는 '결말'에 있는 것은…….」

✻ ✻ ✻

　나는 이지혜를 부축한 채 두 명의 '이계의 신격의 왕'을 바라보았다.

　같은 회차를 살았고, 똑같은 세계의 끝을 보았음에도 서로 다른 존재가 된 두 사람.

　[거대 설화, '영원한 수평선의 방랑자'가 이야기를 시작합니다.]
　[거대 설화, '슬픔을 봉인한 심장'이 이야기를 시작합니다!]

　허공에서 튀는 스파크 사이로 설화의 절단면이 내비쳤다.

　그들의 피로 한 줄 한 줄 쌓아 올린 이야기. 내가 몇 번이고 읽은, 가장 좋아하는 회차의 이야기였다.

　「"유중혁 대장. 당신이 회귀자여서 다행입니다."」

　'은빛 심장의 왕'이 흘끗 내 쪽을 돌아보았다.

　999회차의 이현성. 그의 설화가 가둔 슬픔이 [독해력]을 통해 전해지고 있었다.

　「"슬퍼하지 않아도 괜찮겠지요? 당신은 죽지 않잖습니까. 죽어도, 다음 회차에서 다시 우리를 만날 수 있지 않습니까. 그곳에서 당신의 이야기는 계속될 것이고…… 당신은 다시 한번 그 여정을 시작할 수 있지 않습니까."」

강철의 설화가 울고 있었다.

「"미안하다, 이현성."」

가르륵거리며 돋아난 강철들이 그의 말을 삼켰다. 은빛으로 물든 그의 동공이 흘러야 할 눈물을 굳히고 있었다.

「"미안해할 필요 없습니다. 우리가 대장보다 먼저 결말을 볼 테니까요. 당신이 보고 싶었던 끝도, 지키지 못한 약속도, 하나도 빠짐없이 제가 안고 갈 겁니다."」

999회차의 이현성이 나를 바라보고 있었다.

그는 내가 아는 이현성이 아니었다. 그럼에도 분명 이현성이었다.

—당신은 그를 몹시 닮았습니다. 내 배후성에게 이야기를 들은 것보다도 더.

머릿속으로 들려오는 999회차 이현성의 목소리.

내가 무슨 생각을 하고 있는지 알고 있다는 듯, 그가 온화하게 웃었다.

어떻게 그럴 수 있을까. 저런 비극을 겪으며 생을 견뎌낸 사람이, 어떻게 아직도 저런 표정을 지을 수 있을까.

―그러니 당신을 죽게 하지는 않을 겁니다.

그가 우리에게 적의가 없다는 것은 알고 있었다. 하지만 이 정도로 우리 편을 들어줄 거라는 생각까지는 하지 못했다.

'강철의 주인'은 소멸하며 그에게 대체 어떤 설화를 전한 것일까.

【현성 아저씨.】

흐름을 끊은 것은 999회차의 이지혜였다.

【나를 그렇게 불러주는 건 오랜만이구나.】

【여기서 당신을 해치고 싶은 생각은 없어. 비켜.】

유구한 두 개의 설화가 얽힌다. 늙은 추억을 회상하듯 이현성이 말했다.

【미안하지만 그럴 수는 없다.】

【대체 왜 막는 거야? 아저씨는 '재앙'으로 소환되길 거부했잖아. 이쪽 세계선의 관리국과 협상한 건 당신이 아니라 우리라고.】

999회차의 존재들을 재앙으로 부른 것은 역시 관리국인가.

잠시 침묵하던 이현성이 무뚝뚝하게 답했다.

【<스타 스트림>과는 협상하지 않는다. 그게 우리의 맹세였지.】

【그래서 그 맹세의 결과로 우리가 어떻게 됐는데?】

【……】

【관리국을 부수고, 도깨비 왕과 싸우고. '최후의 벽'에 부딪쳐서…… 우리가 어떻게 됐냐고.】

최후의 벽. 이들 역시 그 벽을 본 모양이었다.

원작의 유중혁이 도달한 바로 그 '벽'을.

부르르 떨던 999회차의 이지혜가 말했다.

【당신 말대로 우리 이야기는 끝났어. 우리가 살던 세계선은 멸망했고, 그 멸망을 견디고 '이계의 신격'이 된 것은 우리 넷뿐이야.】

【시나리오 밖 존재가 되어서라도, '최후의 벽'을 넘기로 했지.】

【그건 우리가 넘을 수 없는 벽이야. 당신도 알 텐데.】

【이 세계선에서는—】

【이 세계선 타령도 그만둬! 이 세계선이 뭐가 특별하지? 여기도 우리가 살던 곳과 같아. 멸망할 세계선이라고.】

내가 부축하던 이 세계선의 이지혜가 비틀거렸다. 그녀의 입술이 가늘게 떨리고 있었다.

'가라앉은 섬의 주인'이 계속해서 말했다.

【우리와 접선한 대도깨비 놈들도 말했어. 이 세계선도 버릴 거라고. 재활용해서 새로운 이야기의 시작으로 쓸 거라고.】

그 말에 '은빛 심장의 왕'의 표정도 변했다. 이제껏 온화하던 기류가 흐트러지며 차가운 금속의 감각이 번져왔다.

강철의 입에서 서늘한 목소리가 흘러나왔다.

【관리국과 무슨 거래를 한 거지?】

【이곳도 어차피 바다 밑으로 가라앉아버릴 세계라면, 우리가 직접 멸망시켜도 상관없는 거잖아.】

【지혜야.】

999회차의 이지혜는 웃고 있었다. 하지만 그 표정을 정말 '웃고 있다'라고 쓸 수 있는지, 나는 알 수 없었다.

【이곳의 '도깨비 왕'이 약속했어. 이 세계선만 멸망시키면, 우리 세계선을 다시 재생시켜주겠다고. '가장 오래된 꿈'과 접촉해서 우리의 이야기를 다시 시작할 수 있게 해주겠다고.】

이지혜의 어깨가 떨리고 있었다. 나 역시 그 떨림을 공유하고 있었다.

저것이 999회차의 존재들이 이 세계로 온 이유였다. 다른 세계를 파괴하면서까지, 그들이 되찾고자 하는 것이었다.

'은빛 심장의 왕'이 말했다.

【우리의 사명은 우리의 세계를 되찾는 것이 아니라 이 모든 비극의 진짜 원인을 찾아내는 것이다.】

【찾아내면 뭐가 달라져?】

【대장의 뜻을 이루려면—】

【비극의 원인을 제거해도, 우리가 잃어버린 시간은 돌아오지 않아. 죽은 동료들은 돌아오지 않아. 우리가 살았던 세계는 돌아오지 않아. ……그곳에서 죽은 999회차의 유중혁은, 다시는 돌아오지 않아.】

쿠구구구구.

멀리서 수평선을 찢으며 무언가가 이쪽을 향해 다가오고 있었다.

'가라앉은 섬의 주인'이 말했다.

【그러니 모두 끝내고, 다시 시작하는 수밖에 없어.】

한풀 꺾였던 해일의 기세가 다시 상승하고 있었다. 황급히 [강철화]를 전개한 999회차의 이현성이 자신의 금속으로 우리를 보호했다.

하지만 해일의 세력은 강철이 자라나는 속도보다 훨씬 빨랐다.

【당신은 막을 수 없어. 말했잖아. 나 혼자 온 게 아니라고.】

콰콰콰콰콰!

뒤쪽에서 붉게 물든 석양이 하늘을 불태우고 있었다.

999회차의 우리엘. '살아 있는 불꽃'의 힘이었다.

그리고 그녀가 이곳으로 오고 있다는 것은…….

"아저씨. 설마……!"

이지혜가 내 옷깃을 붙잡았다.

나는 그런 이지혜의 눈을 바라보며 말해주었다.

"걱정 마. 네가 걱정하는 일은 절대 없어."

그것은 나 자신에게 하는 말이기도 했다.

"우리 이야기는 그렇게 약하지 않아."

[성좌, '구원의 마왕'이 자신의 격을 드러냅니다.]

[성좌, '빛과 어둠의 감시자'가 자신의 격을 드러냅니다.]

[성좌, '긴고아의 죄수'가 자신의 격을 드러냅니다.]


'구원의 마왕'과 '빛과 어둠의 감시자'.

거기에 긴고아를 착용하게 되며 얻은 세 번째 수식언까지.

내 모든 설화가 동시에 빛을 발하고 있었다. 나는 우리 앞을 막아선 이현성에게 다가갔다.

"도와줘서 고맙습니다. 그렇지만 무리하지 않으셔도 됩니다."

【위험합니다. 제 뒤로 숨지 않으시면—】

"여긴 999회차가 아닙니다."

앞쪽에는 '가라앉은 섬의 주인'. 뒤쪽에는 '살아 있는 불꽃'. 이제 우리가 달아날 곳은 없었다.

거대한 전함의 그림자가 눈앞에 드리워지고 있었다. 그 해일 꼭대기에서, 999회차의 이지혜가 방언처럼 중얼거렸다.

【모두 돌아가는 거야. 대장이 그랬듯이 우리도 그때로 회귀하는 거야. 다시 그 시절로 돌아가서, 모든 걸 처음부터 시작하는 거야. 그러면—】

밀려온 해일이 우리를 덮쳤다. 나는 '거대 설화'의 힘으로 그 격을 받아냈다. 해일을 받아낸 양손이 찢어질 듯 아팠다.

넘실대는 포화의 전경 너머로 태양과 바다가 만나는 수평선이 보였다.

아무리 달려가도 결코 닿을 수 없는 경계.

그 경계가 눈앞에서 갈라졌다. 한 자루의 검이 경계를 베고 있었다.

파도의 권좌에서 추락하는 999회차의 이지혜가 이쪽을 보았다.

정확히는 내 곁에 선 사내를.

"회귀로는 아무것도 바꾸지 못한다. 그걸 깨닫기까지 아주 오랜 시간이 걸렸다."

✳

## 5

유중혁의 전신에서 방대한 설화의 힘이 느껴졌다.

[<스타 스트림>이 화신 '유중혁'에게서 눈을 떼지 못합니다!]

세계의 의지가 그에게 주목하고 있었다.

[시나리오를 방관하던 절대다수의 성좌가 화신 '유중혁'의 존재에
감각을 곤두세웁니다!]
[마지막 시나리오의 성좌들이 화신 '유중혁'의 설화에 경악합니다!]
[관리국의 일부 대도깨비가 '개연성 적합 판정'을 요구합니다!]
['이야기의 왕'이 요구를 거절합니다.]
[해당 시나리오에서 '개연성 적합 판정'은 제한되어 있습니다.]

내가 아는 모든 유중혁의 설화들이 충만하게 느껴졌다. 단순히 강해졌다고 표현할 수 있는 느낌이 아니었다. 지금 눈앞에 있는 '유중혁'은 지금껏 내가 본 어떤 존재와도 달랐다.

나는 약간 긴장하며 물었다.

"일행들은?"

"무사하다."

"네가 여기 왔다는 건 '은밀한 모략가'가 내 부탁을 들어줬다는 거겠지."

잠든 유중혁을 깨우는 것은, 내 플랜 B가 실패했을 경우의 마지막 대안이었다.

[화신 '유중혁'이 '끊어진 필름 이론'을 비정상적인 형태로 발동 중입니다.]

츠츳…….

[필름들의 연결이 불완전합니다!]
[이 연결을 계속해서 유지할 시 필름 전체가 소멸할 수도 있습니다.]

가능한 한 실현되지 않았으면 했지만, 그럼에도 방법이 없다면 선택할 수 있는 최후의 수단. 우리가 가진 최강의 카드.

[모든 회차의 '유중혁'이 당신을 바라보고 있습니다.]

그의 안에서 느껴지는 아득한 시선들.

순간 불길한 예감이 들었다.

만약 이 유중혁이 내가 아는 '유중혁'이 아니라면.

"이봐, 너는 몇 회차의 유중혁이지?"

그러자 유중혁이 나를 바라보았다. 뺨에 새겨진 짙은 흉터가 보였다. 3회차의 유중혁에게는 없던 상처였다. 나는 재차 물으려 했다. 하지만 내 말문을 막듯 그의 전신에서 문장들이 흘러나왔다.

「모든 별들의 공포.」

「스타 스트림 사상 최강의 화신.」

「철혈의 패왕.」

「시나리오의 찬탈자.」

그가 살아온 날들이 거칠고 투박한 멸살법의 문장으로 떠오르고 있었다.

문장이 모여 설화가 되었고, 이야기는 곧 눈앞의 사내가 되었다.

1,864번의 삶을 헤쳐온 존재.

"나는 유중혁이다."

그는 어떤 회차의 유중혁도 아니었다. 0회차도, 1회차도,

1,863회차도 아니었다. 그는 그 모든 회차의 유중혁이었다.

【대장?】

믿을 수 없다는 듯 부릅뜬 두 눈. 999회차의 이지혜가 멍하니 이쪽을 보고 있었다. 그런 그녀를 향해 또 다른 이지혜가 외쳤다.

"사부! 가! 해치워버려! 쟤가 우리 세계선을 다 망치려고 해!"

바락바락 악을 쓰는 목소리.

나 역시 한마디를 보태려 했다. 하지만 유중혁의 옆모습을 보는 순간 그런 생각은 홀연히 흩어졌다.

유중혁은 아무 공세도 취하지 않은 채, 두 명의 이계의 신격을 바라보고 있었다.


[등장인물 '가라앉은 섬의 주인'이 등장인물 '유중혁'을 응시합니다.]
[등장인물 '은빛 심장의 왕'이 등장인물 '유중혁'을 응시합니다.]


999회차의 두 사람 또한 유중혁을 보고 있었다.

이현성은 동요하는 눈빛이었다.

【이 설화는…… 하지만 그럴 리가…… 정말로……?】

내가 유중혁에게서 내가 기억하는 유중혁을 찾으려 했듯, 그들 역시 유중혁에게서 자신이 아는 유중혁을 보고 있었다.


[3회차의 '유중혁'이 침묵합니다.]

[41회차의 '유중혁'이 침묵합니다.]

[362회차의 '유중혁'이 침묵합니다.]

[666회차의 '유중혁'이 침묵합니다.]


기껏 하나가 된 보람도 없이, 시선 속에서 유중혁들이 찢겨 나가고 있었다. 모두 자신이 아는 유중혁을 찾기 위해 다른 유중혁을 밀어내고 있었다. 이해할 수 없는 '유중혁'을 배제하고 자신이 아는 '유중혁'만 찾아내려 애쓰고 있었다.

그리고 얼마나 시간이 흘렀을까.


[999회차의 '유중혁'이 천천히 눈을 뜹니다.]


그 '유중혁'의 편린 속에서 뭔가 발견한 이가 있었다.

【대ス……!】

'가라앉은 섬의 주인'이 성큼 다가오는 순간, 창공이 한 줄기 빛살로 갈라졌다. 후끈한 열기와 함께 섬광이 벼락처럼 쏟아졌다.

유중혁이 가볍게 흑천마도를 휘둘러 그 섬광을 막아냈다.

【그는 네가 아는 '유중혁'이 아니다.】

누구인지는 물을 필요도 없었다.

【그는 우리의 '유중혁'을 앗아갔던 '외신'이다!】

'살아 있는 불꽃'. 999회차의 우리엘이 외쳤다.

오직 '은밀한 모략가'를 죽이기 위해 살아온 존재.

그녀가 드디어 자신의 원한을 갚기 위해 이곳까지 온 것이다. '업화의 불꽃'에 감긴 염열이 더욱 드세어졌다.

그녀를 말린 것은 '가라앉은 섬의 주인'이었다.

【잠깐만. 멈춰 우리엘. 저 '대장'은—!】

【속지 마라. 놈에게 '은밀한 모략가'가 깃들었다. 저 놈이 바로 우리가 찾던 그 원수란 말이다!】

그리고 다음 순간.

【미친, 저게 이 세계선의 대장이야? 오랜만에 봐도 역시 겁나 쩌는데…….】

마침내 마지막 '왕'이 도착했다. 그는 전장을 슥 훑어보더니 두 눈이 튀어나올 듯한 얼굴로 말했다.

【지, 지혜가 둘?!】

'위대한 심연의 군주'.

999회차의 김남운이었다.


[모든 '이계의 신격의 왕'이 한자리에 모였습니다!]

[<스타 스트림>의 모든 성좌가 전장을 주목하고 있습니다!]

[<스타 스트림>의 모든 성운이 멸망한 존재들의 강림을 두려워합니다.]

[상당수의 성좌가 강렬한 적의를 드러냅니다!]


그러나 별들이 무어라 하든, 그들은 서로 가만히 응시하고 있었다.

「동쪽에서 떠오르는 '살아 있는 불꽃'.」

「서쪽 세계의 재앙 '가라앉은 섬의 주인'.」

「북쪽 우주의 지배자 '위대한 심연의 군주'.」

「남쪽 성간을 다스리는 '은빛 심장의 왕'.」

「그리고 무엇도 아닌 곳에서 기어오는 '위대한 모략'.」


'공포의 기록자'들이 남긴 책에서 처음 그 이름을 발견하고, 그들의 정체를 짐작하기 시작하던 순간부터 조금씩 세워온 계획.

나는 유중혁을 흘끗 보았다.

내가 짠 본래의 플랜 A는, 여기서 시작이었다.

—유중혁.

내 신호와 함께 유중혁이 앞으로 나섰다. 이계의 신격의 혼돈을 휘감은 그가, 자기 입으로 진언을 토했다.

【모두 모였구나.】

그 한마디에, 나로서는 읽을 수 없는 감정이 배어 있었다. 하지만 이곳의 누군가는 그 감정을 읽어냈다.

혼란 속에서 '가라앉은 섬의 주인'의 설화가 흔들리고 있다. 벅차오르는 목소리가 그녀의 진언을 통해 쏟아졌다.

【대장. 역시 대장 맞는 거지? 어떻게—】

【어디서 간교한 수작을……!】

'업화의 불꽃'이 허공을 가르며 날아들었다. 초월좌의 힘이 담긴 흑천마도가 칼날을 세워 불꽃을 막아냈다. 마력파가 뒤얽힌 파찰음 속에서 유중혁이 재차 말했다.

【오랜만이구나 우리엘. 나의 오래된 전우.】

【닥쳐라! 너는 유중혁이 아니다. 너는—】

마치 능멸이라도 당한 것처럼, 999회차의 우리엘이 소리를 질렀다. 사방으로 뻗어나간 염화가 공기 중의 산소를 불태웠다. 숨조차 쉬기 힘든 초열지옥 속에서 우리엘이 말을 이었다.

【내가 알던 유중혁은 그곳에서 죽었다.】

그녀의 설화들이 상처받은 늑대처럼 으르렁거렸다. 너무나 소중한 것을 잃어버린 사람만이 지을 수 있는 표정. 그 표정으로 우리엘이 검을 겨누었다.

【네놈이 죽였다.】

그녀의 설화가 외치고 있었다.

「[죽인다. 죽일 것이다. 반드시, 네놈을 죽이고 말겠다.]」

'이계의 언약'에 의해 소멸하는 유중혁의 화신체를 붙든 채, 999회차의 우리엘이 오열하고 있었다.

「[무슨 수를 써서라도, 세계선을 건너서라도, 반드시 이 원한을 갚을 것이다. 설령, 내가 선을 저버리고 악이 된다 할지라도!]」

그렇게 '악마 같은 불의 심판자'는 '살아 있는 불꽃'이 되었다. 오직 자신의 복수만을 위해 '이계의 신격'이 된 대천사. 그것이 지금 그녀가 이곳에 있는 이유였다.

【'유중혁'은 죽지 않는다. 다만 회귀할 뿐이지.】

【닥쳐라! 그런 말로—】

깊은 분노로 얼룩진 불꽃을 튕겨내며, 유중혁이 계속해서 말하고 있었다.

【깨어난 그는 1,000회차를 살았다. 죽었고, 다시 1,001회차를 살았다. 그렇게 살고, 살고 또 살아남았다.】

나 역시 그 삶을 알고 있었다.

누구도 기억해주지 않고, 누구도 함께할 수 없던 생.

유중혁은 혼자서 그 삶을 계속해서 살아왔다.

【그렇게, 내가 되었다.】

들어선 안 될 말을 들은 사람처럼 우리엘이 달려들었다. 마구잡이로 휘두르는 업화의 불꽃이 유중혁의 허리를 베고, 어깨를 베었다. 순식간에 선회한 업화의 불꽃은 이내 유중혁의 목을 노렸다. 그것이 마땅히 감내할 벌이라는 듯, 유중혁은 그것을 막지 않았다. 그리고

마법처럼, 우리엘의 검격이 멈췄다.

【너는, 너, 너는…….】

아마 우리엘도 알고 있을 것이다. 그녀의 복수는 영원히 이루어질 수 없다는 것을.

왜냐하면 그녀의 가장 소중한 전우를 앗아간 존재는, 바로 그 전우 본인이었기 때문이다.

유중혁이 말했다.

【원한다면 나를 죽여라. 네 세계선을 빼앗아간 '은밀한 모략가'는 바로 나니까.】

괴성을 지른 우리엘이 울부짖듯 포효했다. 다시금 그녀의 검이 움직이는 바로 그 순간, "콰아앙" 하는 소리와 함께 바닷물이 폭발했다. 우리엘의 검이 허공을 날았다. 푹, 하고 바다에 꽂힌 그녀의 업화가 바닷물을 기화시키며 침잠했다.

유중혁이 한 짓이 아니었다.

슈우우우우…….

해일의 건너편에서 피어오르는 포연. 999회차 이지혜가 쏜 탄환이었다.

【이제 그만해, 우리엘.】

이지혜의 목소리가 환희와 광기로 물들어 있었다. 그녀가 계속해서 말했다.

【그래, 알고 있었어. 모두 알고 있었다고…….】

비척거리는 999회차의 이지혜가, 바다 위를 걸어 이쪽으로 다가왔다.

유중혁은 그 창백한 손을 피하지 않았다.

【대장. 그 안에 있는 거지? 지금은 다른 뭔가가 되어 있지만, 분명 그 안에 계속해서 남아 있는 거지? 그렇지? 역시 살아 있었던 거지?】

이지혜의 눈에서 눈물 대신 혼돈이 쏟아졌다. 새카만 어둠을 곱게 빚은 듯한 가루였다.

유중혁은 그런 이지혜를 향해 고개를 끄덕였다.

[999회차의 '유중혁'이 자신의 오랜 전우를 바라봅니다.]

999회차의 이지혜가 유중혁의 옷깃을 붙잡은 채 천천히 무너졌다. 나는 유중혁의 뒷모습을 바라보았다. 아무런 표정도 읽을 수 없는 뒷모습.

「유중혁이 여럿이 된 것은 세계선의 장난 때문이었다.」

0회차를 살았던 유중혁은 1회차의 유중혁이 되었고, 다시 2회차의 유중혁이 되었다. 2회차의 유중혁은 3회차가, 3회차의 유중혁은 4회차가 되었다.

과거와 미래가 서로를 간섭하는 비정상적인 일이 만연해서 그 당연한 사실을 잠깐 잊고 있었지만, 그것이 진실이었다.

「회귀자는 사실 회귀하지 않는다. 회귀하는 것은 그가 아니라 그를 제외한 모든 것이다.」

다른 사람들의 시간은 거꾸로 돌아가도, 그의 시간은 늘 앞으로 나아가고 있었다. 비록 세계선이 갈라지며 누군가는

1,864회차의 유중혁이 되었고, 또 누군가는 '은밀한 모략가'
가 되었지만—

「애초에 그는 이어진 길을 줄곧 걸어온 '한 사람'이었다.」

하지만 저들이 정말로 그 진실을 감당할 수 있을까.

「누군가는 그의 원수를 갚기 위해 살아왔고.」

불꽃을 태우는 우리엘.

「누군가는 그의 뜻을 잇기 위해 살아왔다.」

이제는 울 수 없게 된 이현성.

「누군가는 그와 다시 한번 싸우기 위해 살아왔고.」

삐딱하게 허공에 선 채 이쪽을 노려보는 김남운.

「누군가는, 그와 함께했던 모든 시간을 되살리기 위해 살아왔다.」

눈앞에서 망연히 무너진 이지혜.
유중혁은 말했다. '회귀로는 아무것도 바꾸지 못한다'라고.

하지만 그의 회귀는 누군가의 생을 바꿨다.

이들에게 '유중혁'은 하나의 세계였다. 자신들의 세계선이 멸망한 후에도 그들을 살게 만들었던 세계.

「김독자의 계획은 바로 그 '세계'에 있었다.」

만약 그들이 자신들의 세계를 여전히 기억하고 있다면.

그래서 이 '유중혁'을 그들의 대장으로 다시 받아들인다면.

「그렇다면 이 싸움은 지속될 필요가 없을지도 모른다.」

【당신이 정말 대장이라면…… 내가 원하는 게 뭔지도 알겠네.】

999회차의 이지혜가 밝게 웃었다.

【돌아가자, 대장. 모두 다시 시작하는 거야.】

유중혁의 손목을 그러쥔 그녀가 말하고 있었다.

【같이 이 세계선을 부수자. 응? 도깨비 왕이랑 약속도 했어. 이 세계선만 멸망시키면, 우릴 그때로 돌아가게 해주겠다고. 대장의 배후성인 '가장 오래된 꿈'과 접선해서—】

나는 황급히 유중혁 쪽을 바라보았다.

—유중혁.

여기서는 결코 저쪽을 자극해서는 안 된다. 최대한 좋은 말로 구슬릴 필요가 있었다. 그녀의 뜻에 거짓 동조하는 척을 하더라도 지금은—

"이지혜."

유중혁이 이지혜를 보며 말했다. 진언이 아니라 자신의 육성이었다.

그 시선 앞에, 999회차의 이지혜가 어깨를 움츠렸다. 마치, 사부에게 처음으로 검을 배운 그날처럼.

"그게 정말 네가 원하는 것인가?"

【…….】

"모두 그때로 돌아가면, 정말로 행복해질 수 있을 거라 생각하는 건가?"

【내가 아는 대장은…… 그런 식으로 말하지 않아.】

입술을 깨문 999회차의 이지혜가 유중혁의 손을 놓았다.

【그는, 그는 999번이나 회귀를 반복한 사람이야. 그 무수한 세월 앞에서도 쓰러지지 않은 사람이야. 그 사람은, 절대로 약한 소리를—】

"999번의 회귀를 반복한 인간도, 1,000번째에는 지칠 수 있다."

유중혁이 말하고 있었다. 나조차 놀랄 정도로 솔직한 목소리였다.

"설령 1,000번의 삶을 견뎠다 한들 1,001번째 삶에서는 포기할 수도 있다."

그 아득한 피로감이 배인 음색 앞에서, 나까지 망연해질 지경이었다.

【그럴 리가…… 그럴 리가 없어. 내가 아는 대장은―】

"포기하지 않지. 하지만 그게 네가 기억하던 '유중혁'의 전부라면―"

나는 말해야 했다. 지금 그런 식으로 말해서는 안 된다고.

하지만 말할 수가 없었다.

"그 유중혁은 죽었다."

그것이 유중혁의 본심이었다. 1,864번의 생을 살아온 인간이, 단 한 번도 털어놓은 적 없는 내면이었다.

이지혜가 절규하듯 외쳤다.

【그럴 리가 없어. 그럴 리가 없어!】

"그는 더 이상 회귀하지 않는다."

먼 하늘에서 뭔가 반짝이는 것이 보였다. 별들이었다.


[성좌, '악마 같은 불의 심판자'가 다급한 얼굴로 주변을 둘러봅니다!]

[성좌, '가장 오래된 해방자'가 막내의 안위를 묻습니다!]

[성좌, '심연의 흑염룡'이 이번에야말로 자신의 양손을 다 쓰겠다고 선언합니다!]


아주 오래전부터 우리의 이야기를 보아온 별들이 이쪽으로 오고 있었다.

그리고 그 별들 너머로 일행들이 달려오고 있었다.

한수영, 유상아, 정희원…… 우리와 함께 이 세계를 살아온 〈김독자 컴퍼니〉 사람들. 석양의 어둠 속에서 그들의 모습은 하나의 거대한 별자리처럼 보였다.

　그 모든 정경을 눈에 담은 채, 한 사람의 유중혁이 말했다.

　"나는 돌아갈 수 없다. 내 마지막 회차는 이곳이다."

# 91
## Episode

# 단 하나의 설화

Omniscient Reader's Viewpoint

✳

**1**

「그 결정을 내리기까지, 아주 오랜 시간이 걸렸다.」

나는 담담히 선언하는 유중혁의 모습을 바라보았다.

본래 작전은 이런 게 아니었다. 유중혁은 999회차의 기억을 이용해 시간을 끌어야 했다.

이계의 신격을 적당히 자극해서, 그들을 설득해야만 했다.

"내게 다음 회차는 없다."

눈앞에서 내 작전을 송두리째 쓰레기통에 집어넣는 녀석을 보면서도, 이상하게 화가 나지 않았다.

「"회귀자였던, 유중혁이다."」

이제야, 그때 유중혁이 했던 그 말을 절실하게 느낄 수 있었다.

나는 지금껏 이번 회차의 유중혁이 빠르게 성장한 것이, 내가 준 정보나 다른 변수의 개입 때문이라 믿어왔다. 하지만 이제는 그렇게 말할 수가 없었다.

유중혁의 전신에서 피어오르는 설화가 그 증거였다. 필사가 아니라 필생의 의지가 담긴 설화들.

「유중혁은 이 회차에 모든 것을 걸었다.」

자신의 모든 연료를 쏟아부어 질주하는 열차처럼, 유중혁은 온 힘을 다해 살고 있었다. 이 회차는 그의 다음 생을 위한 재료가 아니었다.

【대장, 거짓말이지? 응? 지금 농담하는 거지?】

이지혜의 표정이 삐거덕거렸다. 단순히 신념에 배반당한 표정이 아니었다. 하나의 세계가 무너진 사람의 얼굴이었다.

자신이 좇아온 마지막 지푸라기를 향해 손을 뻗는 모습.

하지만 유중혁은 그 손을 잡아주지 않았다.

"이지혜. 내가 네게 거짓말을 한 적이 있나?"

【왜.】

이지혜의 전신에서 폭발적인 기류가 흘러나오고 있었다. 999회차의 역사가 폭주하는 것이 느껴졌다.

【왜 왜 왜 왜 왜 왜 왜 왜 왜 왜 왜 왜 왜 왜 왜 왜 왜 왜 왜 왜 왜 왜 왜

**왜 왜 왜 왜 왜 왜 왜 왜 왜 왜 왜 왜 왜 왜 왜 왜 왜 왜 왜 왜 왜 ]**

설화들이 묻고 있었다. 어째서 999회차가 아니라 이곳이냐고. 어째서 그들이 살아왔던 세계가 아니라, 이 세계냐고.

내가 한 걸음 앞으로 나서자 유중혁이 제지했다.

"물러서라."

고통스럽게 떨리는 뺨. 아무리 감정을 숨기려 애써도, 특유의 버릇까지 지워내지는 못한다. 나는 가볍게 한숨을 내쉰 후 말했다.

—어차피 이제 물러설 곳도 없어.

—미안하군.

—됐어. 네가 선택한 거야.

얼핏 현실주의자인 것 같은 유중혁은 사실 누구보다도 이상주의자다. 애초에 이상을 좇지 않는 녀석이 회귀를 거듭할리 없으니까. 그러니 그런 녀석의 이상을 지키기 위해, 누군가는 현실주의자가 되어야만 했다.

분개하여 밀려드는 이계의 신격의 파도를 보며, 나는 한 발 더 앞으로 나아갔다.

[유중혁은 당신들의 세계선을 선택하지 않은 게 아닙니다.]

온 힘을 다한 진언에, 패닉에 빠져 있던 '이계의 신격의 왕' 들이 나를 돌아보았다. 999회차의 이지혜, 이현성, 김남운, 우리엘…….

[잊었습니까? 그는 언제나 선택하는 것이 아니라 선택당하는 입장이었습니다.]

언제나 회귀를 반복해왔지만, 유중혁은 한 번도 진심으로 회귀를 원해본 적은 없었다. 3회차를 버리고 4회차를, 4회차를 버리고 5회차를 선택하면서도, 사실 그것은 그의 의지가 아니었다.

회귀는 그의 선택이 아니라 그의 운명이었고, 선택한 것은 유중혁이 아니라 유중혁의 회귀를 원하는 '이야기'였다.

[우린 서로 싸울 필요가 없습니다. 왜 비극과 비극이 서로 불행을 겨뤄야 합니까?]

이 말이 먹힐지 아닐지는 모른다. 그럼에도 말하고 싶었다.

[우리는 당신들을 배제하지 않을 겁니다. 당신들을 재앙으로 기억하고 싶지 않습니다. 우리는—]

나는 하늘을 올려다보았다. 이제껏 목격한 적 없는 아득한 시선의 세례에 시야가 아찔했지만, 그 시선들을 피하지는 않았다.

유중혁이 더 이상 0회차의 유중혁이 아니듯, 나 역시 1번 시나리오의 김독자가 아니다.

[당신들과 함께, 저 하늘과 맞서기를 원합니다.]

하늘 너머로, 별들이 미친 듯이 발광하고 있었다.


[절대다수의 성좌가 당신의 말을 이해하지 못합니다!]

[관리국의 대도깨비들이 당신의 생각에 경악합니다!]


간접 메시지가 별빛처럼 쏟아지고 있었다. 예전이었다면 그 메시지를 읽는 데 급급했겠지만, 이제는 안다. 저 하늘의 별빛은 그 너머에 어둠이 있음을 감추기 위한 장식일 뿐이다.


['이야기의 왕'이 당신을 바라보고 있습니다.]


아주 희미한 웃음소리가 들려온 것은 그때였다.

【어이, 그게 무슨 뜻인진 알고 있는 거야? <스타 스트림>을 부수자는 거야 지금?】

이죽거리는 목소리. 999회차의 김남운이었다.

【우리라고 그걸 안 해본 줄 알아?】

목소리에 담긴 감정의 골이 깊었다. 표정은 웃고 있지만, 정말로 웃는 것이 아니었다.

과장된 웃음의 내부에 침투한 체념.

【우리도 해봤어. 성좌들을 모두 떨어뜨리고, 우리 세계선의 도깨비 왕도 죽여봤다고. 그랬더니 어떻게 된 줄 알아?】

바다를 뚜벅뚜벅 걸어온 김남운이 코앞까지 다가왔다. 달콤한 절망을 전해주려는 듯, 녀석이 속삭였다.

【그냥, 세계가 사라져버렸어.】

나는 그의 말을 묵묵히 들었다.

【분명 시나리오도 제대로 클리어했고, 조건도 완수했는데…… 우리는 우리가 사랑했던 모든 것을 잃었어. 어떤 기적도 보상도 없이.】

머릿속으로 999회차 우리엘의 말이 떠올랐다.

「<스타 스트림>이 사라지면 우주는 혼돈으로 변한다. 그런 세계선을 만들어서는 안 된다. 그것은 악이다.」

〈스타 스트림〉을 부수겠다는 내 말에, 999회차의 우리엘은 그렇게 말했다.

김남운이 말을 이었다.

【그 세계의 끝에서, 우리가 뭘 봤는지 알아?】

[아주 거대한 벽을 봤겠지. 처음과 끝을 가늠할 수 없는, 이 모든 세계를 둘러싼 거대한 벽.]

【네가 어떻게 그걸 알지?】

[우리의 목표도 거기에 있으니까. 우리가 하고 싶은 것은 단순히 〈스타 스트림〉을 부수는 게 아냐.]

나는 '은밀한 모략가'가 전해준 말을, 나의 목소리로 반복했다.

['최후의 벽' 너머에 있을, 이 모든 비극의 원흉을 없애는 거다.]

999회차의 김남운이 큰 충격이라도 받은 듯한 얼굴로 나를 보고 있었다. 몇 번이나 입술을 달싹이던 녀석이 고함을 쳤다.

【'최후의 벽'은 누구도 넘어갈 수 없어! 그건—】

【남운아, 이들은 '최후의 벽'의 너머로 갈 수 있을지도 모르는 '마지막 열쇠'를 가지고 있다.】

이현성의 말이었다.

999회차의 김남운이 혼란스러운 표정으로 나와 이현성을 번갈아 보았다.

나는 999회차의 이현성을 향해 고개를 끄덕였다.


['이계의 신격의 왕'들이 당신의 말에 동요하고 있습니다!]

[당신의 선언으로 인해 '98번 시나리오'가 격변하고 있습니다!]

[다수의 성좌가 당신의 선택에 분개합니다!]


별들을 우리 편으로 만들지 못해도 좋다. 어떤 성운도 우리 편을 들어주지 않아도 좋다.

하지만 이들이 우리 편을 들어준다면.

999회차를 살아온 '왕'들이, 우리와 함께 세계선에 남아 싸워준다면―

【네가 그런 '열쇠'를 가지고 있다 치자고.】

그 목소리를 듣는 순간, 등줄기에 서늘한 한기가 스쳤다.

【그렇다면 내가 그 '열쇠'를 빼앗지 않을 이유가 있나?】

순식간에 다가온 김남운의 단검이 내 목을 노리는 순간.

카아앙!

눈앞을 흐르는 검은 궤적이 녀석의 단검을 받아냈다. 묵직한 충격에 유중혁과 김남운이 동시에 두어 걸음을 물러났다.

【하하하! 그래! 이 감각이야!】

흑천마도와 부딪친 '위대한 심연의 군주'의 손등에서 피가 흘렀다.

【내가 얼마나 오랫동안 기다렸는지 알아? 당신과 다시 한 번 겨루기 위해서, 얼마나 오랜 세월을 헤맸는지 아냐고.】

'위대한 심연의 군주'.

자신이 동경하던 상대를 다시 한번 부활시키기 위해 먼 세월을 여행해온 존재.


[거대 설화, '망상설계'가 이야기를 시작합니다!]


비틀거리는 999회차의 이지혜를 부축한 우리엘도 어느새 전투 태세를 취하고 있었다.

【언젠가 그가 내게 말했지. 혹시 그가, 그가 아닌 다른 존재가 된다면 내 손으로 자신을 죽여달라고.】

눈부신 폭음과 함께, 허공의 태양이 다시금 빛을 내뿜었다.

【아무래도 지금이 그때인 것 같군.】

쏟아지는 섬열을 받아낸 것은 시야를 가득히 메운 강철이었다.

—피하십시오. 저 혼자서는 막아낼 수 없습니다.

999회차의 이현성은 '재앙'으로 소환되지 않았다.

그렇다는 것은 즉, 저들과 다르게 '시나리오의 가호'를 받지 않고 있다는 뜻.

"김독자!"

그와 거의 동시에 일행들이 도착했다.

흑염룡을 타고 날아온 한수영이 제일 먼저 물었다.

"어떻게 된 거야?"

"보는 대로."

한수영이 입술을 꾹 깨물었다.

나는 아무 말도 하지 않았다. 그 대신 일행들을 바라보았다.

정희원을, 신유승을, 이길영을, 이지혜를, 유상아를.

"여기가 마지막 고비입니다."

아마 일행들도 느끼고 있을 것이었다.

"부탁합니다. 누구도 죽지 마십시오."

이번 싸움만큼은 나조차 일행들을 지켜줄 수가 없다.

콰아아아아아!

천지가 뒤집히는 듯한 충격과 함께, 거센 해일과 일광이 교차했다. 하얗게 시야를 메운 포말 사이로 교차하는 칼날이 보였다.

바다를 가르는 묵빛 섬광.

유중혁이 싸우고 있었다. 999회차 김남운과 999회차 우리엘의 합공을 견뎌내며, 놀라운 무위를 펼치고 있었다.


[거대 설화, '고독한 멸망의 순례자'가 이야기를 시작합니다!]

[설화, '영원불멸의 지옥도'가 이야기를 시작합니다!]


무려 두 명의 '왕'을 상대할 정도의 저력.

저것이 바로 유중혁의 진짜 힘이었다. 그가 쌓아온 모든 설화가 일거에 폭발하고 있었다.

['끊어진 필름 이론'의 연결이 불완전합니다!]
[설화의 연속성에 균열이 발생하고 있습니다!]

하지만 언제까지 균형을 유지할 수는 없었다.

"독자 씨."

고개를 돌리자 정희원이 그곳에 있었다. 눈부신 대천사의 날개가 등에서 피어나고 있었다.

비스트 로드 신유승, 해상제독 이지혜, 강철검제 이현성. 원작과는 다른 삶을 살았고, 그렇기에 다른 해답을 향해 나아가는 동료들.

우리는 서로를 일별하며 고개를 끄덕였다.

"중혁 씨는 내가 도울 테니까 나머지는 저쪽을 맡아요!"

[성좌, '악마 같은 불의 심판자'가 자신의 격을 개방합니다!]

날개를 펼친 정희원이 우리엘의 가호를 받아 유중혁을 향해 날아갔다. 아마도 우리엘의 선택인 것 같았다. '이계의 신격의 왕'이 먼 미래의 자기 자신이라는 것을 알았으니 그럴 법도 했다.

【말했을 텐데. 성운의 가호 없이 나를 상대할 수는 없

을 거라고.】

하늘을 찌를 듯 솟아오른 '업화의 불꽃'이 바다를 향해 떨어졌다. 하지만 정희원을 걱정할 틈은 없었다. 이쪽으로 방대한 격을 쏟아내는 존재가 있었기 때문이다.

터져나가는 파도 사이로, 999회차의 이지혜가 텅 빈 눈동자로 이쪽을 응시하고 있었다.

"모두 피해요!"

앞으로 나선 유상아가 시공간을 비틀었다. 하지만 석존의 능력도 '이계의 신격의 왕'의 진심 앞에서는 아무런 소용도 없었다. 쩌저저적, 하는 소리와 함께 뒤틀린 공간이 강제로 펼쳐졌다.

999회차 이지혜의 전함이 바닷속에서 떠오르고 있었다. '가라앉은 섬의 주인'. 그녀의 '터틀 드래곤'은 전함이라기보다는 말 그대로 하나의 섬처럼 보였다.

"아저씨!"

위험을 느낀 신유승이 '키메라 드래곤'으로 브레스를 뿌렸다. 그러자 바닷속에 숨어 있던 모든 해수종이 밀려나왔다.

갸오오오오오!

거친 울음을 내뱉은 괴수들이 전함 외피를 향해 달려들었다. 하지만 그들이 막아내기에 섬은 너무나 거대했다.

쿠지지직, 하는 소리와 함께 괴수들이 짓이겨지는 소리가 들렸다. 일대의 바다가 둔중하게 흔들리며 해일이 밀려오고 있었다.

"형, 물러나요! 빨리!"

"김독자, 뒤로 꺼져!"

나를 보호하듯 둘러싼 일행들이 필사적으로 맞서 싸우고 있었다.

그들이 왜 그렇게까지 하는지 알고 있었다.

이들이 무엇을 두려워하는지도 잘 알고 있었다.

【모두, 모두 없애면 돼.】

해일 너머로 999회차의 이지혜가 외치고 있었다.

【전부 새로 만들 수 있어. 아무것도 아니라고. 그럼 대장도 알게 될 거야. 얼마든지 부술 수 있는 세계라고. 대체 가능한 거라고. 우리가 살았던 세계가 진짜라고……!】

바다 전체를 날려버릴 듯한 포격과 함께 쓰나미가 밀려오고 있었다. 이제껏 한 번도 본 적 없는 크기의 해일. 그대로 밀려온다면, 아무리 어머니가 있다 해도 한반도는 끝장이었다.


[설화, '구원의 마왕'이 이야기를 시작합니다!]


정색한 한수영이 소리를 질렀다.

"김독자! 또 허튼짓했다간―!"

"걱정 마."

나는 한수영의 어깨를 툭 치며 앞으로 나섰다.

우리가 함께한 시나리오의 정경들이 눈앞을 스쳐 갔다.

[거대 설화, '마계의 봄'이 이야기를 시작합니다!]

[거대 설화, '신화를 삼킨 성화'가 이야기를 시작합니다!]

[거대 설화, '빛과 어둠의 계절'이 이야기를 시작합니다!]

거대 설화가 만들어질 때마다 나는 죽을 고비를 넘겼다.

그렇게 해야만 한다고 믿었고, 그것이 옳은 방법이라고 믿었다.

[거대 설화, '잊혀진 것들의 해방자'가 당신을 바라봅니다.]

긴고아가 머리를 단단히 죄어왔다.

일행들이 직접 내게 채운 족쇄.

이 거대 설화를 얻을 때 나는 죽지 않았다. 이것이 그들의 마음이라는 것을 잘 안다.

콰아아아아아!

다가오는 해일. 신화급 성좌조차 막을 수 없는 힘이었다.

「하지만 김독자는 저 해일과 대적할 방법을 알고 있었다.」

원작의 마지막 회차. 유중혁이 이계의 신격들과 최후의 전쟁을 벌일 때도 이와 비슷한 순간이 있었다.

그때, 유중혁 곁에는 한 성좌가 있었다.

[성좌, '가장 오래된 해방자'가 당신을 바라봅니다.]

하나의 신화급 성좌만으로는 '대멸망'을 감당할 수 없다.
하지만 둘이라면 어떨까.

[성좌, '구원의 마왕'이 '가장 오래된 해방자'를 바라봅니다.]

이제 나는 희생하지 않을 것이다. 일행들을 두고 떠나지도
않을 것이다.
유중혁이 이번 생을 포기하지 않는 것처럼, 나 역시 마지막
까지 포기하지 않을 것이다.

[거대 설화, '잊혀진 것들의 해방자'가 이야기를 시작합니다!]

내가 가진 거대 설화 중 유일하게 '이계의 신격의 왕'과 대
적할 수 있는 힘. 이 거대 설화의 가장 큰 지분을 가진 것은 내
가 아니었다.
"제천대성!"
머릿속에서 네 개의 고리가 이어지는 것이 느껴졌다.

['미후왕'이 당신의 요청에 동의합니다.]
['필마온'이 당신의 요청에 동의합니다.]
['투전승불'이 당신의 요청에 동의합니다.]

과도하게 흐르는 설화가 내 화신체를 변형시키고 있었다.

['제천대성'이 당신의 요청에 동의합니다.]

순식간에 자라난 머리카락이 백금빛으로 덮였다. 전신의 혈관을 타고 아득한 설화의 기운이 급류처럼 몰아쳤다. 한 손에 잡히는 여의금고봉의 충만한 감각.

[당신의 화신체에 다섯 '손오공'의 힘이 현현합니다!]

외투에 내려앉은 황금빛 설화의 격.
인근의 바다에 통천하의 전장이 재림하고 있었다. 천둥이 내리치는 순간, 목소리가 들려왔다.
[가자, 막내야.]
나는 고개를 끄덕였다.

✳

**2**


전신을 휘감는 제천대성의 격이 오른손의 여의금고봉에 집중되었다. 통천하에서 성좌들을 상대한 날처럼. 그때와 다른 점이 있다면, 지금은 내가 온전히 '손오공'의 힘을 사용하고 있다는 것이었다.


[거대 설화, '잊혀진 것들의 해방자'가 당신에게 온전히 깃듭니다!]


"제가 길을 뚫겠습니다."

여의금고봉을 휘두르자, 밀려오던 해일의 중심에 커다란 구멍이 뚫렸다. 하지만 구멍은 순식간에 메워졌다.

【안돼안돼안돼안돼안돼안돼】

999회차의 이지혜가 융기시킨 섬에서 '이름 없는 것들'이

기어 나오고 있었다. 도저히 상대할 수 없을 만큼 많은 숫자지만, 제천대성은 그다지 당황하지 않았다.

[부숴라.]

허공으로 들어 올린 팔이 저릿하다 싶더니, 창공이 먹구름으로 뒤덮였다. 뇌운을 품은 근두운들이 몇 번인가 하늘을 울렸다. 이내 눈부신 푸른빛이 바다에 산란했다.

내리친 뇌전 다발이 바다의 모든 것들을 찢어발기며 길을 내었다. 몇 번이고 다시 내리치는 뇌전. 어마어마한 격이었다. 이게 바로 마지막 시나리오에 다다른 제천대성, 최강의 성좌라 불리는 신의 힘.

【가각 가가가가가가가각?】

하지만 몰아치는 뇌전에도 근근이 버티는 녀석들이 있었다.

아까보다 조금 더 크기가 큰 개체였다.

【죽 인 다 성 좌】

【모 든 별 들 의 파 멸 이 다 가 온 다】

보다 정확한 언어를 구사할 수 있는 이계의 신격들. 상위 개체들이 해저의 터널을 지나 수면으로 올라오고 있었다.

"미친—"

곁에 있던 한수영이 소리쳤다.

쿠구구구구구구구!

바다의 지반 전체가 흔들리면서 해저에서 용암이 끓어 올랐다.

"모두 물러나!"

우리는 '터틀 드래곤'에 올라타 허공으로 솟구쳤다.

희뿌옇게 물든 해수면에 꿈틀대는 것들이 가득했다.

【세 계 선 의 멸 망 이 찾 아 올 것 이 다】

세기말적인 대사를 늘어놓으며 강림하는 이계의 신격들.

언젠가 우리는 저런 존재와 마주한 적이 있었다. 시나리오 초기 암흑성의 전장에서였다.

[ '제4의 벽'이 희미하게 술렁입니다.]

어쩌면 벽 안의 사서가 된 '꿈을 먹는 자' 또한 이 광경을 보고 있을 것이다.

"저런 것들을 어떻게 잡으란 거야?"

이를 악문 한수영이 양손으로 [흑염]을 발출했다.

무려 수 킬로미터에 달하는 촉수들이 한꺼번에 바다 위로 솟구치자, 용암 범벅이 된 해일이 산맥처럼 커졌다.

문득 멸살법의 한 문장이 떠올랐다.

「융기한 섬에서 흘러나온 재앙은 마침내 지표면의 모든 것을 덮었다.」

이대로 시간이 지난다면 이 세계선의 지구 또한 그렇게 될 것이다.

"제천대성!"

나는 제천대성의 힘을 빌려 다가오는 해일들과 맞섰다.

순식간에 자라난 여의봉이 다가오는 '이름 없는 것들'을 쳐냈다. 빌딩만 한 파도를 부수고, 날아드는 촉수를 터뜨렸다. 그래도 끝이 없었다.

「해일은 점점 더 커질 뿐이었다.」

하나의 해일을 이겨내면 두 번째 해일이 오고, 두 번째 해일을 부수면 세 번째 해일이 덮쳐온다.

그리고 모든 해일의 중심에는 '가라앉은 섬의 주인'과 다른 '이계의 신격의 왕'들이 있었다.

[이번엔 쉽지 않겠군.]

제천대성조차 그렇게 말할 정도였다.

이대로는 저들에게 도착하기도 전에 우리가 당할 판이었다.

"저걸 뚫을 방법이 없습니까?"

[시간이 필요하다.]

그 말을 남긴 제천대성이 격을 모으기 시작했다. 심장 어귀가 급속도로 따뜻해지더니 전신의 설맥이 빠르게 돌았다.

그가 무엇을 준비하는지 알 것 같아서 더 캐묻지 않았다. 내 생각이 맞는다면, 제천대성은 멸살법 최종장에 나온 그 기술을 사용하려는 것이다.

문제는 그때까지 나와 일행들이 버틸 수 있을까 하는 점이었다.

「시간을 벌려면 힘을 합쳐야 한다.」

우리엘과 심연의 흑염룡이 제아무리 뛰어난 성좌라고 해도, 그들만으로는 버티기 어렵다. 게다가 저쪽에는 '왕'이 넷이나 있다.

넷?

콰르르르르르!

날아드는 촉수 다발을 쳐내는 강철의 방패.

내 앞을 가로막은 커다란 어깨를 보며 나는 말했다.

"현성 씨."

999회차의 이현성이 나를 돌아보았다. 반쯤은 걱정스러운 얼굴로, 반쯤은 혼란으로 뒤덮인 얼굴로.

"당신의 도움이 필요합니다. 재앙을 막을 수 있게 도와주십시오."

가만히 나를 들여다보던 이현성이 물었다.

【약속할 수 있습니까?】

그 약속이 무엇인지 묻지 않았다. 알 것 같았기 때문이다.

"지킬 수 있을지는 모릅니다. 다만 최선을 다하겠습니다."

잠시 나를 보던 이현성이 천천히 눈을 깜빡였다.

그리고 다음 순간, 이현성의 눈이 은빛을 발했다.

【그대의 설화를 믿겠습니다.】

뱃전에서 거대한 강철의 가지가 자라나기 시작했다. 순식간에 자라난 가지는 이내 사면의 벽을 만들더니, 해일 속 '이름 없는 것들'과 부딪치며 쾌속 생장을 거듭했다.

잠시 후, 눈앞에는 가운데가 뚫린 정사각형의 통로가 만들어졌다.

질주하는 강철의 벽이 만든 통로였다.

【가십시오.】

나는 고개를 끄덕이고는 통로를 달렸다.

얼마나 달렸을까. 통로 끝에 익숙한 인물이 보였다.

"희원 씨!"

'이름 없는 것들'의 한가운데에서 정희원이 검을 휘두르고 있었다. 나와 동료들은 통로를 가로질러 그녀를 도왔다.

"미안해요, 도저히 뚫을 수가 없어요."

입술을 꾹 깨문 정희원이 허탈하게 중얼거렸다. 절망감 어린 목소리. 그녀는 999회차의 우리엘에게 다가가지도 못한 채 허공에서 날아드는 '이름 없는 것들'을 베어내는 데 급급했다.

【갸아아아아아아】

쿠지직, 하는 소리와 함께 강철의 벽이 둔중하게 흔들렸다. 당장이라도 우리를 집어삼킬 것처럼 달려드는 이계의 신격들. 이 통로에서 한 발짝만 나가도, 몰려든 녀석들은 피라냐처럼 우리를 뜯어 먹을 것이다.

콰드득, 콰드드득.

'이름 없는 것들'이 금속 벽을 갉아 먹는 소리가 들려왔다.

"위험……!"

통로의 출구 쪽에서 '이름 없는 것들'이 우리를 향해 달려오고 있었다. 혀를 빼문 채 광견처럼 달려드는 녀석들.

【아아아아아아!】

하늘에서 섬광 같은 것이 떨어지며 눈앞의 것들이 모조리 잘려나간 것은 다음 순간의 일이었다. 누군가가 바깥에서 우리가 서 있던 통로를 잘라낸 것이다. 잘려나간 통로 너머로 대멸망의 전장이 보였다.

죽어나간 '이름 없는 것들'의 시체가 섬을 이루고 있었다. 잊힌 설화들이 비참하게 죽어간 그 모습을 보며, 아이들이 헛구역질했다.

나 역시 잠시 말을 잊고 전장을 내다보았다.

누군가가 울음 섞인 목소리로 중얼거렸다.

"대체 왜 이렇게까지……."

이것이 '대멸망'이었다. 원작의 유중혁이 헤쳐간 시나리오.

그 유중혁은 지금도 대전장의 중심에서 '이계의 신격의 왕'들과 대치하고 있었다.

콰아아아앙!

마른하늘 한쪽에서 섬광이 튀는 듯하더니 어느새 건너편에서 굉음이 울렸다. 눈으로 좇기도 힘들 정도로 빠른 움직임. 우리가 서 있던 통로를 잘라낸 이들이 싸우고 있었다.

나는 이곳이 전장이라는 사실조차 잊고 그 전경에 잠시 압도당했다.

[거대 설화, '망상설계'가 기염을 토합니다!]

[거대 설화, '영원불멸의 지옥도'가 이야기를 계속합니다!]


잊혀진 세계선의 최강자들이 설화를 겨루고 있었다.

몰아치는 [파천검도]와 대항하는 [지옥염화]. 거기에 [흑염]의 잔류가 뒤섞여 용오름을 만들었다. 먹구름 사이로 검강의 격류가 충돌을 일으켰고, 오래된 설화들이 늙은 용처럼 울부짖었다. 하늘이 떠나갈 듯 설화들이 비명을 질러댔다.

눈앞에서 살아 있는 역사가 부딪치고, 소멸했다. 그리고 그 모든 이야기의 중심에 유중혁의 흑천마도가 있었다.

유중혁이 번 시간을 허투루 흘려보낼 수는 없었다. 나는 전방을 가리키며 말했다.

"해일의 원인은 '가라앉은 섬' 그 자체입니다."

먼지구름처럼 몰려든 '이름 없는 것들'. 그 뒤에서 해일을 일으키는 상위 격의 외신들. 그리고 그들의 중심에 있는 '가라앉은 섬'까지.

아마 저 섬 중앙에 999회차의 이지혜가 있을 것이다.

"섬을 침몰시키는 게 먼저입니다. 가장 좋은 건 999회차의 이지혜를 제압하는 것이겠지만."

나는 밀려드는 해일 세례 너머를 헤아렸다.

이 '대멸망'을 일으킨 원흉.

'가라앉은 섬의 주인'인 999회차의 이지혜를 제압하면 재해는 잦아들겠지만, 문제는 거기까지 가는 방법이었다.

한수영이 말했다.

"저쪽엔 999회차의 김남운과 우리엘도 있어. 우리엘이야 유중혁이 상대하고 있다 쳐도 김남운은 어떡할 거야?"

"걱정 마. 나한테도 생각이 있어."

여전히 전력은 이쪽이 불리했다. 앞선 전투로 인해 전력의 상당 부분을 소실한 상태니까. 하지만 마냥 불리하기만 한 것도 아니었다.

"길영아, 유승아. 벌레와 괴수를 풀어서 외신들 움직임을 최대한 막아. 유상아 씨, 기회를 봐서 999회차의 이지혜에게 한 번만 더 디버프를 걸어주십시오. 한수영 너는 우리 배후에서 다가오는 '이름 없는 것들'을 처리해줘."

"너는?"

"난 길을 뚫을 거야. 희원 씨는 저랑 같이 가시죠."

정희원이 고개를 끄덕이는 순간, 나는 격을 개방했다.

[성좌, '구원의 마왕'이 자신의 격을 개방합니다!]

타이밍 좋게 전신을 감싸는 이현성의 설화가 느껴졌다. [강철화]가 만든 외피가 피부 위로 자라나고 있었다. 확실히 〈오즈〉에 다녀온 보람이 있었다. 저 '이름 없는 것들'의 외피를 효율적으로 부수기 위해서는 이현성의 설화 금속이 반드시 필요했다.

"지금입니다!"

우리는 허공의 철벽에서 동시에 뛰어올라 해일을 향해 강하했다.

이쪽의 움직임을 눈치챈 이계의 신격들이 괴성을 질렀다.

두두두두두두두!

멀리서 [설화 금속]이 덧입혀진 공필두의 포탄이 날아들었다. '이름 없는 것들'의 외피를 꿰뚫는 탄환들. 그의 포성을 간주 삼아, 우리는 해일 위를 달렸다.

피할 곳 없이 날아드는 촉수를 불태운 것은 한수영이었다.


[성좌, '심연의 흑염룡'이 포효합니다!]


[흑염]의 불꽃에 외신들이 고통스러운 비명을 질렀다.

나와 정희원이 그 길 위를 달렸다. 섬 주변 시공간이 희미하게 뒤틀리는 것이 느껴졌다. 유상아가 힘을 발휘하고 있었다.

"독자 씨, 저기!"

멀리서 섬 최상부를 차지하고 있는 거대한 '터틀 드래곤'이 보였다. 그 선수상 위에서 999회차의 해상제독이 이계의 신격들을 지휘하고 있었다.

【하하핫, 어딜 가시려고!】

기다렸다는 듯 999회차의 김남운이 나타났다.

【우리 지혜는 내가 지킨다!】

유중혁과 맞서 싸우는 와중에도 끼어들 여유가 있었던 모양이었다. 어쩌면 유중혁 녀석의 상태가 위중한 것인지도 모른다. 나는 정희원에게 신호를 보냈다.

"제 걱정은 마시고 유중혁 쪽을 도와주세요. 슬슬 녀석도 한계일 겁니다."

"죽지 말아요, 알겠죠?"

정희원이 곧장 날개를 펼쳐 유중혁을 돕기 위해 사라졌다.

【애틋한데? 걱정 마. 순식간에 둘 다 보내줄 테니까!】

김남운의 신형이 스르르 움직였다. 수백 개로 갈라진 녀석의 그림자에서 무수한 신형이 튀어나왔다.

「김독자는 생각했다. 이건 피할 수 없다.」

수백, 아니 족히 수천은 되어 보이는 단검들이 일제히 내 전신을 노리고 있었다. 살아 있는 듯 움직이는 단검들. 김남운이 터득한 나이프 파이팅의 정수가 단검 하나하나에 실려 있다. 하나하나가 치명적인 공격.

그럼에도 나는 가만히 웃었다.

"널 처음 봤을 때도 내게 칼을 휘둘렀지."

【난 너 처음 보는데?】

"김남운, 이 세계의 네가 어떻게 죽었는지 궁금하지 않아?"

그 말에 김남운의 신형 중 하나가 미간을 찌푸렸다.

【그깟 놈 어떻게 돼졌는지 내가 알 게 뭐야!】

나는 날아드는 단검을 여의금고봉으로 막아냈다. 몇 개의 단검이 내 허벅지와 어깨를 깊이 그었지만, 다행히 이현성의 설화 금속이 녀석의 공격을 대신 받아주었다. 그러나 거센 빗발처럼 부딪쳐오는 공격에 이현성의 강철에도 금이 가고 있었다.

나는 착실히 기억을 재현하듯, 날아드는 공격을 피해냈다.


「오른쪽 옆구리.」

「오른쪽 눈.」

「왼쪽 대퇴부.」


츠츳, 츠츠츳.

희미하게 튀는 스파크.

나는 단검 두어 개를 더 맞은 채 물러섰다.

"이 세계선의 너는 쓰레기였어. 힘없는 노인을 죽여서 첫 번째 시나리오를 깨려는 양아치였지."

【첫 번째 시나리오는 원래 그런 거야. 그딴 건 안 궁금—】

"너는 지금처럼 단검을 휘두르다가, 볼썽사납게 무릎을 꿇은 채 살려달라 빌었어. 그리고 비참하게 머리가 터져 죽었지."

처음으로 김남운의 움직임이 멎었다. 장난스러운 얼굴은 온데간데없이, 녀석은 나를 노려보고 있었다.

"널 그렇게 죽인 놈이 누군지 궁금하지 않아?"

단검이 내 왼쪽 눈을 노리고 날아왔다.

"잠자는 거신을 베기 위해 벼려진 검이여. 지금 이곳에 강림하라!"

콰아아아아아아아아. 엄청난 후폭풍과 함께, 눈앞의 모든 것이 이지러졌다.

차원을 건너 소환된 강철의 거신이 그곳에 있었다.

타르타로스 최강의 설화 병기, 플루토.

콕핏에서 김남운의 해맑은 목소리가 들려왔다.

[하하하핫! 메뚜기 남, 오랜만……]

하지만 나는 웃을 수 없었다. 왜냐하면 지금 내가 사용할 것은 녀석에게는 지독히 잔인한 방법이기 때문이다.

[응? 뭐야 이건.]

자신의 코앞에 둥둥 떠 있는 작은 뭔가를 발견한 김남운이 고개를 갸웃했다. 그리고 거의 동시에, 저쪽의 김남운이 멍하니 중얼거렸다.

【거대 로봇?】

[우와아아아아악!]

츠츠츠츠츳!


[서로 다른 세계선의 동일 존재가 처음으로 조우했습니다!]


999회차의 김남운에게는 나와 싸웠던 설화가 없다.

하지만 지금은 어떨까.

['끊어진 필름 이론'이 발동합니다!]


기억이 이어진다. 서로 다른 세계선의 두 존재가 만나며, 이어지지 않던 설화가 일시적으로 하나가 된다.

눈을 부릅뜬 999회차의 김남운, '위대한 심연의 군주'가 나를 노려보고 있었다. 이제 녀석도 모든 것을 알았을 것이다.

【너…….】

"맞아. 이 세계선의 너를 죽인 건."

일대의 시공간이 바뀌고 있었다. 첫 번째 시나리오의 지하철.

내가 김남운을 죽였던 장소.

나는 빙긋 웃으며 말을 이었다.


['무대화'가 발동합니다!]


"바로 나야."

✳

**3**

[설화, ‘강철의 지배자’가 이야기를 시작합니다.]

999회차의 이현성이 만든 강철의 벽이 주변을 덮으며 자라나기 시작했다.

〈오즈〉에서는 무려 행성 전체를 방어한 힘이었다.

콰콰콰콰콰!

자라난 강철은 이내 ‘무대화’와 어우러지며 지하철의 격벽을 이루기 시작했다. 내게는 한없이 익숙한 무대. 지금도 눈을 감으면 선명한 첫 번째 시나리오의 객실.

[신화급 성좌의 ‘무대’가 발생했습니다!]

본래 '무대화'는 일종의 증강 현실에 가깝다. 즉, 무대화가 발생한다고 해서 실제로 주변 지형지물이 바뀌거나 하지는 않는다.

그런데 이번에는 경우가 좀 달랐다.

[〈스타 스트림〉이 당신의 '무대'에 주목합니다.]

[절대다수의 성좌가 '무대'를 지켜보고 있습니다.]

[대도깨비들이 당신의 '무대'를 질투합니다.]

[다수의 시선으로 '무대화'의 무대 등급이 상승합니다!]

〈스타 스트림〉에서 개연성은 곧 시선의 숫자와 직결된다.

많은 이들이 관음하는 시나리오는 강력한 설화를 발생시키고, 많은 이들이 지켜보는 무대는 파급력이 발생한다. 무수한 시선에 깃든 기대감이 개연성을 움직이는 것이다.

「그날, 망상악귀와 구원의 마왕은 그곳에서 처음으로 조우했다.」

그리고 움직인 개연성은, 때로 '가짜'를 '진짜'로 만든다.

['끊어진 필름 이론'의 영향으로 '무대화'의 구현이 불완전합니다!]

[해당 무대에서 등장인물 '김남운'과 등장인물 '위대한 심연의 군주'는 동일 인물로 취급됩니다.]

['위대한 심연의 군주'의 무대 적합도는 87.351%입니다!]

[갑작스러운 폐막의 가능성이 존재합니다.]

가짜가 진짜가 될 수 있는 것은 무대에서도 잠깐뿐.

모두가 집중하는 이 순간, 무대의 신비가 해체되기 전에 모든 것을 끝내야만 했다.

【너……!】

나는 망설이지 않고 김남운을 향해 다가갔다.

'무대화'의 영향에도 딱히 강해졌다는 느낌은 들지 않았다. 다만 자신감이 차올랐다. 마치 늑대가 토끼를 사냥할 때 갖는 확신 같은 것.

【무슨 개 같은 짓이야.】

분개한 999회차의 김남운이 달려들었다. '무대화'의 영향을 직접적으로 받은 녀석의 몸놀림은 심각할 정도로 둔해져 있었다. 마치, 첫 번째 시나리오에서 평균 능력치가 10도 되지 않던 그 김남운 같았다.

문제는 내 육체도 첫 번째 시나리오의 그때와 별반 다를 바가 없다는 것이었다.

휘이익!

나는 고개를 숙여 단검을 피했다. [전지적 독자 시점]을 통해 공격 방향을 읽고 있었기 때문에 회피가 그리 어렵지는 않았다.

[해당 '무대'에 '첫 번째 시나리오'의 규칙이 적용됩니다!]

[하나의 생명을 살해할 때마다 '무대'의 화신체가 강화됩니다.]

새록새록 떠오르는 기억들.
첫 번째 시나리오에서 우리는 그렇게 싸웠다.
고작 100코인의 생존비 때문에 사람들이 죽어나갔다.
100코인을 얻기 위해 사람들은 서로 죽였다.
우리는 그런 세계에서 살아남았다.

[다수의 성좌가 자신의 '첫 번째 시나리오'를 떠올립니다.]

두통이 오는지, 관자놀이에 손을 가져다댄 999회차의 김남
운이 쿡쿡거리며 웃었다.
【하하…… 이렇게 나오시겠다? 꽤 재밌네.】
"전혀 재밌는 표정이 아니신데?"
김남운의 시선에서 찌릿한 살기가 느껴졌다.

['위대한 심연의 군주'의 무대 적합도가 미세하게 감소합니다!]

아무리 '무대화'의 영향력이 절대적이라 해도, 이 '무대화'
는 꼼수를 통해 구현된 것이었다. 시간이 지날수록 999회차
의 김남운과 3회차의 김남운 사이의 연결은 약해져갈 것이다.
[뭐야, 메뚜기 남! 이거 뭔데, 어떻게 된 건데?]
한쪽 구석에서 몸을 일으킨 3회차의 김남운이 보였다. '무

대화'의 영향으로 작은 장난감 로봇으로 변한 녀석이 엉거주춤 내 다리에 붙어 섰다.

그 꼴을 본 999회차의 김남운이 중얼거렸다.

【한심하군. 저런 녀석에게 죽어서 깡통 로봇이 되었을 줄이야.】

[뭐라는 거야. 뒈지고 싶냐? 야, 메뚜기 남! 저 새끼 죽여버려!]

내 정강이를 붙든 김남운이 고래고래 소리를 질렀다.


[앞으로 5분 안에 살해 행위가 발생하지 않을 시 객실 안의 모든 화신체가 절멸합니다!]


'무대화'가 이렇게 강력한 제약을 거는 것은 처음이었다.

이 정도면 거의 메인 시나리오 수준인데.

【죽어!】

공기를 가르며 단검이 날아왔다. 나는 지형지물을 이용해 공격을 피해냈다. 화신체의 움직임이 둔하다곤 해도, 나 역시 그때의 김독자는 아니었다.

김남운의 공격은 지하철의 철문과 바닥을 긁었다. 쿵쿵 내리찍는 녀석의 힘이 조금씩 강해졌다. 희미하게 올라오는 혼돈의 기운. 벌써 '무대화'의 영향력이 감소하고 있었다.

이대로 시간이 흐르면 승세는 녀석 쪽으로 기울어질 가능성이 컸다.

하지만 999회차의 김남운은 오히려 초조한 기색이었다.

[등장인물 '위대한 심연의 군주'가 동요합니다.]
[등장인물 '위대한 심연의 군주'가 다급히 주변을 둘러봅니다.]

왜일까. 녀석의 표정이 좋지 않았다.
자세히 보니 녀석의 뺨과 목덜미에 식은땀이 맺혀 있었다.

[등장인물 '위대한 심연의 군주'가 이 공간을 싫어합니다.]

【쥐새끼 같은 자식이……!】

[일부 성좌가 '이계의 신격의 왕'의 격을 의심합니다.]
[소수의 성좌가 잡배 같은 대사를 경멸합니다.]

초조함 때문인지 999회차의 김남운은 움직임이 점점 더 단순해지고 있었다.

[앞으로 3분 안에 살해 행위가 발생하지 않을 시 객실 안의 모든 화신체가 절멸합니다!]

이제 남은 시간은 삼 분.
"독자 씨? 이게 무슨……."

목소리가 들려온 것은 그때였다. 나와 김남운의 고개가 동시에 목소리가 들려온 방향을 향했다.

순간 소름이 돋았다.

「그곳에 그들의 싸움을 목격한 이가 있었다.」

잊고 있었다.

「그날, 3807칸에서 가장 정의로웠던 사람.」

그때, 지하철에는 나와 김남운만 있지 않았다는 것을.

【하하하하하하하!】

광소를 터뜨린 김남운이 나를 내팽개치고 유상아를 향해 달려갔다. '무대화'의 영향 때문인지 유상아 또한 첫 번째 시나리오의 그날과 같은 불편한 복장이었다. 순식간에 거리를 좁힌 김남운의 단검이 유상아를 향해 쇄도했다.

쐐애액, 하고 그어지는 날붙이.

잘려나간 머리카락이 허공을 날았다. 표정을 굳힌 유상아가 유연한 동작으로 김남운의 공격을 피하고 있었다. 나보다도 더 날쌘 움직임이었다.

【제법인데!】

[등장인물 '위대한 심연의 군주'가 '흑화' 효과를 받습니다!]

하지만 시간이 지날수록 김남운의 움직임은 더 빨라졌다.

「그날, 망상악귀는 자신의 세계를 깨달았다.」

'무대화'의 영향이 거세어지고 있었다.

「새로운 세계에는 새로운 법칙이 필요한 법이라고.」

파리하게 질려가는 유상아의 얼굴이 보였다.
시간이 없다. 방법을 찾아야 했다. 어떻게든—
"형."
내 옷깃을 붙잡는 작은 손.

「그날, 그 소년이 곤충을 잡지 않았더라면.」

이길영이 그곳에 있었다.
아직 자라지 않은 앳된 얼굴. 첫 번째 시나리오에서 내가 기억하는 그대로의 모습이었다. 부모를 잃고도 절망하지 않던 그 아이가, 단호한 얼굴로 내게 손을 내밀었다.

[성좌, '무저갱의 지배자'가 음흉하게 웃습니다.]

샛노란 메뚜기 몇 마리가 소년의 손바닥 위에 있었다.

"고맙다."

나는 메뚜기를 쥔 채 달렸다.

뿌드득 하는 소리와 함께 터져나가는 메뚜기들.

[생명체를 살해했습니다.]

['무대화'의 효과로 화신체가 강화됩니다!]

[생명체를 살해했습니다.]

['무대화'의 효과로 화신체가 강화됩니다!]

······.

폭발적으로 증가한 근력과 함께, 객실을 달렸다.

미친놈처럼 웃어대는 김남운의 뒤통수가 코앞에 보였다.

【죽어! 죽어! 죽어! 죽어엇!】

나는 녀석의 덜미를 잡아 그대로 지하철의 바닥에 처박았다. 짓밟힌 벌레처럼 김남운의 다리가 부들부들 떨렸다.

【이런 개—】

잽싸게 내 손아귀에서 벗어난 김남운이 나를 향해 단검을 휘둘렀다.

나는 그 단검을 피하지 않았다.

카가가가각!

피할 필요가 없었기 때문이다.

「나이프는 계속해서 생채기만을 남겼다. 핏줄기는 흘렀지만, 칼날은 살가죽 아래를 헤집지 못했다.」

첫 번째 시나리오의 마지막 장면이 오버랩되며 스쳐 지나갔다.

김남운의 공격은 점점 더 빨라지고 있었지만, 녀석의 공격은 강화된 이현성의 [강철화]를 뚫지 못했다.

【이게, 이게 무슨…….】

999회차의 김남운이 욕설을 내뱉으며 단검을 휘둘렀다. 하지만 아무리 휘둘러도 소용없는 일이었다. 이미 이 '무대'의 끝은 정해졌으니까.

"이제 이 분 남았네."

【으아아아아아아!】

얼굴이 일그러진 김남운이 마구잡이로 단검을 내리그었다. 애꿎은 날붙이가 뚝 부러져 바닥을 나뒹굴었다.

일 분 삼십 초, 일 분 이십 초…… 줄어드는 시간 앞에서 김남운의 신형이 천천히 무너졌다. 단순히 힘이 빠져서는 아니었다. 녀석을 공격하는 것은 그보다 더 근본적인 원죄였다.

「망상악귀 김남운의 근원 설화」

주변 공간이 일그러지기 시작했다.

아무것도 없던 객실 바닥에 피가 번지고 있었다.

우리가 흘린 피가 아니었다.

【그럴 리가, 그럴 리가 없어……!】

벌벌 떠는 999회차의 김남운이 자리에 주저앉았다.


[거대 설화, '망상설계'가 폭주하고 있습니다!]


바로 이곳에서 녀석의 설화인 '망상설계'가 발아했다.

[비정상적인 적응력]을 통해 자신이 살아갈 새로운 세계를 만들었던 김남운. 하지만 그 '세계'의 끝을 본 지금, 김남운에게 그 세계는 어떤 의미일까.

【이, 이따위. 이따위 것들……!】

바닥의 시체들이 눈을 부릅뜬 채 우리를 바라보고 있었다.

내가 지키지 못한 이들. 머리가 잘리거나 심장이 뚫린 이들.

피를 토하며 죽어간 이들이 우리를 보고 있었다.

김남운의 얼굴이 발작하듯 흔들렸다. 녀석에게는 어울리지 않는 표정이었다.

"이제 와서 죄책감이라도 드나?"

부들거리며 나를 올려다보는 999회차의 김남운이 입술을 달싹거렸다.


「"맞아, 난 쓰레기야. 그래서 뭐?"」


초반 회차의 김남운이라면, 분명 그렇게 말했을 것이다.

하지만 그런 김남운도, 999회차에서는 다르게 말한 적이 있었다.

「"나도 가끔은 생각해. 그곳에서 죽는 건 나였어야 한다고. 대장도 그렇게 생각하지?"」

사이코패스 망상악귀 김남운.
원작을 다 읽은 이후에도 녀석에 대한 내 평가는 변하지 않았다.

[전용 스킬, '독해력'이 발동합니다!]

하지만 그것이 김남운의 전부는 아니리라. 내가 읽은 멸살법은 세계의 티끌에 지나지 않을 것이고, 내가 모르는 김남운도 분명 존재할 것이다.

누군가를 위해 한 세계의 끝을 볼 수 있는 김남운.
누군가를 사랑하여 4만 년을 방황할 수 있는 김남운.
동료들과의 신의를 지키기 위해 살아가는 김남운.

만약 그런 김남운이 세상 어디엔가 존재한다면.
그리고 그 김남운이, 999회차의 끝을 본 녀석이라면.
【난, 나는…… 나는…….】

망상이 녀석을 좀먹고 있었다.

인격을 교체하며 버틴 세월들.

가면 아래에 자리 잡고 있던 청일고교 2학년 김남운의 자아가 흘러나오고 있었다.

【내가, 내가 죽였어…… 그래, 내가…….】

부들부들 떠는 김남운이 부러진 단검을 쥔 채 울고 있었다.

"맞아. 네가 죽였어."

나는 그 말을 하며 지하철 뒤칸을 돌아보았다. '무대화'와 어우러진 이현성의 강철 통로가 보였다. 끝없이 이어진 그 통로는 시체로 빼곡하게 뒤덮여 있었다. 이제는 이름조차 잊어버린, '이름 없는 것들'이 울부짖고 있었다.

"그리고 내가 구하지 않은 사람들이야."

「새로운 세계에는, 새로운 이야기가 필요하다.」

'단 하나의 설화'가 완성되기 위한 대가.

그 알량한 기승전결의 완성을 위해 우리는 살아왔다.

[당신의 '히든 시나리오'가 완성을 앞두고 있습니다!]

[당신의 모든 설화가 당신의 '결'을 원합니다!]

[<스타 스트림>의 모든 성좌가 당신의 '결'이 가까워졌음을 느낍니다!]

그리고 이제 나는, 그 빌어먹을 이야기의 끝을 보아야만 한다.

【아, 아아, 아아아……!】

눈의 초점이 흐려진 김남운이 부러진 단검을 자신의 목에 가져다댔다.

['무대화'의 규칙 적용까지 15초 남았습니다.]

[시간이 모두 경과하면 규칙을 지키지 않은 모든 화신은 절멸합니다.]

유상아와 이길영이 내 쪽을 바라보았다. 장난감 로봇이 된 3회차의 김남운도 나를 보고 있었다.

만약 이대로 시간이 경과하면 999회차의 김남운은 무대 위에서 죽게 될 것이다. 이 무대는 가짜지만, 이곳에 투입된 녀석의 설화는 모두 진짜다.

그는 이곳에서 죽는다.

그가 죽였던 이들처럼. 혹은 그가 3회차에서 그랬던 것처럼. 자기 삶을 받아들인 채 비참하게 죽게 될 것이다.

문제는, 그렇게 된다면 '끊어진 필름 이론'으로 연결된 3회차의 김남운까지 소멸하게 된다는 것이었다.

그렇게 둘 수는 없었다.

['무대화'가 해제됩니다!]

주변 경관이 바뀌며 무대가 사라졌다. '끊어진 필름 이론'으로 이어졌던 기억이 흐려지고 있었다. 지하철이 흩어지고, 배우들은 제자리로 돌아갔다.

하지만 999회차의 김남운은 여전히 무릎을 꿇은 채였다.

어떤 이야기는 가짜라도 진짜와 같은 힘을 가지고 있다.

무대는 끝났지만, 원죄는 사라지지 않은 것이다.

황폐하게 너덜거리는 녀석의 설화가 흩어지고 있었다.

나는 여전히 고개 숙인 녀석을 물끄러미 내려다보다가, 녀석이 쥔 단검을 발로 툭 찼다.

"김남운, 너는 구원받을 수 없어."

그리고 품속에서 '부러지지 않는 신념'을 꺼내 들었다. 형형하게 빛나는 백청의 강기가 울부짖었다. 나는 일부러 모두 볼 수 있도록 그 검을 높이 치켜들었다. 그리고.

[<스타 스트림>의 모든 성좌가 '이계의 신격의 왕'의 죽음을 고대합니다!]

【안 돼!】

어디선가 들려오는 끔찍한 절규와 함께, '부러지지 않는 신념'이 무언가를 베었다.

✳

**4**

파스슷.

'부러지지 않는 신념'에 설화의 잔흔이 묻었다.

매캐한 연기를 내며 타오르는 설화.

한때 누군가의 역사였던 것이 재가 되어 흩날렸다.

피에 젖은 김남운의 하얀 머리카락이 칼끝에 걸려 있었다.

「그것이 김독자의 선택이었다.」

나는 하늘하늘 재로 흩어지는 녀석의 머리카락을 보며 입을 열었다.

"어렸을 때, 난 네가 무지 싫었어."

한창 멸살법을 읽던 시절, 김남운은 유일하게 정을 줄 수 없는 인물이었다. 멸살법에 나오는 모든 인물이 나의 형이고, 아버지이고, 동생이고, 누나였다면.

등장인물 '김남운'은 나의 반면교사였다.

"네 정의에는 품위가 없었고, 네 살인에는 기준이 없었지."

비정상적인 세계에 누구보다 빨리 적응한 열여덟 살 청년. 오만함과 방만함으로 칼을 휘두르며 자신의 본성을 어둠에 내맡긴 화신.

망설임 없는 악행과 유치한 대사들.

그러한 특징이 너무나 명백했기에, 어렸던 나는 마음 놓고 녀석을 미워할 수 있었다.

「마음껏 미워하고 증오할 수 있도록 조형된 악.」

그것이 김남운이었다.

"너는 악인이야. 그때도 그랬고, 지금도 마찬가지지."

나는 마치 스스로에게 말하듯 중얼거렸다.

칼날에 묻은 설화들이 핏물처럼 떨어지고 있었다.

「어른이 된 김독자는 다시 한번 김남운을 바라보았다.」

멸살법의 인물들이 시나리오 속에서 바뀌었듯, 그 이야기를 읽는 나 역시 변했다. 나는 이제 그가 악인이 될 수밖에 없던 이유를 헤아리는 나이가 되었다.

「김남운이 악인이 된 것은, 어쩌면 김독자 자신 때문인지도 모른다.」

내가 그때 멸살법을 봤기 때문에. 작가에게 의견을 제시하고, 성좌들이 으레 그러했듯 그를 평가하고 판단했기 때문에.

─작가님. 이번에도 꼭 김남운을 동료로 데려가야 하나요?

그가 살아 있는 인물이 아니라, 작가가 만든 '등장인물'이라고 믿었기 때문에.

지금 생각해보면 내가 김남운을 미워한 이유는 단순했다.

"유중혁은 언제나 널 동료로 영입했지."

김남운은 멸살법의 어떤 인물보다도 나를 닮았다.

"네가 나쁜 놈이라는 걸 알면서, 또 악행을 저지를 것을 알면서…… 그런 너를 데려갔어."

만약 내가 김남운이라면 어땠을까.

청일고교 2학년 김남운.

학업 스트레스와 부모님과의 갈등 속에서 살아가던 평범한 고교생. 그런 고교생이, 보호자도 없이 누군가를 죽이지 않으면 살아남을 수 없는 극한의 환경 속에 홀로 내던져진다면.

"처음엔 유중혁이 실리를 따진 거라 생각했어. 너는 잠재력이 높은 화신이니까. 그런데 곰곰이 생각해보면, 너 정도로 성장할 수 있는 인물은 또 있었어. 그런데도 유중혁은 회차가 시작될 때마다 널 동료로 영입했지.”

나라면 김남운과 다른 선택을 할 수 있었을까.

1회차를, 2회차를, 3회차를…… 999회차를 거듭하면서 그때의 ‘김남운’과 다른 선택을 하고 살아남을 수 있었을까.

“지금 생각해보면 ‘실리’를 추구한 건 유중혁이 아니라 나였는지도 몰라.”

내가 멸살법을 처음 읽던 그때부터 유중혁은 줄곧 ‘스물여덟 살’이었다.

그때도 지금도 어른인 유중혁은, 이미 알고 있었는지도 모른다. 생은 선택의 누적이고, 그 무수한 선택이 쌓여 한 사람 분의 설화가 된다는 것을.

태초부터 악으로 조형된 인물은 존재하지 않는다는 것을.

1회차와 2회차가 다르듯 998회차와 999회차가 다르다는 것을.

그리고 그것이 그가 회귀를 반복하는 진짜 이유임을.

허공에 멈춰 선 칼날.

‘부러지지 않는 신념’이 넋을 잃은 김남운의 살갗을 희미하게 파고든 채 멈춰 서 있었다.

나는 반쯤 한숨 섞인 목소리로 말했다.

“그렇다고 네가 용서받을 수 있다는 뜻은 아니야. 다만 내가 하고 싶은 말은…….”

【김남운!】

뒤쪽에서 밀려오는 어마어마한 격의 표현.

거친 포연의 바다를 헤치고 탱크처럼 이쪽을 향해 달려오는 이가 있었다.

999회차의 이지혜였다.

단지 김남운이 위기에 처했다는 것만으로, 자신의 '섬'을 내던진 그녀가 포화를 뚫고 이쪽으로 다가오고 있었다.

〈김독자 컴퍼니〉의 공격을 정면에서 받아 온몸이 넝마가 되어가면서.

"복 받았네. 저렇게 생각해주는 '동료'도 있고."

'동료'라는 말에 김남운의 텅 빈 동공이 흔들렸다.

이쪽으로 오는 것은 이지혜뿐만이 아니었다.

등줄기가 후끈하다 싶더니, 내 뒷덜미를 위협하는 감각이 있었다.

'업화의 불꽃'이었다.

【무슨 꿍꿍이지?】

조금 전까지 유중혁과 싸우던 999회차의 우리엘이 어느새 등 뒤에 서 있었다.

나는 천천히 고개를 돌려 그쪽을 바라보았다.

급하게 전장을 이탈한 까닭인지 그녀의 순백색 날개가 찢겨 있었다. 곳곳에 남은 깊은 상처들. 한눈에 보기에도 치명상이었다. 그녀는 자신의 원한과 증오, 승패조차 도외시하고 김남운의 위기에 이곳으로 날아온 것이었다.

이계의 신격이 된 후에도 변하지 않는 것은 있다.

'단 한 사람'을 위해 목숨을 거는 동료들.

그런 그들이기에, 유중혁이 없는 999회차의 끝을 볼 수 있었으리라.

"꿍꿍이라. 그건 내가 묻고 싶은 말이야."

가벼운 착지음과 함께 999회차 우리엘의 뒤를 점한 유중혁의 모습이 보였다. 녀석의 흑천마도가 우리엘의 목을 노리고 있었다.

유중혁의 눈빛은 복잡했다. 나를 질책하는 것 같기도 했고, 내 선택에 공감하는 것 같기도 한 표정. 어쩌면 양쪽 다일 것이다.

어차피 이렇게 된 거, 내가 원하는 대로 해보라는 눈빛. 재촉하지 않아도 그럴 참이었다.

"당신과 '이계의 신격의 왕'들은, 마음만 먹으면 지구를 멸망시킬 수 있었어."

내 말에 999회차 우리엘의 동공이 희미하게 흔들렸다.

[현재 '대멸망 시나리오'가 진행 중입니다!]

다른 시나리오도 아니고, 무려 98번 시나리오 지역에서 시행되는 '대멸망'이었다.

저 하늘의 성좌들조차 영멸을 두려워해 감히 참가하지 못하는 시나리오.

적어도 이 시나리오에서 재앙으로 강림한 '이계의 신격'들은 성좌들을 능멸할 무소불위의 힘을 가지고 있었다.

「단 한 번의 손짓에 태평양 일대의 모든 섬이 궤멸당했다.」

원작에 쓰여 있던 그 문장을 나는 지금도 똑똑히 기억하고 있었다.

마음만 먹으면 외우주의 유성을 불러내 충돌시킬 수도 있는 게 바로 저 '왕'들이었다. 재앙으로 강림한 이상 얼마든지 더 커다란 개연성을 끌어다 쓸 수도 있는 존재들.

"왜 처음부터 그렇게 하지 않은 거지?"

그리고 내 모든 계획은, 바로 그 의문에서부터 출발했다.

어째서 그들은 곧바로 지구를 터뜨리지 않았는가.

999회차의 우리엘은 한참이나 말이 없었다.

【그것은.】

사실 대답은 이미 짐작하고 있었다. 왜냐하면 이들은 원작에 등장한 이계의 신격들이 아니었기 때문이다.

「설령 다른 세계선에서 왔다 한들, 그들은 '지구'에서 시작해 시나리오를 클리어한 이들이다.」

지구는 그들의 고향이었다.

그들의 설화가 시작되었고, 그들의 삶이 끝난 곳.

그들은 비극이 되어 살아남았다. 다른 세계선에서 온 외신에게 소중한 존재를 약탈당했다.

이미 다른 세계선의 침공에는 신물이 난 존재들.

그런 그들이…… 정말로 자신들의 목적만을 위해 다른 세계선 전부를 멸할 수 있을까.

"당신들은 우릴 죽일 생각이 없어."

999회차의 이지혜는 말했다. 이 세계선을 제물로 삼아 자신들의 시나리오를 부활시킬 것이라고.

하지만 정말일까. 이미 〈스타 스트림〉에 대한 불신으로 가득 찬 그녀가, 대도깨비들과의 약속을 곧이곧대로 믿고 그렇게 행동했을까.

그리고 999회차의 우리엘이 정말 동의했을까.

"애초에 그럴 수 없는 사람들이니까. 이 싸움은 처음부터 당신들이 진 거야."

이것이 내가 내린 해답이었다.


[절대다수의 성좌가 당신의 판단에 큰 충격을 받습니다!]


999회차를 부정하지 않으면서 우리의 회차를 지켜낼 방법.

담담한 내 선언에, 999회차 우리엘이 복잡한 눈으로 나를 노려보았다. 그녀의 곁으로 비척거리며 다가온 999회차의 이지혜가 김남운의 머리에 가만히 손을 얹었다.

멍하니 나를 올려다보던 김남운의 고개가 돌아갔다.

김남운은 울고 있었다. 무엇이 그리 서러운지, 꾸역꾸역 울음을 토하고 있었다.

999회차의 우리엘은 이러지도 저러지도 못한 채 그 광경을 내려다보았다.

【이제 그만합시다.】

그 말을 한 것은 다가온 이현성이었다.

【뭘 그만하자는 거지?】

【당신도 알고 있지 않습니까, 우리엘. 이것은 우리가 원하는 일이 아닙니다. 이런 식으로는 아무것도 해결되지―】

【그럼 어떻게 하면 해결할 수 있지?】

우리엘의 목소리에는 고저가 없었다. 아주 오랫동안 닳은 절망이 갖게 되는 목소리였다.

【나는 최선을 다했다. 그와 약속한 대로 세계의 끝을 보았고, 그럼에도 아무것도 구해내지 못했다. 이계의 신격이 되었고, 복수를 꿈꾸며 살았다. 사실 그 복수에 별 의미가 없다는 걸 알면서도 그걸 부정하며 여기까지 왔다. 그런데 여기까지 와서 또 무얼 포기하란 것이지? 말해보라, '은빛 심장의 왕'.】

【저는 그 대답을 알지 못합니다. 다만, 이들의 이야기가 우리에게 무언가를 보여줄 거라 생각하고 있습니다.】

【무엇을? 여기까지 와서 우리가 무엇을 더 볼 수 있단 말이지?】

【그건 모릅니다. 하지만 어떤 예감이 듭니다. 999회차

의 우리가 지금껏 이계의 신격이 되어 살아남은 까닭은, 이 순간을 위해서일지도 모르겠다는 것. 당신도 느끼고 있지 않습니까?】

999회차의 우리엘이 창공을 올려다보았다.

하늘이 울고 있었다. 별들이 함부로 반짝이고 있었다.

[<스타 스트림>이 아주 오랫동안 기다려온 설화의 결말을 재촉합니다.]

주변을 둘러보자 어느새 일행들이 도착해 있었다.

한수영, 유상아, 정희원, 이지혜, 신유승, 이길영⋯⋯.

포위하듯 '이계의 신격'을 둘러싼 그들은, 임전 태세를 갖춘 채 내 신호를 기다리고 있었다.

999회차의 우리엘이 물었다.

【왜 이들은 가능하고, 우리는 안 되는 것이지?】

거칠게 타오르는 '업화의 불꽃'이 울부짖었다.

【왜, 우리는 실패한 것이지?】

그 무거운 질문에 감히 답한 존재가 있었다.

"왜 네가 실패했다 생각하지?"

유중혁이었다.

여전히 흑천마도로 우리엘의 목을 겨눈 채, 유중혁이 다시 물었다.

"네가 원하지 않았던 결말은 모두 실패한 결말인가?"

놀랍게도 나는 그 대사가 누구의 것인지 알고 있었다.

「"설령 이 세계의 끝이 비극이라고 해도…… 너희가 실패했다고 생각하지는 마라."」

999회차의 유중혁이 죽기 전 일행들에게 했던 말이었다.

999회차의 우리엘이 몸을 떨었다. 아득한 좌절 사이로 아주 희미하게 흘러나오는 희열. 떨리는 목소리로 우리엘이 유중혁을 향해 다가갔다.

【너는 정말로…… 내가 아는 '유중혁'인 것인가?】

유중혁은 대답하지 않았다.

【말하고 싶다. 그를 불러다오! 단 한 번이라도 그를 다시 만나고 싶다. 묻고 싶다. 그리고—】

999회차의 우리엘이 애원하듯 유중혁의 손을 붙잡았다. 이제 그녀도 느끼고 있을 것이다. 저 '유중혁'의 안에는, 그녀가 사랑하던 999회차의 유중혁도 있다는 것을.

실제로 이 계획을 세우던 당시, 나는 제일 먼저 '은밀한 모략가'에게 999회차의 유중혁을 불러달라고 했다.

'이계의 신격의 왕'들이 의지하는 것은 999회차의 유중혁.

그러니 그에게 도움을 구할 수만 있다면 저들을 설득할 수 있을지도 모른다고 생각했다.

—미안하지만 그것은 불가능하다.

하지만 '은밀한 모략가'는 내 부탁을 거절했다. 마치, 지금의 유중혁이 말하고 있는 것처럼.

"그 녀석을 불러서 어쩌겠다는 거지?"

【그건…….】

"녀석이 항복하라고 하면 그렇게 할 셈인가? 우리 말을 들으라고 하면, 순순히 녀석의 말을 따를 것인가?"

한 마디가 더해질 때마다 999회차 우리엘의 표정이 창백해졌다. 그만두라고 말하고 싶었으나 유중혁은 멈추지 않았다.

무자비한 검격처럼 쏟아지는 말들.

그리고 어느 순간 나는 깨달았다.

부탁을 거절한 것은 '유중혁'도, '은밀한 모략가'도 아니었다.

[999회차의 '유중혁'이 침묵합니다.]

나타나기를 거부한 것은 999회차 유중혁 본인이었다.

뒤늦은 깨달음이 찾아왔다.

"이렇게나 오랜 시간이 지났는데, 여전히 너희는 그 녀석이 없으면 아무것도 결정하지 못하는 것인가?"

그제야 모든 것이 이해될 것 같았다. 왜 그가 내 부탁을 거절했는지.

어째서 999회차의 유중혁은 자신의 일행들 앞에 나타나지 않았는지.

「999회차의 이야기는 유중혁의 부재를 통해 완성되었다.」

그의 동료들은 오직 그를 되살리기 위해, 다시 만나기 위해, 그의 원수를 갚기 위해서만 살아왔다.

오직 그것을 삶의 이유로 삼으며 견뎌왔다.

「그렇다면, 만약 그 이유가 사라진 후 그들의 삶은 어떻게 되는 것일까.」

파도가 만들어낸 포말이 발치를 적셨다. 가라앉은 태양. 아주 먼 곳에서 흘러든 이방인처럼 낯선 바다였다. 그 바다의 중심에서, 섬을 이룬 이계의 신격들이 숨을 멈춘 채 자신들의 왕을 바라보고 있었다.

그들의 왕이 말하고 있었다.

【그런가.】

아주 오랜 세월 망망대해를 항해한 끝에, 마침내 목적지를 발견한 배처럼.

【그것이 너의 뜻인가, 유중혁.】

999회차의 우리엘의 떨림이 서서히 멈추었다.

## 5

그 말을 마지막으로 우리엘은 더 이상 아무 말도 하지 않았다. 아무 말도 하지 않은 채, '이계의 신격의 왕'들은 서로를 바라보았다.

나는 그 틈을 놓치지 않고 입을 열었다.

"우리는 당신들과 싸울 의사가 없습니다. 당신들이 정말로 이 세계를 멸망시킬 생각이 없는 것처럼 말입니다. 당신들도 나도 비극에는 익숙한 사람들입니다. 더 이상 세계선에 슬픔을 만들 필요는 없습니다."

[일시적으로 시나리오가 소강상태에 들어섰습니다!]

[<스타 스트림>이 예상치 못한 시나리오 전개에 놀랍니다!]

나는 긴장하며 그들의 반응을 살폈다. 이계의 신격들은 여전히 말이 없었다. 내 말을 들었는지 아닌지도 알 수 없었다.

「거기까지는, 모두 김독자의 계획대로였다.」

999회차의 기억을 이용하고, 그들에게 '유중혁'의 기억을 환기하는 것.

「애초에 이 승부는 전면전으로는 이길 수가 없다.」

저들이 정말로 온 힘을 다해 재앙의 개연성을 발동했다면, 이 시나리오는 시작과 동시에 끝나버렸을 것이다. 원작에서도 '대멸망'에 어수룩하게 대처하다가 멸망해버린 행성들이 있었다.

[당신을 싫어하는 다수의 성좌가 이 상황에 불만을 갖습니다!]
[일부 성좌가 불합리한 시나리오 전개에 반발합니다!]

아마 성좌들도 그런 광경을 기대했을 것이다. 그들이 증오하는 〈김독자 컴퍼니〉가 지구와 함께 비참한 최후를 맞이하는 것.
하지만 '이계의 신격의 왕'들은 그렇게 하지 않았다.
적어도 아직까지는.

─김독자. 이다음은 뭔데?

내 오른쪽에 붙어 선 한수영이 긴장한 목소리로 물었다.

─솔직하게 말하면 나도 몰라.

─뭐?

─내가 생각한 건 여기까지야.

그게 무슨 헛소리냐는 듯 한수영의 얼굴이 경악으로 물들었다.

─너 지금…….

─지금은 믿는 수밖에 없어.

무책임하게 들릴 것이다. 하지만 다른 방안은 없었다. 이것이 내가 생각한 최선이었고, 올바른 결론으로 향할 최선의 길이었다.

나는 문득 1,863회차 한수영의 말을 떠올렸다.

「"내가 만든 등장인물들을 믿었어. 그게 다야."」

그녀의 심정을 나 또한 이해할 것 같았다.

그렇기에 나는 이렇게 말했다.

─내가 읽었고, 나를 가르쳤던 그 인물들을 믿는 수밖에 없다고 생각했어.

나는 멸살법을 믿는다. 그것을 쓴 작가가 아니라, 그 소설에 나오는 등장인물들을 믿는다.

['살아 있는 불꽃'이 당신을 바라보고 있습니다.]

누구보다도 정의로운 우리엘.

['은빛 심장의 왕'이 당신을 바라보고 있습니다.]

선하고 우직한 이현성.

['가라앉은 섬의 주인'이 당신을 바라보고 있습니다.]

정이 많은 이지혜.

[성좌, '은밀한 모략가'가 당신을 바라보고 있습니다.]

그 어떤 부조리 앞에서도 무릎 꿇지 않던 유중혁.

그들을 믿는다. 어린 나를 키운 그 사람들의 시간을, 아무리 시간이 지나도 훼손되지 않는 가치를 믿는다.

999회차의 우리엘이 입을 열었다. 나를 향해 하는 말이 아니었다.

【이현성, 너는 이 세계선에서 우리가 보지 못한 끝을 볼 수 있을 거라 말했지.】

【그렇습니다, 우리엘.】

【여전히 그 생각에는 변함이 없는 건가?】

이현성이 고개를 끄덕였다. 그러자 천천히 고개를 돌린 999회차의 우리엘이 나를 바라보았다. 태양의 코로나처럼 그녀의 눈동자가 환하게 타오르고 있었다.

【'구원의 마왕'이라고 했나.】

내 정의를 시험하는 듯한 그 시선에, 나도 모르게 침을 삼키며 고개를 끄덕였다.

【이 세계선의 나로부터 너와 관련된 설화들을 보았다.】

순간 근처에 있던 정희원의 몸이 움찔했다. 정확히는 정희원이 아니라, 우리엘이 움찔한 것이겠지만. 뭔가 좋지 않은 예감이 들었다.

이어진 '살아 있는 불꽃'의 말은 전연 뜻밖의 것이었다.

【너의 설화들은 내가 아는 '유중혁'의 그것과 몹시 비슷하더군. 시나리오를 클리어하는 방식도, 일행들을 돌보는 방식도.】

"……."

【이 세계선은 우리의 세계선과 몹시 닮았다.】

999회차의 이지혜의 표정에 복잡한 감정이 어려 있었다. 그 표정을 보는 순간 나는 이들이 왜 그렇게 오랫동안 서로 바라보았는지 깨달았다.

이들은 단순히 이 세계가 그들의 고향이어서 동요하는 것이 아니었다.

【우리 세계선에서 있었던 일들을 아는가?】

나는 말을 망설였다. 쉬이 설명할 수 있는 일이 아니었다.

부족한 말주변을 대신해 내 설화들이 이야기를 시작했다.

[설화, '구원의 마왕'이 이야기를 시작합니다.]

내가 가진 설화의 일부가 손끝을 통해 999회차의 존재들을 향했다.

[설화, '이적에 맞서는 자'가 이야기를 시작합니다.]

[설화, '재앙의 왕을 사냥한 자'가 이야기를 시작합니다.]

나는 내 설화를 읽는 그들을 지켜보았다. 다채로운 표정들. 그들이 내 설화를 무엇에 겹쳐보고 있는지는 명백했다.

멸살법을 처음 읽었을 때 나도 저런 얼굴이었을까.

나로서는 영영 알 수 없는 일이었다.

【……어떻게 이런…….】

이변이 발생한 것은 그때였다. 설화를 묵묵히 읽던 999회차의 우리엘의 격이 내 설화를 타고 내 정신계로 침투해 왔다. 마치, 내 존재의 연원을 알아내려는 것처럼.

[전용 스킬, '제4의 벽'이 발동합니다!]

눈부신 스파크가 튀며, 예상대로 '벽'이 움직였다.

['제4의 벽'이 '살아 있는 불꽃'을 노려봅니다!]


반발하듯 튕겨나간 '살아 있는 불꽃'의 왼손이 희미하게 그을려 있었다.

놀란 얼굴로 나를 보는 그녀의 눈빛에 희미한 이해가 깃들었다.

【그렇군. 그랬던 건가. 너는…….】

내 기억을 읽었을 때보다 더 놀란 목소리.

【최후의 벽의 마지막 파편이라…… 그래서 저 '은밀한 모략가'가 네게 집착하는 건가.】

"결정하십시오. 이제 시나리오의 끝이 얼마 남지 않았습니다."


[현재 '대멸망 시나리오'가 일시적으로 소강상태에 빠졌습니다.]

[현 상태가 오랫동안 지속될 시, 세계의 뒤틀림이 가속됩니다.]


일단 저들이 '재앙'으로 강림한 이상, 시나리오는 반드시 종료시켜야 한다. 지금으로서 최선의 방책은 저쪽에서 '재앙'을 포기해주길 바라는 것.

'살아 있는 불꽃'이 다시 입을 열었다.

【네가 가진 가능성을 인정한다. 분한 일이지만, 내 복수를 미루는 것에도 동의할 수 있다. 하지만―】

그녀의 표정에 무수한 감정이 스쳐 지나가고 있었다.

【나는 너희가 세계의 끝에 도달할 수 있다고는 생각하지 않는다. 고작 다른 세계선의 설화를 답습한 존재가, 제대로 된 결말을 볼 수 있다고 생각하지 않는다.】

"잠깐만—"

【이 시나리오가 끝나면 너는 '결'에 도달하게 되겠지.】

단 하나의 설화의 마지막, '결'.

999회차 우리엘을 중심으로 가공할 열풍이 응축되고 있었다. 기화한 바닷바람 때문에 코끝에 소금기가 맴돌았다.

무지막지한 격의 변화에 나는 반사적으로 외쳤다.

"유중혁!"

그와 동시에 앞으로 나선 유중혁이 흑천마도로 열풍을 베어냈다. 하지만 열기에 녀석의 손등도 익어갔다.

불규칙적인 호흡. '끊어진 필름 이론'의 효과가 거의 다한 것이다.

쿠구구구구구!

999회차의 거대 설화가 일제히 준동하고 있었다. 왜인지 이번만큼은 999회차의 이현성도 우리엘을 막지 않았다.

나는 다급히 외쳤다.

"대체 왜…… 이럴 필요는 없습니다! 우리는—"

999회차의 우리엘은 말없이 이쪽으로 뚜벅뚜벅 걸어왔다.

긴장한 일행들이 일제히 마주 격을 발출했다.


[거대 설화, '마계의 봄'이 이야기를 계속합니다!]

[거대 설화, '신화를 삼킨 성화'가 이야기를 계속합니다!]

우리의 설화를 오시하며 다가오는 '살아 있는 불꽃'.

다른 모든 이계의 신격에게서 격을 건네받은 그녀가 '업화의 불꽃'을 치켜들었다.

나는 입술을 굳게 깨물었다.

[절대다수의 성좌가 '이계의 신격'의 힘을 두려워합니다!]
[다수의 대도깨비가 '이계의 신격'의 설화를 혐오합니다.]

〈스타 스트림〉의 모든 것은 곧 이야기가 된다.

하지만 성좌도 도깨비도 원하지 않는 이런 이야기가, 대체 왜 필요할까. 모두 한없는 슬픔에 빠질 뿐인 이 이야기가 세상에 존재하는 이유는 대체 무엇인가.

【너는 늘 누군가에게 들려주기 위해 설화를 꾸미는가?】

999회차의 우리엘이 말하고 있었다. 놀랍도록 정제된 '업화의 불꽃'이 시나리오 바깥의 시간을 말하고 있었다.

【너희가 쌓아온 설화는 누구를 위해 존재하는가?】

그 진언을 들으며 나는 그녀의 의중을 깨달았다.

누구도 후원하지 않는 이야기.

그럼에도 그녀는 이 시나리오의 끝을 보고자 하는 것이다.

「이것이 '살아 있는 불꽃'이 택한 대답이었다.」


그녀가 이 시나리오를 계속하고자 하는 것은 성좌들에게 동의해서도, 〈스타 스트림〉에 편승해서도 아니었다.

【너희의 '결'을 보여다오. 너희가 다른 어떤 세계선과도 다른 결말에 도달할 수 있음을, 내게 증명해봐라.】

하늘의 별들이 우리를 보고 있었다. 아주 오랫동안 이 이야기를 보아온 별들. 나는 그 무수한 별빛을, 다시 그 너머에 있을 이 모든 세계의 끝을 상상했다. 내가 아주 오랫동안 그려온 이 이야기의 결말을 상상했다.

"김독자!"

눈앞을 메워오는 염열의 파도.

타오르는 유황 냄새에 얽혀, 999회차 우리엘의 [지옥염화]가 용암의 해일을 만들었다. 닿는 즉시 모든 것을 녹여버릴 어마어마한 격의 파랑이었다.

승부는 단판.

저걸 막으면 우리는 이길 수 있다.

"모두 거대 설화에 집중해!"

재앙 앞에서 하찮은 잔재주는 소용없다.

일행들은 자신의 특기 대신 거대 설화의 운용을 도왔다. 신유승도, 이길영도, 유상아도. 모두 허공에 양손을 뻗은 채 거대 설화의 지분에 힘을 보태고 있었다.

[거대 설화, '빛과 어둠의 계절'이 이야기를 시작합니다!]

하늘이 갈라지는 소리와 함께 묵시룡의 울부짖음이 들려왔다.

다음 순간, 한수영 쪽에서 거친 포효가 쏟아졌다.

쿠오오오오오오!

최후의 묵시룡 후보자였던 '심연의 흑염룡'이 브레스를 발사하고 있었다.

거친 [흑염]의 열풍을 타고 정희원이 내달렸다.

[성좌, '물병자리에 핀 백합'이 자신의 격을 개방합니다!]

[성좌, '악마 같은 불의 심판자'가 자신의 격을 개방합니다!]

두 명의 대천사가 정희원과 함께하고 있었다.

하늘 높이 치켜든 '심판자의 검'이 그대로 해일을 내리그었다.

콰아아아아아.

두 천사의 합공 때문이었을까. 일순간 해일의 움직임이 둔해졌다.

그 기회를 놓치지 않은 것은 유중혁이었다.

[설화, '영원불멸의 지옥도'가 이야기를 계속합니다!]

흑천마도에서 뻗어나온 무수한 회차의 잔영들.

녀석의 격이 산개하며 밀려드는 파도를 부숴나갔다.

—부족하다.

하지만 유중혁의 분전은 오래가지 못했다. 녀석의 전신에 튀는 스파크가 불안해지고 있었다. 드디어 '끊어진 필름 이론'이 효력을 다한 것이었다.

유중혁의 격이 급격하게 줄어드는 바로 그 순간, 유중혁이 파도의 중심부에 일격을 날렸다.


파천검도.

오의.

암해참.


녀석의 오의가 만들어낸 아주 작은 틈새.

나는 그것을 놓치지 않았다.

[막내야, 준비 끝났다.]

그리고 내가 기다리던 이의 목소리가 들려왔다.

주변의 구름이 나를 감싸듯 모여들었다. 하늘의 모든 벼락을 끌어모은 양, 뇌전을 잔뜩 품은 근두운이 나를 둘러쌌다.

[쓸 수 있는 건 한 번뿐이다.]

나는 구름을 박차고 좁아지는 용암의 틈새를 달렸다.

[마왕화]로 구현한 날개에 불이 붙었고, 끔찍한 열기에 두 눈마저 익어버릴 것 같았다. 하지만 나는 멈추지 않았다.

모든 동료가 열어준 이 길을, 내게는 지켜야만 할 의무가 있었다.

「우리의 삶을 증명해줄 단 하나의 이야기.」

점점 더 가속한 내 발은 이내 빛이 되었다.

당장이라도 터져버릴 것 같은 화신체를 [전인화]의 힘으로 버텨낸다.

더 빠르게, 더 강하게. 마치, 나 자신이 한 줄기 벼락이 된 것처럼.

양손에서 완충된 번개가 들끓었다. 〈스타 스트림〉의 무수한 별들을 으깨고, 저 〈황제〉의 천궁을 반파시킨 벼락.

나는 온 힘을 다해 여의봉을 던졌다.

「하늘의 별들이 떨어졌고, 성운들이 몸을 움츠렸다. 하늘에 드리워진 먹구름만이 그들의 절망을 암시하고 있었다.」

이것은 제천대성의 모든 힘이 응축된 일격이었다.

「그의 마지막 전장에서 그러했듯이.」

밀려드는 용암을 모조리 부수며 전진하는 벼락.

폭발한 해일이 통째로 산화했다. 줄기차게 뻗어나가는 전격이 갈라진 해일 위에 길을 만들고 있었다.

줄곧 우리가 걸어온 설화의 길. 나는 그 길을 달렸다.

[거대 설화, '마계의 봄'이 당신의 '결'을 안배합니다.]

〈마계〉의 '기起'.

[거대 설화, '신화를 삼킨 성화'가 씩씩대며 당신을 인도합니다.]

〈올림포스〉의 '승承'.

[거대 설화, '빛과 어둠의 계절'이 당신의 곁에서 함께합니다.]

'성마대전'의 '전轉'. 그리고—

[거대 설화, '잊혀진 것들의 해방자'가 마지막 설화를 꿈꿉니다.]

메우지 못한 마지막 한 점.
콰아아아아아아!
우리가 겪어온 모든 설화가 한데 얽히며 눈부신 빛을 발했
다. 눈이 멀어버릴 듯한 섬광의 폭풍이 모든 것을 뒤덮었다.
고개를 들었을 때 화산재가 하늘에 흩날리고 있었다.
모든 것이 끝나고 폐허가 된 하늘. 별들의 시선을 가린 낙진

이 눈발처럼 흩날려 바다를 덮었다.

'부러지지 않는 신념' 앞에 누군가가 주저앉아 있었다.

부러진 대천사의 날개.

처음부터 그녀는 우리에게 이길 생각이 없었다.

나는 그녀의 두 눈을 가만히 들여다보았다.

이것으로 무언가가 증명되었는지 아닌지는 알 수 없다.

다만, 이것이 지금의 내가 보여줄 수 있는 최선이었다.

999회차의 우리엘은 검극을 한참이나 바라보았다. 지나간 마지막 문장을 되풀이해서 곱씹듯이. 그 뾰족한 검극이 그녀의 모든 설화를 끝낼 마침표라도 되는 것처럼.

검극이 가리킨 방향을 따라 우리엘의 시선이 천천히 움직였다.

먼 하늘과 바다가 만나는 수평선의 건너편.

「그곳에 이 세계선의 끝이 있었다.」

우리엘의 표정에 희미한 떨림이 스쳤다.

999회차의 이지혜도, 이현성도, 심지어는 얼이 빠져 있던 김남운도 그쪽을 바라보았다.

희뿌연 낙진의 너머에서 어슴푸레하게 무언가가 비쳐왔다.

이계의 신격들의 표정에 공포가 어리고 있었다.

나는 그들이 무엇을 보고 있는지 깨달았다.

999회차에서 그들이 이미 한 번 도달했던 장소.

이 '설화'의 세계에 발을 붙이고 살아가는 한, 결코 넘을 수 없는 '최후의 벽'.


[ '대멸망 시나리오'의 재앙들이 재앙의 권리를 포기합니다.]

[ '대멸망 시나리오'가 종료 시퀀스에 돌입합니다!]

[당신의 마지막 '거대 설화'가 개화합니다!]

[절대다수의 성좌가 당신의 마지막 설화가 깨어나는 모습을 지켜봅니다!]


그 벽이 나를 부르는 소리가 들려왔다.


[히든 시나리오 – '단 하나의 설화'가 '결'을 맞이했습니다!]

[<스타 스트림>이 당신의 마지막 설화명을 고심합니다.]

[당신은 <스타 스트림>의 모든 별이 경외할 업적을 달성했습니다!]

[당신은 오직 극소수의 별만이 도달한 대서사시를 개척했습니다!]


그리고 아주 오랫동안 내가 기다린 메시지가 나타났다.


[당신과 당신의 성운은 '모든 것의 ■■'을 볼 자격을 얻었습니다.]

[ '이야기의 왕'이 당신을 호출합니다.]

# 92
**Episode**

## 마지막 시나리오

✳

## 1

'대멸망 시나리오'가 끝난 후 이틀이 지났다.

그 이틀 동안 미적거리던 98번 시나리오도 덤으로 종료되었다.

[98번 시나리오 – '후보 결정전'이 자동 종료됐습니다.]

[누구도 당신의 성운에 도전하지 않았습니다.]

[현재까지 승리 횟수: 1회]

[현재 보상 내역을 점검 중입니다.]

['대멸망 시나리오'의 클리어와 연계하여 보상 내역을 논의 중입니다.]

어쩌면 당연한 일이었다. 성운들끼리 서로 싸우는 동안, 우리는 무려 '대멸망 시나리오'를 이겨냈다. 저 아득한 이계의 신격들과 싸우고, 지구를 지켜냈다. 그것도 단일 성운의 힘만으로.

[상당수의 성좌가 당신과 당신의 성운을 존경하고 있습니다.]
[성운, <김독자 컴퍼니>의 명성이 <스타 스트림> 전체에 널리 알려집니다!]
[마지막 시나리오의 모든 성좌가 당신의 성운을 알고 있습니다.]
[마지막 시나리오의 모든 성좌가 당신의 '결'을 궁금해합니다.]

이제 이 〈스타 스트림〉에 우리를 모르는 존재는 아무도 없었다.

—대표님! 김독자 대표님! 한마디만 해주십시오!

공단 너머로 확성기 소리가 들려왔다.

홀로그램 패널을 켜든 텔레비전을 켜든 어딜 가나 우리 이야기가 흘러나왔다. 지상파와 케이블을 포함한 모든 방송사가 실시간으로 공단 앞마당을 비추고 있었다. 우리 공단원을 인터뷰한 영상도 반복 송출되었다.

—'멸망의 심판자'님! 앞으로 〈김독자 컴퍼니〉의 계획은……

—공석에선 그냥 이름으로 불러주세요. 한수영이나 그런 거 좋아하지 전 싫어요.

—정희원, 뒈질래?

저 '뒈질래'만 벌써 몇 번을 들었는지 모르겠다.

─김독자 컴퍼니의 실세, '흑염마황 한수영'. 알고 보니 멸망 이전에는 유명 작가였던 것으로 밝혀져…….

[천재 작가의 통찰로 마지막 시나리오를 파훼한다!]라는 자막을 읽고 있자니, 새삼 내가 여기까지 왔다는 사실이 실감이 났다.

─'정오의 태양'을 쓰러뜨릴 때 대표님께서 '신화급 성좌'가 되셨다고 들었습니다. 우리 한국에도 전면에 나서는 '신화급 성좌'가 생긴 겁니까?

─이번 전투의 마지막 영상을 두고 화신들 사이에서 갑론을박이 벌어지고 있는데요, 대체 그 이계의 신격들의 정체는 무엇입니까?

─김독자 대표님은 왜 갑자기 금발이 되신 겁니까?

우리가 싸운 시나리오는 〈스타 스트림〉뿐만 아니라 지구 전체에 방송되었다. 유중혁이 '라'를 격퇴하던 모습부터, 999회차의 이계의 신격들이 만들어낸 용암 해일에 맞서는 장면까지.

[성좌, '악마 같은 불의 심판자'가 자랑스러워합니다.]
[성좌, '심연의 흑염룡'이 콧대를 세웁니다.]
[성좌, '가장 오래된 해방자'가 입술을 실룩입니다.]

그리고 꼭 그런 장면의 뒤쪽에는, 인터뷰가 하나씩 따라붙었다.

─내가 말이야, 그 친구 회사 다닐 때부터 알아봤다는 거

지. 응? 대체 어떤 신입사원이 입사하자마자 1등으로 칼퇴를……

한명오 부장, 내가 분명히 인터뷰하지 말라고 그랬는데.

싱글벙글 웃는 한명오는 왼손으로 딸아이의 손을 꼭 붙들고 있었다. 다행히 무사히 딸을 구해낸 모양이었다.

—그냥 평범한 친구였어요. 음, 왜 그런 애들 있잖아요. 어느 반에나 한 명씩 꼭 있는 친구.

시간이 지나며 내 동창이라 주장하는 이들도 등장했다. 아직 살아 있는 사람들이 있기는 있었구나, 싶었다. 이제는 이름도 떠오르지 않는 얼굴들.

—착하고, 조용하고, 책 읽는 거 좋아하고…….

딱히 틀린 설명이 아니지만, 맞는 설명도 아니었다. 세상에는 편리한 단어들이 있고, 편리하기에 무엇도 설명하지 못하는 설명이 있다.

한참이나 뻔한 말을 떠들어대던 동창은 카메라가 부담스러웠는지 말을 더듬으며 물러났다. 더 이상 할 말이 없었겠지.

—지구의 구원자, '구원의 마왕'에 관하여.

구슬픈 음악과 함께 이어진 프로그램은 아예 특집으로 편성된 다큐멘터리였다.


[성좌, '고려제일검'이 고개를 끄덕입니다.]

[성좌, '해상전신'이 당신을 자랑스러워합니다.]

흘러나오는 영상을 보며, 나는 멸망 이전의 시간에 관해 생각했다. 내가 꿈꾸던 것들, 중요하다고 믿었던 것들.

어느새 저 모든 시간이 아득한 기억이 되었다는 게 몹시 낯설었다.

물론 모든 게 낯설기만 한 것은 아니었다.

—어렸을 적 가정 폭력으로 얼룩진 아픈 시간을 이겨내고…….

누군가가 뚝, 하고 텔레비전을 껐다.

"독자야."

응접실 입구에 어머니가 있었다.

나는 그런 어머니를 보며 가볍게 미소했다.

"오셨어요."

어머니가 고개를 끄덕였다. 응접실을 메운 침묵. 우리는 그 침묵 속에서 한동안 꺼진 텔레비전 화면을 바라보았다. 검은 화면에 어머니와 내 모습이 비치고 있었다.

코끝을 스치는 가벼운 향수鄕愁와 함께, 문득 이상한 기분이 되었다.

한때는 세상에서 유일하게 이해할 수 없는 사람이었다.

그런데 지금은 [전지적 독자 시점]을 쓰지 않아도, 이 사람이 무슨 생각을 하는지 알 수 있었다.

"저 괜찮아요. 걱정 마세요."

희미한 한숨 소리가 들려왔다.

"미안하구나."

"어머니께서 잘못하신 일이 아닌데요."

"이번 일은……."

"인터뷰 요청 많이 오죠?"

"모두 거절했다. 네가 굳이 나설 필요 없는 일이야. 네가 세계를 구하든 멸망시키든, 그런 건 저들에게 중요한 게 아냐."

멀리서 들려오는 확성기 소리.

어머니가 무엇을 걱정하고, 무엇을 미안해하는지 잘 알고 있다.

"저도 그때의 김독자는 아니에요."

창문 커튼을 젖히자, 광장 쪽 카메라가 일제히 이쪽을 향해 움직였다.

예전에는 저 카메라가 무서웠다. 누가 나를 보는 것이 무섭고, 모르는 사람들이 낯선 언어로 나에 대해 떠드는 것이 두려웠다.

"인터뷰할게요."

"진심이니? 다시 생각해보는 게……."

"저들도 알 권리가 있으니까요."

나는 다시 텔레비전을 켰다. 뉴스 헤드라인이 보였다.

―〈김독자 컴퍼니〉의 목적은 무엇인가?

―공단은 마지막 시나리오의 정체에 관해 밝힐 것을…….

[일부 성운이 당신의 동향에 주목하고 있습니다!]

[<스타 스트림>이 당신의 '결'을 이야기하고 싶어합니다!]

[대도깨비들이 당신을 '마지막 시나리오' 지역으로 호출하고 있습니다.]
[일부 성운이 당신의 성운과 동맹을 맺기를······.]

"오늘 밤 8시에. 도깨비랑 성좌들 쪽에도 연락해주세요."

☒ ☒ ☒

나는 오랜만에 멸살법의 최초 버전을 찾아 읽었다.
아직 작가가 수정하기 전, 완전히 순정 상태인 멸살법.

[현재 당신과 당신의 성운은 '마지막 시나리오'의 자격을 획득한 상태입니다.]
[언제든 '마지막 시나리오' 지역으로 입장이 가능합니다.]

멸살법의 마지막 시나리오는 이계의 신격들과의 대전쟁이었다.
원작의 유중혁은 그 시나리오에서 외신왕의 목을 베어내고 자신의 '결'을 완성한다. 어떤 의미에서는 우리가 이미 '대멸망 시나리오'를 통해 겪은 시나리오와도 흡사했다.
실제로 우리가 대멸망을 막아내는 데 실패했다면, 대멸망은 마지막 시나리오의 전초전으로 흘러갔을 것이다.

「마지막 시나리오의 재앙이 되었어야 할 '이계의 신격'들은 봉인되었다.」

나는 공장 중심에 위치한 세 개의 봉인구를 바라보았다.

이 세계선에 강림했던 모든 '왕'들이 잠들어 있었다.

'살아 있는 불꽃' '가라앉은 섬의 주인', 그리고 '위대한 심연의 군주'까지.

봉인되지 않은 것은 재앙으로 강림하지 않은 '은빛 심장의 왕'뿐이었다.

—너의 설화를 끝까지 지켜보겠다.

마지막 순간, 999회차의 우리엘은 그렇게 말하며 자신과 동료들을 '묵시룡의 봉인구'에 봉인했다. 스스로 관리국과의 협정을 어기고 재앙의 권리를 포기하였으니 어마어마한 후폭풍이 찾아들 것을 직감한 것이었다.

[당신은 '대멸망 시나리오'를 비정상적인 형태로 종료했습니다.]

[일부 성좌가 당신의 시나리오 진행 방식에 불만을 표합니다!]

[일부 대도깨비가 당신에게 알 수 없는 적대감을 가지고 있습니다.]

[소수의 대도깨비가 '이계의 신격'을 설득한 당신의 공로를 인정합니다.]

[현재 다수의 혹부리가 당신에게 호감을 가지고 있습니다.]

무수한 메시지 로그가 지금도 허공을 떠돌고 있었다.

[히든 시나리오 – '단 하나의 설화'가 완료 직전입니다.]

['결'의 후반부로 충분한 '거대 설화'가 완성됐습니다.]

[<스타 스트림>이 최종 설화의 설화명을 제안합니다.]

[거대 설화의 이름을 고르십시오.]

[당신이 고른 선택지에 따라 당신의 '결'이 정해질 것입니다.]


나는 아직 <스타 스트림>이 제안한 선택지를 고르지 않은
상태였다.

"김독자."

삐그덕 문이 열리는 소리와 함께, 한수영이 나타났다.

"일행들 상태는 어때?"

"똑같지 뭐. 유중혁이 좀 다치긴 했는데 그리 심각한 수준은
아니야. 생사단 효력 장난 아니더라."

한수영은 한 알 더 얻어 왔다며 어울리지 않게 너스레를 떨
고는, 내 손에 쥐여주었다.

"혹시 뒈질 것 같으면 먹어."

"고운 말로 주면 더 감동했을 텐데 말이지."

한수영은 알 수 없는 눈빛으로 내 얼굴을 바라보았다. 가벼
운 어둠이 우리 사이에 안개처럼 흩뿌려져 있었다.

999회차 우리엘의 봉인구에서 희미한 빛이 흘러나왔다. 그
빛에 한수영의 얼굴도 하얗게 빛나고 있었다.

"이제 진짜 마지막이네."

나는 고개를 끄덕였다.

"원작에선 어땠어? 마지막 시나리오는······ 아니, 됐다. 어차피 이제 원작이랑도 완전히 달라졌을 거 아냐."

맞다. 원작의 시나리오에서 겪어야 할 이계의 신격과의 전쟁을 우리는 이미 끝냈다.

아마 우리에게 주어질 '마지막 시나리오'는 원작의 그것과는 많이 다를 것이다.

"'결'을 완성하면 어떻게 되는 거야?"

"아마 이야기의 왕을 만나겠지."

"도깨비 왕 말이지."

한수영은 잠시 생각하다가 물었다.

"만날 거야?"

"만나야지. 당장은 아니지만."

"뭔 소리야? 불안하게."

똑똑, 하는 소리가 들리더니 희미한 바람이 일었다.

한수영이 문을 열고 들어온 틈새 사이로 공단원 중 하나가 고개를 내밀었다.

"대표님. 방문객입니다."

방문객?

[오랜만이군, 후예여.]

예스러운 말투. 나를 찾아온 이는 전혀 뜻밖의 존재였다.

"풍백?"

¤ ¤ ¤

천제의 풍신, '풍백'.

그러고 보니 어머니가 해준 말이 떠올랐다.

'마지막 시나리오'에 돌입하기 전에 풍백을 만나라고 했지.

[후예의 선택은 무모했다. 이계의 신격들을 살려두다니, 그대는 재앙을 스스로 품에 떠안은 것이다.]

또 꼰대 같은 소리를 하러 온 건가.

풍백은 내가 하는 짓이 영 마음에 들지 않는 듯 한바탕 설교를 늘어놓기 시작했다. 요즘 젊은것들은 시나리오를 너무 얕본다는 둥, 시나리오에 통 진지하지 않다는 둥…….

"저기요, 할아버지."

[긴말을 늘어놓을 시간은 없으니 본론부터 전하겠다. 마지막 시나리오에서 후예는 큰 위기에 처할 것이다.]

"위기요?"

[후예의 방식을 아주 오랫동안 지켜봐왔으니 하는 말이다.]

내 앞으로의 행보에 관해 빤히 알고 있다는 투였다.

옆에서 한수영이 재미있다는 듯 킥킥거렸다. 나는 녀석을 노려봐준 뒤 물었다.

"대체 무슨 말씀을 하시러 온 겁니까?"

[〈홍익〉이 후예에게 도움을 줄 수 있다.]

나도 모르게 미간에 힘이 들어갔다. 보아하니 뭐 때문에 온 건지 알 것 같았다. 이 양반은 마지막까지…….

"필요 없습니다. 보나 마나 또 말도 안 되는 대가를 요구하면서……."

[대가 같은 건 필요 없다. 한반도에 새로운 '신화급 성좌'가 탄생하는 걸 본 것만으로도 대가는 충분히 받았으니까.]

순간 잘못 들었나 싶었다.

[마지막 시나리오의 신화급 성좌 중에는 〈홍익〉의 창조신도 있다. 만약 상황이 여의치 않다면 그들에게 도움을 청하라. 그대가 진심으로 응한다면 그들도 움직이지 않을 수 없을 것이다.]

"그걸 말해주러 오신 겁니까?"

풍백은 무표정한 얼굴로 수염을 쓰다듬으며 말했다.

[그렇다.]

"조금 감동인데요."

가볍게 헛기침을 한 풍백의 몸이 바람으로 흩어졌다.

[할 말은 모두 전했다. 마지막 시나리오에서 만나지.]

순식간에 썰렁한 바람만이 남았다.

한수영이 의외라는 듯 말했다.

"완전 새침데기네. 귀여운데."

"뭐, 원작에서는 좋은 성좌였으니까."

"그래도 같은 편이 좀 있네. 너 아주 헛살진 않았다."

그랬으면 좋겠다.


[성좌, '악마 같은 불의 심판자'가 자기도 있다고 말합니다.]

[성좌, '심연의 흑염룡'이 진정한 동료란 악우惡友라 주장하며……]

[성좌, '가장 오래된 해방자'가……]

나는 하늘을 올려다보며 씩 웃었다. 한수영이 말했다.

"또 또 재수 없게 웃는다. 곧 8시니까 준비해. 사람들 기다려."

나는 고개를 끄덕이며 공장 상층부로 향했다. 내부에서 웅성거리는 소리가 들렸다. 온갖 언론사와 도깨비들, 그리고 성좌들이 나를 기다리고 있었다.

회견장에 입장하기 직전, 공단원이 나를 붙잡았다.

"대표님, 잠깐만요. 준비가 덜 끝났습니다."

그러고 보니 언제부터 공단에서 날 대표라고 부르는 거지? 원래는 마왕이라고 부른 거 같은데.

"내가 저렇게 부르라고 시켰어. 마왕님 마왕님 하니까 우리가 세기말 악당이 된 거 같잖아."

"뭐, 그것도 그렇지만…… 그런데 설화 씨, 이거 꼭 해야 됩니까?"

얼떨결에 착석한 나는 뺨을 간지럽히는 브러쉬의 감각에 입술을 실룩였다.

심각한 표정으로 내 얼굴을 색칠하던 이설화가 말했다.

"그래도 명색이 대표인데 사람처럼 만들어서 내보내야죠."

"여러 가지로 상처받는 말인데요."

근처에서 일행들이 재미있는 구경이라도 난 것처럼 이쪽을 관찰하고 있었다. 동물원 원숭이라도 된 기분이었다. 뒤쪽에서 한수영이 내 머리카락을 만지작거리며 말했다.

"근데 너 머리카락은 계속 금발인 거야?"

"제천대성의 격이 스며들어서 그래. 좀 있으면 색 빠질 거야."

"머릿결 되게 곱네."

[성좌, '가장 오래된 해방자'가 자신의 머릿결은 고단한 훈련으로 단련된……]

"끝났어요."

순식간에 내 얼굴에 색칠을 끝낸 이설화가 거울을 들어 보여주었다. 내 입으로 말하기는 좀 그렇지만 유중혁의 뺨을 칠까 말까 고민해도 될 정도로 굉장한 미남이 그곳에 있었다.

흘끗 곁을 보았지만 일행들은 아무 말도 해주지 않았다.

몇 걸음 떨어진 곳에서 한심하다는 듯 이쪽을 노려보는 유중혁이 있었다.

"김독자."

나는 고개를 끄덕였다. 외투를 걸치고 '부러지지 않는 신념'을 허리에 찼다. 안쪽에 정장을 입은 것을 빼면 평소의 전투 복장 그대로였다.

"가자."

우리는 회견장으로 입장했다. 탁 트인 야외 회견장에는 무수한 별들과 카메라들이 나를 바라보고 있었다.

창공에서 내려오는 눈부신 스포트라이트. 거대한 홀로그램 전광판에 나와 일행들의 모습이 영사되고 있었다. 공민들의 환호 소리. 쏟아지는 함성과 함께 나를 기다리는 이들의 시선이 느껴졌다.

[절대다수의 성좌가 당신의 선택에 이목을 집중합니다!]
[절대다수의 성좌가 당신의 마지막 설화명을 궁금해합니다!]

한반도의 안위를 챙기는 이들, 지구의 존망을 궁금해하는 성좌들.

마지막 시나리오에 무엇이 있을지를 두려워하고, 자신의 생존을 걱정하는 이들.

우리가 가진 힘을 우려하고 그것을 빼앗으려 하는 존재들.

왜 이제야 나타났느냐고 말하는 이들과 자신들 모두를 '마지막 시나리오'로 보내달라고 말하는 화신들까지…….

[성좌, '구원의 마왕'이 이야기를 시작합니다.]

쏟아지는 수많은 질문 앞에서 내 설화가 움직였다. 하늘이 울렁이고 땅이 뒤집혔다. 신화급 성좌의 격이 해방되자, 한반도 전체가 침묵에 잠겼다. 내 대답을 기다리던 모두가 나를 바라보고 있었다.

나는 천천히 입을 열었다.

[여러분.]

그리고 이야기를 시작했다.

[저는 당신들을 구할 생각이 없습니다.]

내 선언에 군중들이 들썩였다. 기자들은 쉴 새 없이 셔터를 눌렀고, 각종 채널에 상황을 보도하던 하급 및 중급 도깨비들도 경악한 얼굴이었다.


[다수의 성좌가 당신의 발언을 흥미롭게 생각합니다!]

[대도깨비들이 당신의 발언을 경청합니다.]

[관리국의 모든 도깨비가 당신의 언행에 주목하고 있습니다!]


―그게 대체 무슨 말씀입니까?

―김독자 대표님!

성좌와 화신, 그리고 도깨비가 모두 똑같은 표정을 짓는 풍경은 그야말로 굉장했다.

나는 친절한 미소로 다시 한번 입을 열었다.

[말 그대로입니다. 저는 당신들을 구할 필요성을 못 느끼겠습니다.]

―지금 한국을 버리겠다는 겁니까?

―그럼 지금껏 당신을 지지해준 화신들은 어떻게 되는 겁니까!

지지라.

[어떻게 지지해주셨는데요?]

파란은 순식간에 번졌다. 내 의뭉스러운 말투에 기자들이 너도나도 일어서서 소리쳤다. 과연, 언론의 힘은 '신화급 성좌'의 격에 대항할 만큼 대단했다.

─〈김독자 컴퍼니〉의 독재를 묵인해준 게 누구라고 생각합니까?

─지금까지 모두가 당신의 뜻에 따르지 않았습니까?

독재를 묵인한다…….

내가 반응하기도 전에 먼저 반응한 것은 성좌들이었다.


[일부 성좌가 기자들의 발언을 비웃습니다.]

[한반도의 오래된 성좌들이 개탄합니다!]

[성좌, '고려제일검'이 후예들을 노려봅니다.]


이게 독재인지 아닌지는 둘째 치고, 뭘 묵인해준 적이 있는지나 모르겠다. 지금도 폐허가 된 여의도에서 매일같이 〈김독자 컴퍼니〉 반대 시위가 벌어진다는데.

나는 여기저기서 소리치는 기자들을 물끄러미 바라보다가 물었다.

[제 뜻이 뭔데요?]

─그건……!

[지금까지 제가 한 번이라도 뭘 해달라고 부탁한 적이 있습니까?]

순간 기자들이 입을 다물고 서로를 바라보았다. 도깨비들은 흥미롭다는 듯한 표정을 짓고 있었다. 그들로서는 이것조차 재미있는 설화일 것이다. 저 '구원의 마왕'이 자신의 고향을 버리는 장면일 테니까.

한순간 혼란에 빠진 기자들을 구한 것은 공단 한 측에 대기하고 있던 화신의 무리였다.

─강한 힘을 가진 자에게는 필연적으로 의무가 발생하는 법이네. 자넨 지금 그 의무를 땅바닥에 내던진 거야.

대뜸 앞으로 나선 노인은 후줄근한 모자를 덮어쓴 채 그렇게 말했다. 구부정한 챙 아래로 빛나는 음습한 눈동자. 기억이 바로 떠오르지는 않지만, 멸살법에도 나오는 조연이었다. 뒤쪽에서 이지혜의 목소리가 들려왔다.

"아니, 저 할배가 여기까지 나타나?"

보아하니 부산 쪽 연합원인 모양이었다. 우리가 한반도를 떠나 있던 사이 새로 연합을 장악한 세력이 등장한 것이다.

뒤쪽으로 보이는 전우회의 깃발과 파란색 헤어밴드를 쓴 무리. 그 무리의 좌우로 늘어서 있던 지방 연합원들이 목소리를 높이고 있었다.

─구원의 마왕, 당신에게는 강자의 의무가 있다. 당신은 한반도에서 활동 중인 유일한 '신화급 성좌' 아닌가?

누군가는 내 의무를 역설했고.

─부디 한반도를 버리지 말아주시게! 당신이 그렇게 나오면 이 땅의 불쌍한 국민들은 대체 어쩌란 말인가!

누군가는 내 동정심에 호소했다.

—마지막 시나리오를 우리와 함께해주게! 지금까지 살아남은 모두가 마땅한 보상을 받을 자격이 있어!

—이들 중 누구도 '시나리오'를 원한 사람은 없어! 당신은 무고한 이들 모두를 버리겠다는 건가? 그러고도 네가 한반도의 성좌라 할 수 있는 거냐!

어떤 의미에서 그들의 말은 옳았다.

우리 중 누구도 시나리오를 원한 사람은 없었다.

처음에는 그랬다.

[연합의 수장분들도 와 계시니 마침 잘됐군요.]

그런데 지금도 그럴까.

[제가 묻고 싶습니다. '마지막 시나리오'가 올 때까지, 당신들은 대체 어디서 뭘 한 겁니까?]

그 말에 연합원들이 서로 돌아보았다.

—우리는 당신이 없는 한반도를 보호하고……!

—연합의 노고를 무시하는 건가? 당신이 없는 동안 한반도를 지킨 건 우리야!

나는 그들이 무엇을 하고 있었을지 안다.

몇몇 연합원이 기자들과 시선을 교환하는 것이 보였다.

「기사 내보내. '구원의 마왕' 한반도 포기 선언.」

아마 그들은 여론을 선동하고 있었을 것이다.

「'구원의 마왕', 마왕의 본색을 드러내다.」

물어보지 않아도 떠오르는 헤드라인.
왜 그렇게까지 하는지는 알고 있다.

「쫄 필요 없어. '구원의 마왕'도 결국 인간이야. 그냥 한국인이라고.」

「이곳에서 태어난 이상, 거역할 수 없는 것도 있는 법이지.」

「아무리 강한 힘과 명성을 가져도…….」

그들은 시스템을 믿는다. 인류가 오랫동안 유지해온「민주주의」라는 이야기를, 혹은「합리주의」나「제도」「다수결」이라는 설화를 믿는 것이다.

[오래된 설화들이 당신을 바라봅니다.]

이제는 보인다. 누구나 갖고 있다고 믿지만 실은 누구도 갖지 못한 설화들.

〈스타 스트림〉이 도래하기 전에도 지구는 거대 설화에 지배당하고 있었다. 그리고 그 설화를 믿는 이들은 이번에도 자신들이 틀리지 않았다고 생각하고 있을 것이다.

연합원들이 계속해서 외쳤다.

―애초에 시나리오를 독점한 건 〈김독자 컴퍼니〉 아닌가! 이런 불공정 경쟁에서 우리가 뭘 할 수 있다는 거지?

　['공단'은 늘 열려 있었을 텐데요. 우리가 얻은 스킬이나 설화는 모두 공개되었을 겁니다.]

　―하지만 당신들이 먼저 시나리오에 진출했기 때문에……!

　[해외에는 시나리오에 늦게 뛰어든 이들이 많습니다. 페이후나 란비르 칸의 사단 중에는 고작 몇 달 전 시나리오에 뛰어들어 후반부 시나리오에 진입한 이들도 많아요.]

　―그건 해외 사정이고, 이쪽은 상황이 다르잖아!

　[그들에겐 '공단'이 없었습니다. 지원도 극소수에게만 집중되었고요. 하지만 서울은 어땠습니까?]

　내가 손가락을 튕기자, 허공에 비유가 패널을 만들었다. 거대한 패널에 공단의 내부 정경을 찍은 화면이 떠올랐다.

　[하위 시나리오 공략법도 공개했고, '거대 설화 시나리오' 목록도 공지했습니다. 시나리오에 열심히 참가하는 이에게는 특별 지원도 아끼지 않았습니다. 성별, 나이, 인종. 어떤 것에도 제한을 두지 않았습니다. 우리가 원한 건 우리와 함께 싸워줄 용기를 가진 사람들이었으니까요.]

　화면 속에서 훈련을 반복하는 화신들이 보였다. 그들을 통제하는 어머니의 모습. 교관으로 활동하는 조영란과 이복순의 얼굴도 보였다.

　필사의 훈련을 마치고, 설화를 얻어 이 자리에 온 이들.

　[바로 눈앞에 있는 사람들처럼 말입니다.]

나를 둘러싼 회견장의 중심부를 지키고 있는, 강건한 기세와 웅혼한 격을 가진 화신들. 바로 어머니가 키운 '방랑자들'이었다. 어머니를 도와 동해의 해일을 막아낸 영웅이 바로 이들이었다.

[여러분 중 이들보다 못한 지원을 받은 이가 있습니까?]

아무도 대답하는 사람이 없었다. 코앞에서 뿜어내는 '방랑자들'의 패기에 모두 압도되어버린 것이다.

주춤거리며 입술을 깨물던 사람들이 외쳤다.

—우리라고 놀고만 있었던 건 아니야! 여러 가지를 준비하고 있었다고. 제도와 시설을 정비하고, 그리고 당신이 시나리오를 끝내고 오면 다시 제대로 국가를 꾸릴 준비를…….

[왜 그런 준비를 했죠? 앞으로 다가올 '결말'이 뭔지 알고?]

—뭐?

[이 세계의 '결말'이 왜 평화로울 거라 생각하지?]

이 세계는 멸살법의 전개와는 많이 달라졌다. 유중혁도, 이현성도, 이지혜도, 신유승도. 모두가 내가 알던 이들과는 조금씩 달라졌다.

하지만 변하지 않은 것도 있었다.

「유중혁이 만났던 모든 사람은, 한결같이 모든 것이 원래대로 돌아가길 바랐다.」

사람들의 표정이 당혹감으로 물들고 있었다. 끝끝내 믿었던 희망에게 배신당한 얼굴.

그들이 원하는 것이 무엇인지 잘 알고 있었다.


「하지만 그들 중 정말로 '모든 것'이 원래대로 돌아가길 바라는 이들은 아무도 없었다.」


군중들이 원하는 것은 모두의 평화가 아니라 '각자의 평화'였다.

그들은 분명 지옥 같은 시나리오를 겪었고, 살아남았다. 그리고 그런 시나리오를 겪은 사람은 절대로 모든 게 '원래대로' 돌아가길 원하지 않는다.

그들이 겪어온 지옥조차 이제 그들의 이야기가 되었기 때문이다.


「마지막 시나리오만 끝나면 돼. 이젠 나도 힘이 있어. 적어도 화신들 사이에서는 이제 갑이 될 수 있는 위치라고.」

「예전으로 돌아갈 수는 없어. 내가 어떻게 지금까지 살아남았는데…….」

「<김독자 컴퍼니>만 없으면…….」


무수하게 들끓는 욕망 속에서, 나는 천천히 고개를 돌려 회견장 가장자리를 보았다.

연합원들, 그리고 기자들보다 더 먼 곳에서 이쪽을 올려다보는 이들이 있었다. 꾀죄죄한 옷과 장비. 전신에 흙먼지가 묻은 평범한 화신들이었다.

작은 소녀도 보였다. 시나리오 초기의 신유승 정도나 될 법한 키. 지금까지 살아남은 것이 기적이라 여겨질 정도로 어린 소녀. 카메라도 채널도 외면한 그곳에서, 소녀가 오직 나만이 들을 수 있는 목소리로 혼잣말을 중얼거렸다.

「그럼 우리는 이제 다 죽는 거예요?」

쏟아지는 셔터 사이로, 나는 그 어린 소녀를 한참이나 바라보았다.

그리고 입을 열었다.

[나는 영웅이 아닙니다. 처음부터 당신들 모두를 살릴 생각도 없었고, 앞으로도 그럴 계획은 없습니다. 하지만―]

천천히 뒤를 돌아보자,

[다른 '대표'는 생각이 다를 수도 있겠죠.]

그곳에 유중혁이 있었다.

¤ ¤ ¤

잠시 후, 나와 한수영은 무대 뒤에서 유중혁의 연설을 듣고 있었다.

―녀석이 생각하는 결말이 무엇인지는 나도 모른다. 다만,

내게도 내가 생각하는 세계의 결말은 있다.

평소에는 "죽인다 김독자" 정도의 말만 지껄이지만, 막상 말을 시작하면 그럴싸한 연설을 할 수 있는 녀석이었다. 유중혁이 괜히 주인공은 아니니까.

한수영이 레몬 사탕을 입에 문 채 물끄러미 나를 바라보았다. 나는 변명하듯 말했다.

"언제까지 내가 전면에 나서서 모든 걸 통제할 수는 없잖아. 저런 건 유중혁이 더 잘 어울려. 원작에서도 그랬고."

실소하는 한수영을 보며 나는 덧붙였다.

"좀 더 확실한 구심점이 필요해. 저런 건 내 역할이 아니야."

"네가 할 수도 있었지."

"이제 본연의 자리로 돌아가야지. 난 주인공이 아니라 독자잖아."

"얼씨구, 이제 와서?"

나는 등 뒤로 손을 감춘 채 주먹을 쥐었다 폈다 했다. 역시 성좌가 된 김독자도 김독자이긴 한 모양인지, 손바닥이 땀으로 축축했다. 언제든 카메라 앞에 선다는 것은 쉽지 않은 일이었다.

"저게 네가 생각한 '제대로 된 결말'이야?"

"그 시작이지."

"이다음은 뭔데?"

나는 대답하지 않았다.

"야."

성큼 다가온 한수영이 까치발을 하고는 내 멱살을 틀어쥐었다.

"너 내 소설 읽어주기로 한 거 잊은 거 아니지?"

"어?"

"약속했잖아. 잊었어?"

이글거리는 녀석의 눈동자를 보고 있자니, 언젠가 나눈 대화가 떠올랐다. 맞다. '카이제닉스 제도'를 나오며, 한수영이 그런 말을 했다.

이 모든 시나리오가 끝나면 소설을 쓰고 싶다고. 그때, 자신의 소설을 읽어달라고.

"그거 진심이었냐?"

"그럼 그런 걸로 거짓말을 해?"

나는 쓴웃음을 지었다.

"나 눈이 좀 까다로운데, 괜찮겠어?"

"눈이 까다로운 놈이 멸살법 같은 걸 십 년이나 읽어?"

"악플 같은 거 달 수도 있어. 개연성 없다고 지적할지도 모르고, 하차한다고 댓글 쓸지도 몰라."

"해봐. 어떻게 되나."

나는 한수영의 얼굴을 가만히 들여다보았다. 한 치의 물러섬도 없이 나를 보는 견고한 눈빛. 맞다. 한수영은 원래 이런 사람이었다.

"……맨날 연참하라고 독촉할 수도 있어."

"아무 문제 없어. 하루에 열 편씩 쓴 적도 있으니까."

그렇게 멱살을 잡고 잡힌 채 실랑이를 벌이고 있자니, 어쩐지 현실감이 옅어졌다. 처음 이 녀석을 보았을 때만 해도, 동료가 될 거라는 생각은 전혀 못 했다. 한수영. '선지자들의 왕'이던 사람.

—살려야 하는 사람과 죽어도 괜찮은 사람을 구별하던 적이 있었다.

유중혁의 목소리가 들려오고 있었다.

—누구는 죽어야 하고, 누구는 살아야 하고. 줄곧 그렇게 생각하며 살아왔다. 그것이 이 세계를 위해 필요한 일이라 생각했다. 그런데 지금은…….

연설을 들으며, 한수영도 나도 말을 멈췄다. 한 번도 직접 밝힌 적 없던 유중혁의 속마음. 멸살법에도 제대로 드러나지 않던 녀석의 내면을 들었다.

—지금은, 잘 모르겠다.

멸살법의 주인공이 말하고 있었다.

녀석의 등 뒤로, 우리가 살아온 회차의 설화가 흘러나오고 있었다.

이 세계에서 유일하게 지나간 세계를 잊지 않는 존재.

아득한 과거에 배신당하고 상처받아온 주인공.

—지난 생에서는 악이라 믿던 자의 도움을 받기도 했고.

아스모데우스와 싸우는 유중혁의 모습이 보였다. 2회차에서 치열한 싸움 끝에 죽음을 맞이하는 유중혁.

—날 배신했던 이와, 또다시 같은 전선에서 싸우기도 했다.

묵시룡에 맞서며 우리를 돕는 안나 크로프트.

유중혁은 한참이나 그 설화들을 바라보다가 말을 이었다.

—그들을 용서한 것은 아니다. 그렇다고 해서 이번 생을 통해 복수할 생각도 없다. 이번 생은 나의 지난 생이 아니기 때문이다. 이 세계가 더 이상 너희가 알던 세계가 아닌 것처럼.

사람들이 유중혁의 이야기를 듣고 있었다.

그들은 회귀자도 주인공도 아니었다. 그럼에도 뭔가 이해할 것 같다는 표정을 짓고 있었다.

—살아남았다 하여 너희에게 모든 것이 허락된다는 뜻은 아니다. 오히려 너희에겐 책임이 있다. 살아남은 죄. 다른 이의 이야기를 짓밟고 생존한 죄. 다른 이의 설화를 비료로, 감히 줄기를 피우고 싹을 틔운 죄. 그러니 살아남았다면 그 죄에 책임을 져라.

그 말을 이해하는 이도, 이해하지 못하는 이도 모두 압도된 얼굴이었다.

시나리오의 최전선에서 성좌들을 베며 살아온 인간의 말.

친절한 위로도 따스한 격려도 아니지만, 분명하게 사람들에게 전달되는 말이었다.

나 같은 성좌의 진언보다 훨씬 더 진정성 있는 목소리였다.

—모두를 살리겠다는 약속 같은 건 할 수 없다. 나는 그저 내 시나리오를 살아갈 뿐이고, 너희의 시나리오를 대신 살아줄 수 있는 것은 아니니까. 그러니 내가 해주고 싶은 말은 하나뿐이다.

저곳이, 유중혁의 자리였다.

 ─너희 모두의 시나리오가 끝날 때까지, 나 역시 죽거나 회귀하지 않겠다.

*

## 2

　유중혁의 어마어마한 선언에 군중은 침묵했다.

　언변에 넘어가지 않은 몇몇 연합 세력원이 눈빛을 주고받았지만, 이미 군중의 열기는 그들이 통제할 수 있는 범주가 아니었다.

　"패왕……."

　누군가가 작게 중얼거렸고, 이어서 기자들이 멋대로 헤드라인을 만들기 시작했다.

　「패왕 유중혁, 결사 항전 선언!」

　「<김독자 컴퍼니> 공동대표 유중혁, "마지막까지 시나리오 포기하지 않을 것"」

그가 회귀자라는 소문을 들은 화신들은 더욱 흥분하는 눈치였다.

누군가가 크게 소리를 질렀고 공장은 순식간에 환호성으로 뒤덮였다.

"패왕 유중혁!"

"유중혁! 유중혁!"

모두 유중혁의 이름을 연호했다.

조금 전까지 〈김독자 컴퍼니〉를 두고 빈정거리던 이들도 어느새 분위기에 휩쓸려 유중혁을 보고 있었다. 이걸로 모든 것이 괜찮아질 수는 없겠지만, 적어도 초석은 닦은 셈이었다. 이제 '시나리오 이후'의 세계는 유중혁을 중심으로 뭉치게 될 것이다.

아마 똑같은 말을 했어도 나는 저만한 환호를 못 받았겠지.

멱살을 놓은 한수영이 유중혁 쪽을 돌아보며 입을 열었다.

"평소에도 저렇게 좀 하지."

동감이다. 하지만 저게 저 녀석 성격이니까.

한번 시작된 연호는 끊이질 않았다. 유중혁의 이름부터 시작된 환호는 정희원으로, 이현성으로, 다시 이지혜로 넘어가는 중이었다.

'구원의 마왕'을 제외한 모두의 이름이 불리는 와중에, 일행들이 불편한 기색으로 이쪽을 돌아보았다.

나는 괜찮다는 듯 손을 흔들어주었다.

저들은 환호를 받을 자격이 있다.

이윽고 연호는 한수영까지 왔다.

"흑염마황 한수영!"

객석의 군중이 무대 뒤 한수영을 찾았다. 내가 말했다.

"네 차례야. 나가봐."

한수영이 고개를 저었다.

"저런 거 질색이야."

"관심받는 거 좋아하잖아. 아니냐?"

"그건 작가로서고, 한수영으로서는 아니라고."

발꿈치로 바닥을 툭툭 치는 한수영은 시선을 아래로 고정한 채 인상을 찌푸렸다.

한수영이 계속해서 나타나지 않자, 연호는 신유승의 이름으로 자연스레 넘어갔다.

커튼 너머 회견장에서 손을 흔드는 일행들은 화려한 무대의 배우처럼 보였다.

[한반도의 성좌들이 <김독자 컴퍼니>를 자랑스러워합니다!]

나는 그런 일행들을 보며 무심코 입을 열었다.

"한수영."

"왜."

"만약 이 세계가 소설이라면, 지금 우리는 몇 권쯤 와 있을까?"

한수영은 잠시 생각하는 듯하더니 답했다.

"글쎄, 그건 쓰는 사람이 누구냐에 따라 다르겠지."

하긴 그렇겠지.

누군가는 하루 동안 있었던 일로 한 권을 쓰지만, 누군가는 백 년 동안 있었던 일을 한 줄로 쓰기도 한다.

한수영이 말을 이었다.

"나라면, 못해도 지금쯤 20권을 돌파했을 거 같은데."

"……길다."

"길지. 많은 일이 있었으니까."

길었다. 분명 긴 시간이었다. 20권이면, 분량으로 따져도 어지간한 대하소설급이다.

회견장의 하늘로 뉘엿뉘엿 땅거미가 내리고 있었다. 왜인지 오늘은 해가 유독 빨리 저무는 것 같았다.

그런 내 마음을 아는 것처럼 한수영이 말했다.

"근데, 20권 정도면 하루아침에 다 읽을 수 있는 사람도 있어."

순간 가슴 한구석이 서늘해졌다.

묻고 싶었다. 나는 이 모든 이야기를 적당한 속도로 읽어왔을까.

소중한 사람들의 이야기를 빠뜨리지 않고 제대로 읽어왔다고 말할 수 있을까.

"김독자."

"왜."

"넌 이 세계의 주인공도, 멋있는 등장인물도 아닐지 몰라."

"……."

"하지만 넌 열심히 읽었어. 내가 알아."

나는 아무 말도 할 수 없었다.

"네가 읽은 사람들이 지금 저곳에 있는 거야."

한수영이 회견장의 인물들을 바라보고 있었다.

나 역시 그들을 바라보았다.

무대 커튼만 넘기면 닿을 수 있는 자리에 내가 아끼는 동료들이 있었다. 그들이 저 커튼 너머에서 살아 움직이고 있었다.

군중을 노려보는 유중혁이, 빙긋 웃는 정희원이, 방방 뛰는 이지혜가, 내 쪽으로 손을 흔드는 신유승이…….

누군가가 저들의 이야기를 썼다.

내가 그것을 읽었다.

이 모든 이야기는 거기서부터 출발했다.

나는 신유승을 향해 마주 손을 흔들며 입을 열었다.

"내일 아침에 마지막 시나리오 지역으로 출발할 거야."

✿ ✿ ✿

기자 회견이 끝난 후, 일행들은 응접실에 모였다.

정희원은 어깨를 툭툭 두드리며 패널에 나오는 재방송을 보고 있었다.

"에이, 난 카메라발 진짜 안 받네."

〈김독자 컴퍼니〉의 기자 회견으로 인해 한반도뿐만 아니라

〈스타 스트림〉 전체가 들썩이고 있었다.

—저는 당신들을 구할 생각이 없습니다.

화면 속에서 환한 얼굴로 선언하는 김독자를 본 정희원이 혀를 찼다.

"하여간 미움받는 짓은 자처한다니까."

"그래도 누가 좀 만져주니까 그럴듯해 보이네요."

김독자의 메이크업을 담당한 이설화가 만족한 듯이 주억거렸다.

이지혜가 덧붙였다.

"그러고 보니 요즘 독자 아저씨 인상이 좀 강해진 것 같지 않아요? 원래는 뭔가 뿌옇고 수제비 반죽 같은 느낌이었는데."

"엇, 나도 그렇게 생각했는데."

몇몇 사람이 공감한다는 듯 고개를 끄덕였다.

확실히 처음 만났을 때와 지금의 김독자는 많은 것이 다르다. 비단 인상의 문제만이 아니었다.

예전을 회상하듯 정희원이 중얼거렸다.

"솔직히 처음엔 말만 잘하는 좀생이 같았는데."

첫 번째 시나리오의 김독자와 마지막 시나리오의 김독자는 얼마나 다른 사람일까.

일행들 목소리를 들으며 정희원은 화면 속 김독자의 얼굴을 바라보았다. 준비한 연설을 떠들 때면 별처럼 반짝이는 눈동자나, 씩 웃을 때 묘하게 움직이는 입꼬리 같은 것.

그 모든 것들이, 그가 분명히 저곳에 존재한다고 말해주고 있었다.

새삼스레 그 표정을 관찰하며, 정희원은 김독자의 설화에 관해 생각했다.

어쩌면 그들이 함께 만든 설화가 저 사람을 조금은 바꾸지 않았을까.

그런 거라면 정말 좋겠다. 저 사람이 우리를 바꾼 것처럼, 우리의 이야기도 그를 바꾼 것이라면.

"근데 독자 씨는 어디 있죠?"

"아마 마지막 시나리오 관련해서 준비하고 있을 거예요."

"아저씨 설마 또 혼자 이상한 짓 꾸미는 건 아니겠지?"

이지혜의 말에 일행들 표정에 한순간 그림자가 드리워졌다.

그런 분위기를 쇄신한 것은 아이들을 양팔에 안은 채 빙긋 웃는 유상아였다.

"안 그런다고 약속했으니까, 이번엔 믿어보죠."

화면 속 김독자가 뭔가 열심히 떠들더니 욕을 먹고 있었다. 한참이나 그 광경을 들여다보던 정희원이 화면에 손을 가져다댔다. 패널의 미지근한 감촉이 느껴졌다.

"믿어도 되려나……."

아주 작은 목소리지만 듣지 못한 이는 없었다. 그럼에도 일행 중 그녀를 이상하게 바라보는 이는 아무도 없었다.

신유승이 중얼거렸다.

"아저씨 피부 좋네요."

충분히 가까워졌다고 생각했는데, 여전히 김독자의 얼굴은 멀어 보였다.

✿ ✿ ✿

나는 밤새도록 마지막 시나리오에 관해 생각했다.

멸살법의 필요한 부분을 발췌독으로 읽으며, 한수영과 '한낮의 밀회'를 나누기도 했다. [예상표절]을 통해 우리에게 일어날 다음 전개를 예상하기 위함이었다. 그것만으로 부족하다는 생각이 들 때는 유중혁을 통해 '은밀한 모략가'와 의견을 교환하기도 했다.

하지만 '은밀한 모략가'는 결말에 대해서는 말을 아끼는 듯했다.

【네가 걸어가려는 길은 누구도 끝까지 가보지 않은 길이다. 다른 세계선을 참고하는 것이 지금의 네겐 독이 될 수도 있다.】

그 말을 이해했기에, 나는 그 이상 아무것도 묻지 않았다.

"안나 크로프트는?"

"어제 한반도에서 '차라투스트라'들과 함께 철수했습니다."

가능하면 [미래시]의 도움까지 받을 수 있다면 좋을 텐데, 안타깝게도 이번에는 기회를 놓친 듯했다.

쐐애액!

허공을 가르는 흑천마도의 칼날.

십여 걸음 떨어진 곳에서 유중혁이 훈련을 거듭하고 있었다. 매번 똑같은 자세로 보이는데도 녀석은 그 동작 하나하나에 큰 의미가 있는 양 검을 휘둘러댔다. 나는 못 할 짓이었다. 어쩌면 저런 일이 가능했기에, 녀석은 그토록 많은 생을 거듭할 수 있었는지도 모른다.

"젠장, 이런 망할 전개가……."

한수영도 한수영 나름대로 마지막 시나리오의 전개를 알아내기 위해 내 옆에서 골머리를 싸매고 있었다. 하지만 그녀로서도 쉽게 답이 나오지 않는 듯했다.

아무리 [예상표절] 능력이 있다고 해도, 정말 전지全知한 것은 아니다. 그랬더라면 1,863회차의 한수영도 그 고생을 하지 않았겠지.

나는 한수영을 잠시 바라보다가 스마트폰을 켰다. 액정에 파일들이 주르륵 떠올랐다. 멸살법의 순정 버전부터, 가장 마지막에 받은 '최종본'에 이르기까지.

─멸망한 세계에서 살아남는 세 가지 방법(최종본).txt

나는 한참이나 최종본 파일을 노려보다가 다시 스마트폰을 껐다.

지금까지 잘 지켜온 결심을 무너뜨리고 싶지 않았다.

「김 독자」

고개를 들자, [제4의 벽]이 나를 불렀다.

'왜.'

「힘 **들어?**」

뜬금없는 문장에 피식 웃음이 나왔다.

이 녀석을 잊고 있었다. 어쩌면 이 세계에서 나와 가장 오래 함께한 녀석은 바로 이 '벽'일 텐데.

'안 힘들어. 네가 있잖아.'

내가 여기까지 올 수 있었던 것은 [제4의 벽] 덕분이었다.

녀석이 첫 번째 시나리오에서 정신 충격을 완화해주지 않았더라면, 무수한 위기 속에서 육체적 고통을 경감해주지 않았더라면, 나는 진즉에 시나리오의 고혼이 되어버렸을 것이다.

츠츳, 츠츠츳.

마치 작은 아이가 몸을 들썩이는 것처럼 허공에 스파크가 튀었다.

짧은 순간 스파크 위로 의기양양한 어린애의 표정 같은 것이 떠올랐다.

「엣 헴, 혹 시특 **성창** 보고 *싶 어?*」

이 녀석은 내가 시도 때도 없이 특성창만 보고 싶어하는 줄 아나.

'아냐. 지금은 됐어.'

본다면 도움이 될 수도 있다. 하지만 지금은 더 중요한 것이 있었다.

'그보다, 하나 궁금한 게 있어.'

「뭔 데?」

사실은 오래전부터 물어봐야 했던 질문이었다.

하지만 언제나 제대로 된 답변을 듣지 못했기에 나 혼자서 이렇게 저렇게 가설을 쌓아놓고 있던 질문.

"최후의 벽'이라는 건 정확히 뭐지?'

[제4의 벽]은 잠시 말이 없었다. 어쩌면 또 말을 돌리거나 필터링을 시도할지도 모른다는 생각이 들었다. 그리고 얼마나 지났을까.

「모 든 이야 기 가 쓰 여있 는 벽」

'마지막 시나리오'가 코앞이기 때문일까.

여전히 아리송하기는 마찬가지지만, 이제 [제4의 벽]도 내게 정보를 숨길 생각은 없는 듯했다. 나는 다시 물었다.

'질문을 바꿀게. 너는 대체 뭐지? 벽의 파편은 대체 왜 존재하는 거야?'

「소 *중한* *테* 마를지 키는 *것* 그게 **벽** *의* 임 무」

순간 떠오르는 것들이 있었다.

장하영을 지키던 '불가능한 소통의 벽'.

생각해보면 장하영만이 아니었다. 멸살법에서 중요한 인물들은 늘 그런 벽을 가지고 있었다.

석존에게는 '윤회의 벽'이 있었고, 아가레스와 메타트론에게는 '선악을 가르는 벽'이 있었다.

「**테** **마**는 하나 *가* 아니 **니** *까*」
「**하 나** *의* *설* 화는 수 **많** 은 이 **야기** *의* *집* 합」

[제4의 벽]은 '최후의 벽'의 파편이었다. 그리고 파편이란 다시 끼워넣을 수 있는 조각을 의미한다.

순간 머릿속이 환해지는 느낌이었다.

만약 정말 그렇다면. '벽'이라는 것이 '설화'를 지키기 위해 존재한다면.

츠츠츠츠……

눈앞 허공에 [제4의 벽]의 정경이 일렁였다. 수많은 책장으로 이루어진 도서관이 어른거렸다. 허공으로 손을 뻗자, 책들의 활자가 흩어졌다. 대신 그곳에 나타난 것은 아주 오래되고 낡은 벽이었다. 선사시대 암벽 동굴을 연상시키는 '최초의 벽'.

나는 그 벽을 향해 손을 뻗었다.

추위로부터, 고통으로부터, 트라우마로부터 나를 보호해준 벽.

예로부터 벽이란 무언가를 지키기 위해 만들어졌다.

「마 지막 *설* 화를 준비 해 야해 김독 자」

인간은 언젠가부터 그 벽에 무언가를 쓰기 시작했다.

그러자 그것은 설화說話가 되었다.

「네가, 그 마지막이야.」

✳

**3**

"다들 준비 끝나셨죠?"

평소와 같은 아침이었다. 공기는 맑고 상쾌했고, 일행들 표정도 어둡지 않았다. 복장만 전투복이 아니라면, 어디 소풍을 간다고 해도 믿을 만한 얼굴들이었다.

「그랬기에, 김독자는 순수하게 기뻤다.」

"준비야 진즉에 끝났죠. 그보다 뭔가 할 말이 있는 건 독자 씨 같은데."

문득 정신을 차렸을 때는 정희원이 내게 고개를 들이밀고 있었다.

내가 잠시 생각하며 입술을 달싹이는 동안 이지혜가 끼어

들었다.

"난 그냥 안 들을래. 보나 마나 또 위험하니까 안 가도 된다는 둥 어쩐다는 둥 할 거잖아."

"그러게, 언제는 안 위험했다고."

"이번에는 진짜입니다. 진짜로 위험하다고요……!"

내 성대모사라도 하는 듯, 이지혜가 나긋나긋 소리쳤다.

아니, 내가 언제 저런 식으로 말했다고…… 나는 인상을 찌푸린 채 다시 입을 열었다.

"그게 아니라, 이번엔 진짜……."

"저봐, 내가 저럴 줄 알았다니까. 100코인 내놔요, 언니."

침울한 얼굴로 동전을 내미는 정희원.

그 광경을 보며 절레절레 고개를 내저은 한수영이 말했다.

"넌 학습이라는 걸 좀 해야 해."

"뭔 학습."

"그런 식으로 일행들한테 다짐받는 것도 하루 이틀이지, 매번 그러면 사람들이 뭐라고 생각할 것 같냐? 아, 저 인간은 우리가 맹세한 것들을 아주 싸구려로 생각했구나. 지금껏 우리가 다짐했던 걸 모두 거짓부렁으로 봤구나!"

"그런 생각으로 말한 건 아니었어. 여러분, 혹시나 오해하셨다면 진심으로 죄송……."

이지혜에게 100코인을 넘겨준 정희원이 물었다.

"근데 작전은 뭐예요? 어제 수영이랑 한참 짜는 거 같던데."

"딱히 없습니다."

그 말에 정희원이 의심스럽다는 듯이 재차 고개를 들이밀었다.

"진짜?"

"지금까지와는 다르니까요. 이번에 있을 마지막 시나리오가 무엇일지는 저도 알 수 없습니다."

"이상한데. 뭔가 숨기는 거 있죠?"

"없는데요."

[등장인물 '정희원'이 '거짓 간파 Lv.5'를 발동합니다!]
[당신의 발언이 거짓임을 확인했습니다.]

"어쭈, 이제 막 거짓말까지 하네."

……[거짓 간파]는 또 언제 배운 거지, 젠장.

나는 우물쭈물 말을 이었다.

"당장 자세한 이야기를 드리기는 어렵습니다. 제가 말을 하면 뭔가 틀어져버릴 수도 있으니까요. 여러분은 평소처럼만 하시면 됩니다. 어떤 시나리오가 찾아오든, 자신이 옳다고 믿는 것을 선택해주세요. 성공하기만 하면, 우리 모두 살아남을 수 있을 겁니다."

"그 '우리 모두'에는 독자 씨도 포함되나요?"

나는 유상아를 물끄러미 바라보다가 고개를 끄덕였다.

"그렇습니다."

"시나리오 다 끝나고 나면 큰 집에서 다 같이 살 수도 있는 거고요?"

"그렇습니다."

"나 아직 졸업식 못했는데, 다 같이 졸업식도 와줄 수 있는
거지."

"맞아."

"형, 그럼 저랑 같이 PC방⋯⋯!"

"갈게."


[등장인물 '정희원'이 '거짓 간파 Lv.5'를 발동합니다!]

[당신의 발언이 사실임을 확인했습니다.]


그제야 사람들 표정에 안도가 스쳤다.

나는 일행들의 얼굴을 하나씩 돌아보았다.

유상아, 정희원, 이현성, 이지혜, 이길영, 신유승, 이설화, 공
필두, 장하영, 한수영⋯⋯.

"끝났으면 출발하지."

그리고 유중혁까지.

한 사람 한 사람에게 모두 다른 이야기가 있었다.

여전히 내가 모두 읽지 못한 이야기들이었다.

"출발해 아저씨. 아직 시나리오 진입도 안 했는데 벌써 비장
해질 필요 없잖아."

이지혜가 말했다. 나도 동감이었다. 아직 마지막 시나리오
는 시작조차 하지 않았다. 천천히 심호흡하며 고개를 들자, 창

공 높은 곳에서 포털이 나타났다.

['99번 시나리오'로 통하는 포털이 생성됐습니다!]

비형이 만든 포털이었다.

"갑시다."

우리는 포털로 발을 내밀었다. 순식간에 주변 경계가 무너지더니, 일대의 풍경이 재생성되었다. 뒤로는 드넓은 〈스타 스트림〉의 장관이, 앞으로는 우리를 기다리는 도깨비들의 모습이 보였다.

"어, 여기 전에 왔던 곳인데."

'게이트 오브 스타 스트림'.

최종 관문으로 가는 마지막 관문이자, 모든 도깨비의 총본산인 〈관리국〉의 본거지.

[<김독자 컴퍼니>. 입장 자격 확인됐습니다.]

"이번엔 직통이네."

도깨비들은 딱히 복잡한 절차도 없이 우리를 통과시켰다.

[절대다수의 성좌가 당신들의 '마지막 시나리오' 입장을 지켜봅니다!]
[다수의 성운이 당신들의 업적을 몹시 부러워합니다!]

우주의 암흑 사이로 성좌들과 성운들이 우리를 지켜보는 것이 느껴졌다.

['마지막 시나리오'의 성좌들이 <김독자 컴퍼니>의 등장에 긴장합니다!]
[당신과 당신의 성운이 최종 시나리오 지역에 입장했습니다!]

다시 눈을 뜨자, 소용돌이치는 은하의 풍경이 보였다. 수많은 별이 환류를 거듭하며 오로라를 발생시키고 있었다. 마지막 시나리오의 성좌들이었다. 오래전 '신화급'에 도달한 별들, 혹은 그 존재의 가호를 받는 무리들.

그러나 별들은 우리에게 다가오는 대신, 멀찍이 떨어진 고궁의 하늘 위에서 소용돌이칠 뿐이었다.

"저거……."

별들이 춤추는 거대한 고궁. 그 너머로 끝 모르게 아득한 벽이 펼쳐져 있었다.

"저게 '최후의 벽'이에요?"

나는 그 벽을 응시했다.

오만한 벽은 마치 여기까지가 이 세계선의 끝이라는 듯, 모든 것의 전경으로 펼쳐져 있었다.

「세상의 모든 것이 그곳에 기록되기 위해 존재했다.」

['이야기의 왕'이 당신을 바라보고 있습니다.]

['이야기의 왕'이 당신을 호출합니다.]


전신의 솜털이 곤두서는 찌릿한 감각. 느낄 수 있었다. 저
'벽'의 중심에 〈스타 스트림〉이라는 거대한 설화를 움직이는
존재가 있었다. 일행들 또한 그것을 느꼈는지 긴장한 얼굴이
었다.

시종일관 침착한 표정을 유지하는 이는 유중혁뿐이었다.

"성좌들이 보이지 않는군."

유중혁의 말대로였다. 천공에 맴도는 별들이 보이기는 했지
만, 직접 현현한 성좌는 단 하나도 없었다. 마치 우리가 올 줄
알고 모두 어딘가로 도망가기라도 한 것처럼.

그 대신 우리를 맞이한 것은 대도깨비였다.


[대도깨비 '허체'가 시나리오에 현현했습니다!]

[대도깨비 '하롱'이 시나리오에 현현했습니다!]

[대도깨비 '하람'이 시나리오에 현현했습니다!]

[대도깨비 '호롱'이 시나리오에 현현했습니다!]

[대도깨비 '녹수'가 시나리오에 현현했습니다!]


하나하나가 드높은 격을 지닌 도깨비가 한꺼번에 나타나자,
나도 중압감을 느끼지 않을 수 없었다.

[왔는가, 〈김독자 컴퍼니〉.]

일전에 우리를 영입하기 위해 〈성마대전〉에 난입한 대도깨비 허체였다.

그는 아니꼽다는 눈빛으로 우리를 바라보더니 말을 이었다.

[너희는 '마지막 시나리오'의 자격을 얻었다. 시험은 필요 없으니 '방주'로 들어가면 된다. 자세한 이야기는 그다음에 하지.]

"방주?"

내 물음이 떨어지기도 전에 고궁의 중심에서 거친 굉음이 울려 퍼졌다. 고궁 중심부가 열리며 궁의 기저에서 뭔가가 솟아오르고 있었다.

「그것은 아주 거대한 배.」

그 배를 보는 순간 기시감이 뇌리를 스쳤다.

「성마대전에서 본 적이 있는 배였다.」

'성마대전'에서 우리를 구한 배.

묵시룡과 형용할 수 없는 아득함의 격전에서 우리를 대피 시킨 〈에덴〉의 방주도 저와 비슷한 모양을 하고 있었다.

차이가 있다면, 그때 본 방주보다 훨씬 더 크고 견고해 보인 다는 것.

선체는 마치 부서진 벽의 조각을 깎아낸 듯 희고 검은빛을 동시에 내뿜고 있었다.

대도깨비 허체가 말했다.

[본래 이 세계선은 '최후의 세계선'으로 선택되었다. 하지만 도중에 일이 잘못되었고, 이번 세계선의 뒤틀림은 돌이킬 수 없이 악화되었다. 이 세계의 결말로는 '최후의 벽'을 열 수 없다. '가장 오래된 꿈'이 만족할 대서사시를 맺을 수 없게 되었다는 뜻이다.]

"무슨 헛소리지?"

[너희는 '씨앗'이 될 것이다.]

씨앗. 멸살법에서 들어본 적 있는 말이었다.

'단 하나의 설화'의 모든 후보군을 총칭하는 단어였다.

먼 우주의 하늘에서 간헐적인 스파크가 거센 불꽃을 튀겼다. 뒤틀린 세계선의 최후를 암시하듯 불길한 소리였다. 굉음에 일부 휘말린 별들이 산화하며 흩어지더니, 이내 유성으로 떨어졌다.

그 유성을 보며 도깨비가 이야기를 계속했다.

[영광으로 생각하라. 세계선을 망친 네놈을 '씨앗'으로 선택한 것은 '이야기의 왕'의 뜻이다. 너희는 '방주'에 탑승하여 새로운 세계선으로 이동하게 될 것이다. 그리고 그곳에서 세계관을 구성할 핵심 '설화'로 거듭날 것이다. 지난 세계에서 넘어온 이들이 그랬듯이.]

그제야 그들의 말이 이해되기 시작했다. 그러니까 지금 이 녀석들은 우리에게 탈출을 제안하는 것이었다.

"너희는 그렇게 쉽게 이 세계를 포기하는 건가? 이 세계선을 버리고 모두 함께 떠나자고? 그게 말이나 된다고 생각하는 거냐?"

[그렇게 정색할 필요는 없을 텐데. 너희에게도 나쁘지 않은 제안이니까. 네 목적은 '누구도 희생하지 않는' 결말 아닌가?]

순간 말문이 막혔다.

[너는 성공했다 '구원의 마왕'. 너와 네 일행은 이 세계선을 떠나 모두 생존할 수 있게 되었다.]

먼 하늘의 건너편에서 우레 섞인 폭음이 울려 퍼지고 있었다. 〈관리국〉이 지키던 개연성이 무너지는 소리였다.

그 소리를 들으며 뒤늦게 여러 가지가 이해되기 시작했다.

왜 주변에 성좌들의 모습이 하나도 보이지 않았는지.

그리고 어떻게 〈관리국〉은 세계가 시작될 때부터 이토록 강력한 영향력을 가진 집단일 수 있었는지.

"너희는 몇 번이나 이런 일을 반복해온 거지?"

[그게 중요한가?]

"방주에 타지 못한 이들은 어떻게 되는 거지? 선택받지 못한 존재는 모두 어떻게 되는 거냐?"

[묻지 않아도 이미 알고 있을 텐데.]

허체는 턱짓으로 우리의 뒤쪽을 가리켰다. 그곳에는 이지혜가 미리 소환해둔 '터틀 드래곤'이 있었다. 갑판 위에서 네 개의 둥근 봉인구가 반짝이며 빛을 토하고 있었다.

'은밀한 모략가'를 비롯한 이계의 신격들.

나는 봉인구 속에 잠든 원작의 인물들을 바라보았다.

시나리오에서 배제당한 존재는, 모두 죽거나 이계의 신격이
된다.

[새로운 메인 시나리오가 도착했습니다!]

〈메인 시나리오 #99 - '탈주'〉

**분류:** 메인

**난이도:** ???

**클리어 조건:** 성운의 동료들과 함께 '방주'에 탑승하시오.

**제한 시간:** 2시간

**보상:** 당신들은 '방주'에 탑승해 다른 세계선으로 넘어갈 수 있습
니다. 그곳에서 당신들의 '설화'는 새롭게 시작될 것이며, 당신들
이 쌓아온 설화는 〈스타 스트림〉의 '최후의 벽'에 기록되어 영원
히 전승될 것입니다.

**실패 시:** 멸망하는 세계에 잔류 및 사망

＊

**4**

시나리오를 확인한 일행들은 얼빠진 얼굴들이었다.

"독자 씨. 저거⋯⋯."

너무나 쉬운 클리어 조건이었다. 지금껏 우리가 겪어온 어떤 시나리오보다도 쉬웠다. 우리는 그저 대도깨비 말에 따라 방주에 탑승해, 이 세계선을 떠나기만 하면 된다.

[무엇을 망설이는 거지? 그대들에게 이보다 더 좋은 시나리오는 없다.]

허공에서 대도깨비들의 떠들어대는 목소리가 들렸다.

[심지어 많은 성좌가 너희를 '씨앗'으로 선택하는 데 반대했지. 그 별들의 흐름을 거슬러, 우리가 너희를 선택한 것이다.]

파랗게 질린 입술을 깨문 비형이 그들 사이에서 고개를 숙이고 있었다.

머릿속이 복잡했다. '이야기의 왕'은 왜 갑자기 이런 시나리오를 제시했을까. 지금의 나로서는 잘 알 수 없었다.

다만 확실한 것은, 저들의 말을 들으면 일행들의 생존이 보장된다는 사실.

「<김독자 컴퍼니>의 설화는 '최후의 벽'에 기록될 것이다. 그들이 증오하던 다른 설화들과 함께.」

고개를 돌리자 일행들이 나를 보고 있었다.

"여러분."

말문을 겨우 열었으나, 뒤를 이어나갈 단어가 좀처럼 떠오르지 않았다.

쉬운 방법이 눈앞에 있었다. 이 방법을 선택하면, 내 작전은 필요 없을 수도 있다.

일행들은 아무도 죽지 않을 것이다. '이계의 신격'이 되지 않을 것이다. 우리는 저 배를 타고 다른 세계선으로 넘어가서, 아무 일도 없었던 것처럼 새로운 이야기를 살아가면 된다.

우리 설화를 가지고, 새로운 세계선의 지배자가 되면 된다.

<올림포스>와 <아스가르드>의 최고신들이 그랬듯이, 편안하게 시나리오의 향락을 누리며 그렇게 살아가면 된다.

"독자 씨."

고개를 돌리자 나를 보고 있던 유상아와 눈이 마주쳤다.

「하지만 그곳에서 우리가 흔쾌히 큰 집을 살 수 있을까.」

이지혜가 쌍룡검에 매달린 키링을 굳게 쥐었고.

「웃으며 지혜의 졸업식을 축하해줄 수 있을까.」

신유승과 이길영이 서로 옷깃을 붙들었다.

「길영이와 PC방에 가서 게임을 하고.」
「유승이와 함께, 한강에 가서 피자를 먹을 수 있을까.」

마지막으로 유중혁이 나를 보았다.

「마치 벽에 적힌 낙서를 지우듯, 우리에게 일어난 모든 일이 아무 것도 아니었다는 양 굴 수 있을까.」

이미 멸망은 일어났고, 그것은 돌이킬 수 없다.

[성좌, '악마 같은 불의 심판자'가 당신의 선택을 기다립니다.]

죽은 아가레스와 메타트론이 돌아오지 않는 것처럼.

[성좌, '심연의 흑염룡'이 당신의 선택을 지켜보고 있습니다.]

[성좌, '은밀한 모략가'가 당신의 선택을 지켜보고 있습니다.]

묵시룡의 재림을 없었던 일로 할 수 없고,
유중혁의 지난간 회차를 바꿀 수 없는 것처럼.

「이 모든 세계는 이미 우리의 일부였다.」

한수영이 입을 열었다.
"김독자, 뭘 망설여? 어떻게 해야 할지 알고 있잖아."
어느새 다가온 이현성도 내 어깨에 손을 얹었다.
내가 무슨 말을 하려는지 안다는 것처럼.
"제 생각도 독자 씨와 같습니다."
우리가 쌓아온 설화들이 우리를 이야기하고 있었다.
남겨질 것들을 이야기하고 있었다.
지구의 사람들. 어머니와 '방랑자들'. 우리의 이야기를 함께
했지만, 지금 이곳에 있지는 않은 존재들.

[성운, <김독자 컴퍼니>의 모든 설화가 당신을 바라봅니다.]
['제4의 벽'이 강하게 진동합니다!]

언젠가 '은밀한 모략가'는 말했다.
【다시 만날 때는, 네가 그 '벽'의 제대로 된 주인이
되어 있길 바라지.】

장하영에게는 '불가능한 소통의 벽'이 있고, 유상아에게는 석존에게 물려받은 '윤회의 벽'이 있다. 아가레스와 메타트론은 '선악을 가르는 벽'을 가지고 있다.

그리고 모든 '벽'은, 그 벽에 기록될 설화를 가지고 있다.

「그렇다면 [제4의 벽]에 쓰여야 할 설화는 무엇인가.」

[제4의 벽]은 말했다.
내가 바로 '최후의 벽'의 마지막이라고.

「이 모든 설화의 대미大尾.」

말문을 떼며 마지막으로 일행들을 보았다.
이것이 혹시나 틀린 선택이 아닌지 점검한다.
모른다. 그런 것을 알 방법은 없다. 다만,

「독자 씨가 하고 싶은 대로 하세요.」
「아저씨, 죽을 때는 같이 죽는 거야. 알지?」
「부끄러운 연명보다는 정의로운 최후가 낫습니다.」

일행들의 목소리가 내게 용기를 주었다.
몸속 깊은 곳에서 끓어오른 설화가, 내게 진언을 허락했다.
[우리는 방주에 타지 않겠다.]

아주 오랫동안 고민한 이야기의 마침표가 어렴풋이 보일 것 같은 느낌이었다.

대도깨비들이 경직된 눈빛으로 나를 보았다.

세계선의 모든 성좌가 오직 나 하나에 시선을 집중하고 있었다.

그 시선들을 하나하나 감각하며 나는 아득한 해방감을 느꼈다.

「그리고 그 순간, 김독자는 '멸살법'에서 쓰이지 않은 이야기가 무엇인지 깨달았다.」

나는 멸살법의 모든 회차를 읽었다. 그 모든 이야기를 기억했다.

하지만 그런 나도, 유일하게 읽지 못한 것이 있었다.

「에필로그.」

0회차부터 1,863회차까지.

내가 읽어온 모든 설화가 모이고 있었다. 하늘을 흐르는 성류들의 이야기가 이 세계선으로 집약되고 있었다.

멀리서 성좌들의 준동이 느껴졌다. 무언가가 이쪽으로 다가오고 있었다.

[지금 그대가 한 말이 무슨 뜻인지 아는가?]

대도깨비들이 묻고 있었다.

그럴 줄 알았다는 것 같은 얼굴도 있었고, 당황한 얼굴도 있었다.

사실 어느 쪽이든 중요하지는 않으리라. 그들에게는 모든 것이 그저 '설화'일 테니까.

이 모든 것이 그들에게는 〈스타 스트림〉의 뜻일 테니까.

[〈스타 스트림〉이 당신의 마지막 '거대 설화명'을 제시합니다.]
[당신은 제시된 '결' 중 하나를 선택할 수 있습니다.]

1. 멸망한 세계선의 방랑자
2. 절망한 별빛의 지배자
……

우리가 완성한 마지막 '거대 설화'의 이름들이 떠오르고 있었다.

나는 내게 주어진 '결'의 선택지들을 바라보았다.

하나같이 거창한 이름의 선택지였다.

「그리고 어떤 것도 그들의 이야기를 온전히 담을 수 없었다.」

[나는 너희가 제시한 설화명은 받아들이지 않아.]

[성좌, '구원의 마왕'이 <스타 스트림>의 모든 선택지를 거부했습니다.]

츠츠츠츠츳!
[나는 너희가 말하는 '결'은 완성하지 않겠다.]
허리춤에서 천천히 '부러지지 않는 신념'을 뽑았다.
아마도 이 검을 처음 쥐었을 때부터 이 순간은 예정되어 있었을 것이다.

[성운, <김독자 컴퍼니>의 모든 설화들이 이야기를 시작합니다!]

유중혁이 '흑천마도'를 뽑았고, 한수영이 왼손의 붕대를 풀었다.
정희원이 '심판자의 검'을 들자 이지혜가 '쌍룡검'을 겹쳐 쥐었다.
유상아가 연화대를 펼쳤고, 신유승의 '키메라 드래곤'이 울었다.
누구보다 빠르게 [무장성채]를 펼친 공필두와, 그 성채의 꼭대기에서 초월좌의 격을 발산하는 장하영이 보였다.
모두를 보호하듯, 이현성이 내 앞에 섰다.
그들이 행동으로 말하고 있었다.

그랬기에 나는 이야기할 수 있었다.

[너희 중 누구도 이 세계선을 버리도록 내버려두지 않겠다. 너희가 만든 이야기의 멸망을 제대로 봐. 너희가 만든 세계가 어떤 끝을 맞이하게 되는지…… 똑똑히, 봐라.]

전신에서 폭발한 설화의 격이 '부러지지 않는 신념'을 타고 뻗어나갔다.

[멈춰라!]

대경한 대도깨비들이 움직여 내 격을 받아냈다.

나는 두 번이고, 세 번이고 설화의 파동을 날려 보냈다.


[<스타 스트림>이 당신들의 행동에 반응합니다.]

[관리국의 개연성이 발동합니다!]


몸 전체를 옥죄어오는 강렬한 스파크에도 나는 물러서지 않았다.

화신체가 찢어질 것 같은 고통 속에서, 우리가 만든 모든 설화가 포효했다.


[거대 설화, '마계의 봄'이 이야기를 시작합니다!]

[거대 설화, '신화를 삼킨 성화'가 이야기를 시작합니다!]

[거대 설화, '빛과 어둠의 계절'이 이야기를 시작합니다!]

[거대 설화, '잊혀진 것들의 해방자'가 이야기를 시작합니다!]

[아직 이름이 없는 당신의 거대 설화가 이야기를 시작합니다!]

이야기의 '결'을 결정하는 것은 그전까지 쌓아온 기와 승과 전이었다.

그것이 아닌 다른 무엇도 '결'을 결정할 수는 없다.

나는 눈앞의 스파크를 향해 주먹을 휘두르고 또 휘둘렀다.

'부러지지 않는 신념'을 눈부신 후폭풍의 파형 속에 던져 넣었다.

[당신의 행동에 <스타 스트림>이……]

[정해진 '결'의 가능성이……]

[■?■■…… ■?■■?]

내 눈앞에서 정해진 활자들이 부서지고 있었다. 읽을 수 있던 문장들이 부연 먼지처럼 읽을 수 없는 것으로 변해가고 있었다.

마침내 그 먼지들이 걷혔을 때, 내가 본 것은 파괴된 방주의 선두였다.

콰아아아아아!

나도 알고 있었다.

이런 짓을 하면 무슨 일이 벌어질지.

['이야기의 왕'이 당신을 바라봅니다.]

[혹부리들의 왕이 당신의 행동에 즐거워합니다.]

그럼에도 이것이 내가 내린 최선의 답이었다.

「원작에는 없던 '결'을 찾을 방법.」
「뒤틀린 개연성을 해소하면서 모두를 살려낼 방법.」

정해진 기승전결 구조로는 이 세계의 끝에 도달할 수 없다.
결국 기승전결이란 정해진 '끝'의 양식이다. 그것은 '최후의 벽'을 넘어설 수 있는 이야기가 아니다.

「그러므로 김독자는 주어진 '결'을 거부했다.」

세계에 거대한 파열이 발생하고 있었다.

[당신의 행동으로 정해진 '시나리오'의 규칙이 붕괴합니다.]
[〈스타 스트림〉의 일부 플롯이 붕괴합니다!]
[〈스타 스트림〉의 긴급 시퀀스가 발동합니다!]

주변 풍광이 변하고 있었다. 〈스타 스트림〉이 나를 자신의 '결'에 끼워 넣기 위해 안간힘을 쓰는 것이 느껴졌다.

「결국 모든 것은 다시 시나리오가 된다.」

아마 대도깨비들은 알지 못했을 것이다. 혹은 알면서도 저렇게밖에 할 수 없었을지도 모른다. 이 거대한 '시나리오' 안에서는 이야기꾼조차 그저 시나리오의 일부일 뿐이다.

[<스타 스트림>이 당신의 행동을 기꺼이 여깁니다.]
[<스타 스트림> 최후의 설화가 깨어납니다!]

시나리오에 벗어나는 시나리오도 결국 시나리오인 것처럼.
하지만 모든 것이 결국 시나리오일 뿐이라면, 어떤 시나리오를 살아갈지는 내가 선택할 것이다.
그러니까…… 잘 봐라.

[메인 시나리오가 갱신됐습니다!]

"독자 씨?"
주변에 서 있던 동료들이 나를 멍한 눈으로 바라보았다.
찌릿거리며 변화하는 화신체. 내 화신체 위로 자라나는 불길한 배제의 감각.
나는 이것이 무슨 시나리오인지 잘 알고 있었다.
[막내야.]
눈앞에서 펼쳐지는 전장의 풍광.
우리 맞은편으로 성좌들이 소환되고 있었다.
우리의 적들, 우리와 함께 싸우던 동료들도 보였다.

안나 크로프트. 중국의 페이후. 인도의 란비르 칸. 일본 연합의 아스카 렌과 미치오 쇼지. 〈올림포스〉와 〈아스가르드〉〈황제〉를 비롯한 거대 성운의 성좌들이 〈스타 스트림〉의 개연성 아래 현현하고 있었다.

「<스타 스트림>의 모든 성좌가 모이고 있었다.」

모이고 또 모인 별들이 우주 전체를 밝힐 듯이 타오르고 있었다.

이 광활한 우주에 한 점의 어둠조차 허락하지 않겠다는 듯 나를 비추고 있었다.

「그것은 <스타 스트림> 최후의 전장.」

이곳은 바로 1,863회차의 유중혁이 싸운 그 '무대'였다.

들끓는 이계의 신격들, 그리고 '외신왕'과 맞서던.

다만, 그때와 다른 점이 있다면 —

이번에 싸울 적은 '외신왕'이 아니라는 것이었다.

[성좌, '악마 같은 불의 심판자'가……!]

[성좌, '심연의 흑염룡'이…….]

[성좌, '고려제일검'이……!]

깜빡이는 별들 속에서, 간접 메시지가 들려왔다.

우리엘과 흑염룡, 척준경의 진언. 일행들이 나를 부르는 소리도 들렸다.

눈자위를 가득히 채우는 혼돈의 감각에 현기증이 일었다. 먹먹해진 귀를 막으며, 나는 천천히 눈을 감았다 떴다.

[메인 시나리오가 갱신됐습니다!]

〈메인 시나리오 #99 - '이야기의 적'〉

분류: 메인

난이도: 측정불가? ■

■? ■? ■?! ■? ■? ■ ■ ■ ■ ■ ■ ■…….

시나리오 메시지가 실시간으로 재구성되고 있었다.

내용이 제대로 보이지 않지만, 이곳의 모두는 본능적으로 깨달았을 것이다. 이 시나리오에 실패하면 〈스타 스트림〉은 멸망한다는 것을.

그리고 잠시 후, 모두가 기다린 '클리어 조건'이 떠올랐다.

눈앞에 천천히 떠오르는 그 조건을 읽어나가는 순간, 왜인지 모르게 멸살법의 문장이 떠올랐다.

「멸망한 세계에서 살아남는 세 가지 방법이 있다.」

일행들이 무어라 외치며 나를 보고 있었다.

멸살법의 작가는 말했다. 이 끔찍한 세계에서 살아남을 세 가지 방법이 있다고. 세 가지 방법.

나는 생각한다.

「방법이 세 가지라고 해서, 세 사람만 살아남을 수 있다는 뜻은 아니다.」

일행들을 보며, 나는 빙긋 웃어주었다.

클리어 조건: '이야기의 적', 외신왕 김독자를 살해하시오.

마침내, 이 세계의 에필로그가 시작되었다.

*[《전지적 독자 시점》 PART 5에서 계속]*

전지적 독자 시점

**전지적 독자 시점** PART 4 - 04

**1판 1쇄 발행** 2023년 9월 11일  **1판 4쇄 발행** 2024년 4월 27일
**지은이** 싱숑
**펴낸이** 박강휘
**편집** 박정선, 박규민  **디자인** 홍세연, 윤석진  **마케팅** 이헌영  **홍보** 반재서

**발행처** 김영사
**주소** 경기도 파주시 문발로 197(문발동) 우편번호10881
**등록** 1979년 5월 17일(제406-2003-036호)
**주문 및 문의 전화** 031)955-3200  **팩스** 031)955-3111
**편집부 전화** 02)3668-3291  **팩스** 02)745-4827  **전자우편** literature@gimmyoung.com
**비채 블로그** blog.naver.com/viche_books  **인스타그램** @drviche, @viche_editors
**트위터** @vichebook
**ISBN** 978-89-349-6748-4 04810  책값은 뒤표지에 있습니다.

비채는 김영사의 문학 브랜드입니다.